川崎警察 真夏闇

香納諒一
Kanou Ryouichi

徳間書店

川崎警察　真夏闇

目次

装幀　泉沢光雄

第一章

1

人がひしめき合っていた。海も川も汚水臭く、空はあたりまえの青さや高さが感じられず、たとえ快晴でもスモッグでどんよりと濁《にご》っていた。人間同士の距離が近く、それ故《ゆえ》にこそ、残忍さも優しさも激しかった。感情が濃く、男も女も人間臭かった。これは、そんな時代の物語である。

日付が変わる間際《まぎわ》の人けのない運河沿いの道を、パトロールカーが一台、かなりのスピードで走っていた。

けたたましいサイレンを鳴らしてはいるが、この時間帯の湾岸部は車の通行が途絶えるため、回転灯だけで充分なぐらいだ。

川崎の湾岸部は、掘削と埋め立てによって整備が進められて来た。そして、浅野運河、池上運河、千鳥運河、水江運河等々、縦横にいくつもの運河が存在する。その周辺の埋め立て地には、発電所、製油所、鉄鋼所、物流センターなどに加え、大小の工場群が並ぶ。日本の重工業の発展を支える、京浜工業地帯の心臓部だ。

こういった施設の建物はどれも、機能重視で造られており、外観は殺風景であることこの上なかった。川崎のすすけたモノトーンのイメージは、この湾岸部の風景によるところが大きいはずだ。

国鉄や京浜急行の駅から湾岸部に向けて、何本ものバス路線が引かれており、毎朝、多くの労働者たちが通勤する。勤務先に到着すると、誰もが同じ作業服に着替えてその日の勤務に従事する。

湾岸部から駅へと引き返すバスもまた、夜勤明けの労働者たちで溢《あふ》れている。夕刻のバスも、またしかり。二十四時間体制で操業する施設が多いのだ。

だが、敷地の一歩外へ出ると、そこにはまた別の世界が広がっていた。

第一国道より海寄りのエリアは、夜間には決してひとりで入ってはならないと言われるほどだ。

騒音を立てて走り回る暴走族や、シンナー遊びをする不良たち、僅《わず》かな金をアルコールよりも効率よく日常の憂さを忘れさせてくれる類《たぐい》の薬に使ってしまうルンペンたちなど、社会の流れからはじき出された者たちが、ヘドロ臭い闇の中に巣くっている。

それに、夜の闇に紛《まぎ》れてボートでそっと密輸品を持ち込む者たちもいる。

警察がときおり取締りを行なうが、焼け石に水だ。暗くなってからは、警察官ですらひとりで入ることは危険とされるエリアがいくつもあるのだ。

運河のほとりにパトカーが停《と》まり、後部ドアから、川崎警察署刑事課捜査係デカ長である車谷一人《くるまだにひとり》が降り立った。

死体が見つかった場所で、鑑識を含む警察官たちが、既に捜査を始めている。

車谷は、そのほうへと近づく前に、ほんの短い間だけ足をその場にとどめたまま、周囲に顔を巡らせた。

闇の中に、ヘドロの臭《にお》いが強かった。特に、真夏のこうした暑い夜には、煮詰めでもしたように鼻をつく。潮の香りを思い出そうとしても、ヘドロ混じりの臭いしか思い出せなくなっていた。もう長いこと、この川崎でデカをやっているのだ。

死体の傍で捜査指揮を執っていた男が、車谷のほうへ自分から小走りで近づいて来た。

「ああ、谷チョウさん。こんな深夜に御足労願って、申し訳ない」

車谷と同じ三十半ばの男だが、いわゆる〝猫毛〟の持ち主で、猫のように軽い毛がさらさらと抜けつづけて、今では頭部の艶《つや》が際立《きわだ》っている。

前に会ったときには、残った毛を伸ばし、整髪料でくっつけて禿《は》げを隠していたのだが、しばらく会わないうちに綺麗《きれい》に剃《そ》り上げていた。禿げを隠そうなどとするデカには、悪党が隠している悪事を暴けないと悟ったのかもしれない。

臨港署のデカ長で、石津という男だった。

「どうも、石チョウさん。お互い、因果な仕事ですな。こんな時間にこんな場所に用があるのは、犯罪者とデカだけでしょ」

車谷はそんな軽口で応じた。

「チョウ」とは、いうまでもなく、「デカ長」のことで、苗字を短く略して添えて呼ばれることが多い。山田ならば「山チョウ」、佐藤ならば「サトチョウ」、この石津は「石チョウ」となる。車谷の場合は「車チョウ」は言いにくいため、「谷」のほうを取って「谷チョウ」と呼ばれることが多かった。

川崎の湾岸部は、石津が属する川崎臨港警察署の管轄だが、特に暴力団絡みの死体が見つかった場合などは、川崎署との合同捜査になることが多かった。川崎の組事務所は、大概が国鉄駅東側の繁華街の中に集まっており、そこは川崎警察署の管轄だ。そのため、暴力団絡みの捜査には、何かと川崎署が関わることになるのだ。

「くどいようで恐縮ですが、死体の身元は間違いありませんね」

車谷は、運河の縁に横たわる死体に向かって歩きながら、その点を確認した。

「ええ。間違いなく、竜神会の伊波肇《いばはじめ》の母親ですよ」

各暴力団について警察は「資料」を作成しており、特に幹部クラスの組員については、身内の情報まで含めて細かく網羅している。

そして、秘密裡《り》に写真を押さえたりもしている。

公安警察が共産党や学生運動の関係者について膨大なファイルを作りつつあるが、実はマル暴担当部署のほうが、こうしたことは以前から行なって来たのである。

所謂《いわゆる》人権派弁護士やマスコミが知ったら、プライバシー保護違反だとか個人の尊厳の軽視だとかぬかして怒り出すだろうが、市民の安全を守っているのは、そういった連中ではなくて警察なのだ。

そもそも――

(ヤクザにプライバシーなどあるか)

というのが、車谷の考え方だった。

「身元確認は、何で?」

と、車谷は質問をつづけた。

「パスポートですから、絶対です。何というんでしたっけ、ベルトで腰に結びつけた小物入れに、パスポートが入ってました。農協の連中とかが、団体で外国を回るときとかに使ってるでしょ」

「ああ、ポシェットですね。で、どの国へ行ってたんです?」

「沖縄ですよ。パスポートに押された判こによると、那覇《なは》から羽田に昨日再入国してました」

来年、沖縄が本土に復帰すればパスポートは不要になるが、今はまだ米軍統治下の「外国」なのだ。

「沖縄から……。そうか、伊波の野郎は、元は沖縄だったな……」

「ええ、ルーツはそうみたいです。野郎自身が沖縄生まれかどうかは、調べ直してみなけりゃわかりませんがね」

「それにしても、飛行機とは豪勢ですね」

「ですね。伊波が親孝行で金を出したのかもしれませんよ。一応は幹部クラスですから、それぐらいの金はあるでしょ」

と、石津が当てずっぽうの推測を言うのに無言で軽くうなずきつつ、車谷は死体の脇に立った。

背後は物流倉庫の外れで、鉄鋼所などと違って深夜にはほとんど明かりがない場所だった。パトカーのヘッドライトをつけっぱなしにしていたが、辺りは深い闇におおわれ、死体は黒い塊《かたまり》となってその中に沈んでいる。

「おっといけねえ……。懐中電灯……」

車谷がつぶやいたのを聞き、運転手役でついてきて後ろに控えていた新人刑事の沖修平が、懐中電灯を差し出した。

「チョウさん、これを――」

「段々と気が利《き》くようになって来たじゃねえか」

車谷が、修平から懐中電灯を受け取ったとき、

「先に言っておきますが、ひどい状況ですよ。さすがの谷チョウさんも、ちょっと覚悟したほうがいいかもしれません」

横合いから、石津が言った。

車谷が無言でうなずいて見せて懐中電灯をつけ、女の死体に光を向けた。女は一見、六十近

くに見えたが、死体は実年齢よりも年上に見えることが多いので、実際には五十から五十五ぐらいかもしれない。

南国風のはでなシャツに白っぽいスカートを穿《は》いていたが、そのスカートがかなりの広範囲にわたり、血でドス黒く染まっていた。

石津の合図を受けて、死体のそばにいた鑑識係がそのスカートをまくり、下半身を露《あら》わにした。

一瞬、車谷の目には、下着を身に着けていない丸出しの下腹部に何かが張りついて載っているように見えたが、すぐにそれが間違いだと知れた。下腹部の傷からはみ出して来た腸が、体にまとわりついているのだ。

人の腸は、長さが六、七メートルあると言われている。それを骨格や筋肉、そして脂肪や皮膚によって体内にとどめているわけだ。腹腔《ふくこう》部まで至る傷が生じれば、腸のみずからの重みで「ずるずる」と体の外へはみ出て来る。

車谷は、戦争中、空襲で腹に傷を受けた男が、溢れ出た自分の腸を両手で押さえている姿を目撃したことがあった。子供の目だから、男の年齢ははっきりしないが、たぶん五十過ぎぐらいだった。

血で真っ赤に染まったシャツの破れ目から溢れ出している大きなものが何なのか、少年の車谷には最初、わからなかった。男は壁に寄りかかり、溢れ出る腸を懸命に押し戻そうとしながら、悲しげに周囲を見回していた。

沖修平が口元を手で押さえ、あわてて運河のほうへと駆けた。

だが、車谷のほうは、顔色ひとつ変えなかった。その両目が鋭さを増し、じっと死体を凝視している。

「下腹部を切られたんですね」

「正確には、陰部です。何者かが、被害者の陰部をえぐりやがった」

「変質者の犯行でしょうか」

修平が言った。まだ、口元を押さえたままだった。

「おいおい、話すのは、腹のものを全部吐いちまってからにしろよ」

車谷が苦笑を漏らしながら、肩越しに修平に言ってから、

「まさか、伊波肇と対抗する組の誰かが、母親を……」

「ええ。自分もそれを心配してるんです。それで、まあ、川崎署にも一報したわけで」

石津が応えて言う声は、緊張を含んでいた。

若い刑事が上半身を起こし、こちらに戻って来た。車谷と石津を交互に見ながら、

「でも、それは、ヤクザの掟《おきて》に反するのでは――」

「ああ。連中は、家族には手を出さないのが仕来たりだ」

車谷が言った。

「だがな、それはモラルのためじゃねえ、片一方が手を出せば、報復で相手もやり返すことになる。家族ぐるみで命を取り合うことになるんだ。それを嫌って、暗黙裡に、お互い家族は領

域外に置いてるのさ。もしもだが、それを破って母親に手を出したやつがいるとなると、大変な騒動になるぜ」

「まして、この殺し方ですからね……」

石津がそうつけ足し、改めて死体を見下ろす。

車谷は、黙ってうなずいた。もしもどこかの組の人間が、伊波肇に報復する目的で、羽田空港に帰って来た伊波の母親を拉致《らち》し、下腹部を裂いて殺害したのだとしたら、大変なことになる……。

いったんタガが外れれば、エスカレートしていく。それが人間の本性だ。今度は伊波がそのホシ本人ではなく、ホシの誰か肉親に報復するにちがいない。ヤクザの家族を巻き込んだ抗争が起こる
車谷は懐中電灯のスイッチを消して脇にはさみ、死体に向かって静かに手を合わせた。それは、いつでもこのデカ長が決まってやることだったが、修平には手を合わせる時間が、心持ちいつもよりも長いような気がした。

「遺体を発見したときの状況を、詳しく聞かせてください」

その後、車谷は、石津のほうに向き直って言った。

「パトロールカーで巡回中の制服警官たちが、ここから何か捨てようとしているふたり組を見つけたんですよ。ふたりはちょうど白い軽のバンの荷台から不審な荷物を下ろし、それを抱えて運河へ運んでいる途中でした。そこに、巡回のパトカーが来合わせたんです。あわてて捨て

ようとして間に合わず、死体をここに残して走り去りました。死体は元々、石を一緒に詰めたシーツにくるまれていましたが、警官が中を開けてみて発覚しました」

運河沿いに施設を持つ経営者たちの要望を受けて市長が動き、臨港署はパトカーで夜間の巡回を行なうようにしている。闇の中に屯《たむろ》する連中は、車のライトを見ればさっと身を隠してしまうので、巡回パトロールを行なってもなかなか焼石に水なのだが、今回は、効果があったことになる。

「なるほど、巡回中の警官が――。で、バンのナンバーは？」

「残念ながら、この暗がりだったので」

「ふたりのツラは？」

「それもはっきりは見えなかったそうですが、しかし、片方は中年で、もうひとりは二十代ぐらいの若者だったことはわかっています。それに、これが有力な手掛かりになると思いますが、中年のほうは足を引きずっていたそうです」

「足を……。ええと、その警官たちはまだいますか？」

「ええ、待機させてますよ。おい――」

石津が片手を上げて呼び寄せると、すぐに制服警官がふたり駆け寄って来た。

よくある通り、中年と若手のコンビだった。若手警官を仕込むため、中年の先輩警官と組ませることが、各署とも多い。

「御苦労さん、ちょいと俺にも話を聞かせてくれ。中年のほうは足を引きずってたそうだが、どっちの足だい？」

「右です。足を引きずっていたために、パトカーのヘッドライトに遭遇しても素早く動けず、死体を捨て切れなかったのだと思います」

　中年警官が答えた。

「かなり大きく引きずってたのか？」

「ええ。大きかったです。歩くたびに体が揺れてました。こんなふうに」

と、警官は自分で体を左右に大きく振って見せ、

「生まれつき腰骨に障害があるか、もしくは腰か足の太い骨を折る大怪我《おおけが》をしたことがあるのじゃないでしょうか」

と意見を述べた。足をくじいた場合などと、生まれつきとか、長期間にわたって片脚をひきずる生活をつづけてきた人間とは、歩き方が違うのだ。

　これは大きな手掛かりになる！

片脚を引きずっていた中年男は身長一五〇～六〇センチと小柄で、若いほうは一七五センチ前後。中年男は短髪だったが、若いほうはかなりの長髪。ふたりとも瘦《や》せ形。服装は、ふたりとも黒っぽいTシャツにジーパンを穿いていたそうだった。

「何かつけ足すことはあるかい？」

　始終黙って中年警官の隣に控《ひか》えていた若手警官に、車谷は最後に確認した。

「いえ……。特には……」

強面《こわもて》のデカ長から直接話しかけられ、警官が緊張した面持ちで答える。

「ありがとうよ。参考になったぜ」

車谷はふたりに礼を述べてから、

「中年男が片脚を引きずってたことは、口外無用だ。いいな。わかったな」

と念を押した。

「承知しました」

口々に応えてふたりが去ると、

「どうでしょうね、石チョウさん。この情報は、しばらくは厳重に隠して貰《もら》えませんか」

車谷は、臨港署の石津にも同じことを頼んだ。

こんな話が伊波やその周辺に漏れれば、対抗組織で足を引きずっている誰かを、ろくろく調べもせずに狙いかねない。

「それは、聞き込みでも使うな、という意味ですか？」

「ええ、そういうことです」

「しかし、それは、大きな手掛かりをみすみす使わないことになりますが……」

「わかってます。だが、俺は伊波の報復が心配でしてね。まずは暴力団の組員及び関係者で、右脚を大きく引きずってるやつを調べ上げましょうよ。しかも、伊波よりも先にそれをやる必要がある」

「なるほど……。伊波が報復しかねないと——」

「てめえのお袋がこんな姿で殺されたのを知ったら、間違いなく頭に血が昇るでしょ」

「わかりました。係長に、すぐにその旨、進言します」

「お願いします。俺も親爺と話しときますよ」

車谷たち現場のデカは、係長を「親爺」と呼ぶことが多かった。現場の司令塔だ。

「ところで、監察医の先生のほうは？」

車谷は、次の話題に移ることにして質問を発した。

「今日は高野先生が当番ですが、もう眠ってしまったのか、電話が通じないんです。現場検証が済んだら、とりあえず遺体を向こうに運ぼうと思います」

石津が言った。

監察医務院がある東京都とは違い、この川崎では、普通の開業医や勤務医に協力を求めることになる。無論、謝礼は出すが、それも大した額ではなかった。それにもかかわらず、いつ呼び出しがかかるかわからないので、協力してくれる医者はなかなか増えなかった。

高野は高野医院の経営者兼医院長で、外科を専門にしている。もう十年以上、検死に協力してくれている男だった。

車谷は、運河沿いの道を近づいて来るヘッドライトに気がついた。

警察車両ではなく軽自動車であることが、じきに見て取れた。

速度を落として停まろうとする軽自動車に近づいた臨港署の警官が、両手を前に突き出して、ここに停めないようにと注意しに走る。

「おい、丸さんだ――。行って来い」

車谷は、沖修平に耳打ちした。

助手席から降り立った丸山昇が、駆け寄って来た臨港署の警官たちに警察手帳を提示し、照れ臭そうに後頭部を掻《か》いた。川崎署捜査一係のヴェテラン刑事で、年齢はデカ長の車谷よりも十近く上になる。いわゆる現場一筋の刑事であり、昇進試験などには見向きもしない男だった。

軽自動車の運転席には、二十代の若者がいた。丸山の息子だ。息子は近づく車谷に気づき、首を前に突き出すようにしてあわてて頭を下げた。

丸山が、車の鼻先を回り、車谷の前に立つ。目が少し充血しているし、息子に車を運転させて来たことからすると、いくらか聞こし召しているのだ。

「非番」とは、当番ではないという意味で、いざこうして事件が起きたときには急な呼び出しを食らう。だが、深夜になっても呼び出しがなければ、一安心と思って飲み出してしまう。刑事だって人間なのだ。

「すみませんな、チョウさん……。寝酒をちょいとやっちまったもんですから……」

丸山は、面目なさそうにくしゃっと顔を歪《ゆが》めた。だが、牛乳とチューイングガムで消したのだろう、酒臭さはほとんどなく、足取りもしっかりしたものだった。

「いや、俺も始めようとしてたとこですよ」

規則からすれば、もちろん酔っぱらった捜査員を現場に立たせることなどできないが、それを盾にして出動を拒む輩《やから》よりも、頭をすっきりさせてこうして飛んで来るほうが余程マシだ。

「親父《おやじ》の場合は、寝酒だといって延々と飲んでるんですから、始末が悪いですよ」

運転席の窓から顔を突き出し、若者が小声で言った。ついこの間まで、ろくろく応対もできない高校生だったのに、デカ長相手にこんなことを言う年齢になったのだ。

「こいつめ。生意気《なまいき》言ってないで、もう帰れ。悪かったな。ありがとうよ」

「まあ、駄賃だ。これで冷たいもんでも飲んで寝てくれ」

車谷はポケットを探り、手に触れた百円玉を数枚、若者の手に握らせた。深夜だが、自販機の明かりは煌々《こうこう》と灯《とも》っている。

「チョウさん、癖になるから、甘やかさないでくださいよ」

と、丸山があわててとめた。

「まあ、いいじゃないか。息子だって、明日は仕事で早いんだろ。なのに、わざわざ親父を送ってくれるなんぞ、なかなかないぜ、丸さん」

「いや、まあ、はあ」

と、丸山は恐縮したような、それでいてどこか誇らしげな顔もして、

「すみませんなあ……。おい、ちゃんと礼を言え。スピードを出し過ぎずに帰るんだぞ」

軽自動車で帰る息子を送り出した。

「ガイシャは五十代の女性で、陰部を切られてます」

車谷はそう話の口火を切り、一通りの情報を丸山に伝えた。

丸山は、いつでもどこか不機嫌そうに見える四角い顔をじっとうつむけ、話を聞いてから、

「ヤクザの仕業《しわざ》だとすると、大変なことになりますな……」

　ぼそぼそと、口の中で言葉をこねくり回すように言った。この喋《しゃべ》り方が、いつでも内面の動きを表に出さないことにずいぶん役立っている。

「暴力団の組員及び関係者で、誰か、大きく足を引きずってるようなやつに心当たりはありませんか？」

　車谷は、一応そう訊いてみた。川崎のヤクザ者たちで幹部クラスのことならば、一通りは押さえているつもりだが、それこそ掃いて捨てるほどいるチンピラたちについては、なかなか手が回らない。それに、どこか川崎以外の組の人間かもしれない……。

「片脚をですか……。いやあ、すぐには思いつきませんね――」

「いずれにしろ、足を引きずってるってのは大きな特徴ですよ。うちのマル暴にも連絡して、誰か思い当たる者がないか確かめてみます」

　車谷が、石津に告げる。

「お願いします。うちももちろん当たりますが、川崎署のほうが、暴力団関係は詳しいと思いますので」

「ええと、伊波は竜神会でしたな。一応、曙《あけぼの》興業については、捜査員を派遣し、足を引きずっている組員をさり気なく洗い出したらどうでしょう」

　丸山が言った。竜神会と曙興業は、長いこと犬猿の仲にあり、いくつかの仕切りで角《つの》を突き合わせている。最も疑わしい先だ。

「そうだな。早速《さっそく》それもしよう」

「暴力団の仕業を警戒するのはもちろん大切でしょうが、変質者の犯行も疑ってかかったほうがいいのでは」

丸山が、そう意見を述べ、

「同感です。そしたら、うちは、念のために変質者の線を洗いますよ。それと、昨日、伊波照子が何時の便で着いたのかを調べ、羽田からの足取りを追ってみます」

石津がそれを受けて言った。服装から見ても、被害者は空港に着いたあと、羽田からの帰路のどこかで犯人に連れ去られた可能性が高い。

「さて、そうしたら、俺はこれから伊波肇に会って来ます。丸さん、つきあってください」

車谷は言い、腕時計に目をやった。草木も眠る時刻になろうとしていたが、ヤクザってやつは宵《よい》っ張《ぱ》りだ。

「そうしたら、俺が運転を――」

と意気込む修平を、車谷がとめた。

「いや、おまえは一回、署に戻って寝てろ」

「え……、しかし……」

「逸《はや》るな逸るな。本格的な捜査は、明日、明るくなってからだよ。俺たちゃ、馬鹿《ばか》な真似《まね》をしねえよう、被害者の息子をいさめに行くだけだ」

2

川崎区南町は堀之内と並ぶ風俗地区だ。しかも南町は元々川崎遊郭（小土呂《こどろ》新地）だった場所であり、堀之内と比べて違法な店が多い。

その代表格ともいわれるものが、小さな飲み屋の奥や二階などに存在する「ちょんの間《ま》」と呼ばれる部屋だった。

店で酒を飲んだ客が、そこの酌女《しゃくおんな》と「意気投合」して部屋に上がり、ちょいと愛の営みを行なって帰るのだ。「ちょんの間」という名前自体、そうしたところからつけられたと言われている。

無論のこと、違法な売春行為であり、警察はときおり取締りを行なうが、手軽さを好む客が絶えないため、すたれることはなかった。こうした「ちょんの間」は、堀之内よりも圧倒的に南町に数がある。

そうした店が連なるストリートに建つ古いビルの裏口近くに停めたパトカーから、車谷と丸山が降り立った。

裏口脇に陣取っているチンピラが、戸惑い顔でふたりを見ていた。午前二時を回っている。こんな時間に、パトカーで乗りつけたふたりの真意を測りかねたのだ。

「大分眠そうだな。安心しな、手入れだったら、ふたりじゃ来ねえよ。伊波に話があるだけだ。

中にいるな?」

「ええ、まあ……」

車谷のペースに巻き込まれて答えるチンピラの頬《ほお》を、車谷は軽くぽんぽんと叩《たた》き、

「じゃ、大人しくここに坐《すわ》ってな」

古いドアを開けて入ると、階段の下が騒がしかった。地下には、元々は物置や倉庫として使われていたらしい、かなりの広さの部屋があった。

階段を下って見渡すと、左右の壁近くにポーカーやブラックジャック用のテーブルがあり、そこでは比較的歳《とし》の行った連中が、若作りをした女のディーラーを相手に金を張っていた。

誰もがシャレた賭《か》け事をやるような外見の持ち主ではなかったが、たぶん若い頃に、進駐軍やその取り巻き連中を相手にこうした賭け事をやっていた口だろう。歳をとり、大きく賭けられる懐具合ではなくなってからも、こうした種類の博打《ばくち》の味が忘れられずにいる輩だ。

だが、血気盛んな年代の男たちの大半は、部屋の真ん中で丁半博打に興じていた。「ちょんの間」で性的な欲求を満足させる前後にここに回り、別の興奮を味わっているのだ。

胴元《ヽヽ》の狙いは、こうした男たちだ。客ひとり当たりの単価は、さほどではないが、のめり込む客に違法な金利で金を貸し、雪ダルマ式に膨れ上がったあとで脅しつけて回収する。場合によっては、その借金の形《かた》として、女房や娘を近くの売春窟《ばいしゅんくつ》に沈めてしまう。今は江戸時代かと思われるような手法が、昭和の時代にも生きているのだ。

冷房なんて気の利いたものがない地下室は、人いきれでむんむんしていた。博打に興じる男

たちはみな、ランニングにステテコ姿か、ステテコ一枚の上半身裸だ。

賭場の横を通って奥に向かう車谷たちに、いかにも用心棒という面構えの若造が寄って来た。

「お客さん、奥にゃ何もありませんよ」

「下っ端に用はねえ。伊波を呼びな」

「なんだと!? デカいツラをして、どこの野郎だ」

下顎《したあご》を突き出して睨《ね》めつけて来るチンピラの向こうから、別の男があわてて部屋を横切って走って来た。伊波肇だった。

三十前後で、中肉中背。顎髭《あごひげ》が自然にもみあげにまでつづいて綺麗に調えられており、口髭と相俟《あいま》ってなかなかの伊達男《だておとこ》ぶりだ。

無地の黒いTシャツの上にサスペンダーをつけ、麻の白いズボンを吊《つ》っている。

いわゆる「本土」の暮らしが長いためか、昼夜逆転した暮らしのためか、それほど色黒の印象はなかった。それに、言葉にも、沖縄らしいアクセントは感じられない。

「馬鹿野郎、この人の顔は覚えておけよ。覚えておかないと、痛い目に遭うぞ。向こうへ行ってろ」

伊波は若造の頭を平手で叩き、両手で押しやってから、

「どうも、悪いね、チョウさん。俺の教育が行き届かなくて。だけど、なんだい、こんな時間に？」

世間話でもするように話しかけて来た。違法な賭博場で刑事たちの前に立っているというの

に、媚《こ》びを売る様子も気負った様子も見せないのは、こんな時間に刑事がふたりきりでやって来たのには何か別の目的があると察している。

度胸があるし、判断力もそれなりに優れている。チンケな賭場を任されているのだから、決して好待遇とはいえないが、それでも「幹部」の肩書を貰《もら》っている男だった。

この男が属する竜神会は、数ある川崎の暴力団の中でも、最大手のひとつだ。伊波のような沖縄系の人間や、在日コリアン、中国人なども手広く取り込み、組の勢力を伸ばして来た。暴力団の中には、右翼的な思想が強く、「生粋《きっすい》の日本人」以外は認めないところもあるのだから、「国際色豊かな組織」といえるだろう。

ただし、いわゆる差別的感情ってやつが消えることはないわけで、もしもこの男が沖縄系ではなかったならば、もっと大きなヤマを任されているにちがいない。

「ちょっと内々に話したいことがあるんだ。奥で坐って話そうぜ」

車谷が静かに告げると、

「なんだよ、改まって……。気持ちがワリいな」

そう言いつつ、伊波は刑事たちふたりを奥へといざなった。縦長の部屋の一番奥に、海水浴場で見かけるようなプラスチック製の丸テーブルと椅子が置かれており、チンピラがふたり、その両側に控えて立っている。

車谷たち三人が丸テーブルを囲んで坐ってもなお、そこから動こうとはしないので、車谷は目で伊波に合図した。

「おい、おまえらは向こうへ行ってろ」

伊波がふたりを遠ざけ、

「で、何だよ、勿体《もったい》ぶらないでくれよ」

テーブルの向こうで足を組み直しながら言った。

車谷はたばこに火をつけ、煙越しにそれとなく伊波に目をやった。

この伊波という男は、デカに対しても、普段は敵意を剝《む》き出しにするわけでもなく、媚びるでもなく、普通に口を利く。例えば、飲み屋でたまたま隣り合わせ、少し親しくなった客同士のようにだ。

こういうヤクザこそが、いざ何かあったときには、最も危ないタイプなのだ。あたりまえの顔で誰かを半殺しし、あるいはそれ以上の目に遭わせ、もしもバレれば、淡々とムショに行く。それが自分の生き方だと弁《わきま》えてしまっているタイプの男だ。

こいつを爆発させてはならない。

「伊波照子は、おまえのお袋だな」

「なんだよ、いきなり。確かにお袋だが、母ちゃんがどうかしたか？」

「お袋さんは、最近、沖縄に行ったか？」

「里帰りだよ。今日、羽田に着いたはずだぜ。おっと、日付が変わったから、もう昨日だな」

「羽田に着いたのは、何時ぐらいだ？」

「なんでだよ？」

とちょっと不快そうにする伊波に対して、車谷は何も答えなかった。

「確か、午後の便だと言ってたぜ。正確な時間はわからないけどな……。なあ、チョウさんよ。そろそろ言ってくれてもいいだろ。お袋がどうしたんだ？　空港で誰かと喧嘩《けんか》でもしたのか？　気性《きしょう》の荒い女だからな――」

伊波は苦笑して見せながら、その目に微《かす》かな怯《おび》えを滲《にじ》ませた。それは、犯罪被害者の家族に共通の反応だった。身内に、何かが起こったのかもしれない……、との予感を覚えたとき、誰でもこうした怯えを滲ませる。

たとえヤクザであったとしても、身内を大事に思う者ならば、それは何ひとつ変わらない。いや、たとえ憎悪を抱いていてさえ、父や母に何か起こったのかもしれないときには、怯えや混乱が滲んで来る。それが、血のつながりというものだ……。

（こいつも、人の子だ……）

「落ち着いて聞け。残念だが、ちょっと前に、遺体が見つかった」

車谷は、努めて静かに告げた。

「――――」

伊波は車谷の顔を穴が開くほど見つめてから、ついと逸《そ》らし、プラスチックの丸テーブルに置いていた飲みかけのグラスの酒をあおった。

「おいおい、それは何のはったりだ!?　警察の手口はわかってるんだぞ！　俺をはめ、混乱させようって魂胆だろ!?　その手にゃ乗らねえぞ！」

グラスを叩きつけるように置き、車谷を睨《にら》んで来た。声が、微かに震えていた。

「伊波、落ち着け……」

伊波は静かに告げる丸山にも燃えたぎるような目を向けたが、瞼《まぶた》をきつく閉じ、ひとつ、ふたつと呼吸をして、

「くそ……、何があったんだ？」

押し殺した声で訊いた。

「運河のほとりで、遺体が見つかった」

車谷が言った。

「つまり、誰かが母ちゃんを殺《や》ったってことか——？」

「現状からすると、その可能性が高い……」

「持って回った言い方をするんじゃねえよ。誰かがお袋を殺ったんだろ!?」

「そうだ……」

「間違いなく俺のお袋なんだろうな……？」

「パスポートを持っていたから、間違いない」

「お袋に会わせてくれ……。母ちゃんに会わせろ……」

さっきからちらちらとこちらの様子を窺《うかが》い見ていた連中が、伊波の声に驚いて視線を集中させたが、睨み返されて目を逸らした。

「それはまだできない。おまえなら、わかるだろ。検死がある」

車谷は、静かな声を保ちつづけた。

「誰がお袋をやったんだ？」

「それを調べるのが、俺たちの仕事だ。だから、協力しろ。誰か、お袋に恨みを持っている者に心当たりはないか？」

「ねえよ……。お袋は、気性は激しいが気のいい女だったんだ……。誰かが、お袋を殺そうとするなんて……」

伊波は言葉を途切れさせ、肩で息をついた。

「おい、まさか……、誰かが俺のためにお袋を狙ったってのか――？」

「そういう心当たりがあるのか？」

「馬鹿な……」

車谷は、一歩踏み込むことにした。

「おまえんとこと曙興業が犬猿の仲なのは、有名な話だ。最近、おまえが関わったシノギで、曙興業の誰かとぶつかったりしなかったのか？」

「そりゃ、お互い、食うか食われるかだぜ……。ぶつかることはあるさ……。だが、まさか、お袋に手を出すはずはねえ……」

伊波はそう答えつつ、しきりと何かを考えていた。自分に報復しそうな人間の顔を、ひとつずつ脳裏に思い描いているのだ。

その後、激しく首を振った。

「いや、ありえねえ……。俺たちだって、お互いに守る一線はあるんだぜ。お互い、家族にゃ手を出さねえんだ。わかるだろ、チョウさん。手を出せば、同じことをやり返される」

車谷に向かって主張しながら、自分自身を納得させようとしているのが見て取れる。

「わかるよ。俺たちだってそう思う。だがな……、誰か、そうした掟を破っておまえのお袋に手を出しそうなやつがいないのか？」

伊波の目の中に、暗い炎が燃えていた。

グラスに洋酒をなみなみと注ぎ、一息にあおる。

「ひとりにしてくれ……」

「じきにそうしてやるが、今はダメだ」

「もしも誰かが俺のお袋に手を出したのだとすりゃあ、こっちも同じことをしてやる！」

「おい、伊波。俺の前で、ふざけたことをぬかすんじゃねえぞ!!」

「――――」

「今のは聞かなかったことにしてやる。だから、二度とつまらねえことを口にするんじゃねえ。俺たちデカの前だけじゃなく、仲間内でもだ。噂《うわさ》ってやつが広がると、それだけで誰かが誰かを殺りかねねえのが、おまえらの世界だ。わかったな。返事しろ」

「ふん、俺はお袋を殺されたんだぞ……」

「犯人は必ずパクってやる。それが俺たちの仕事だ」

「警察なんぞ、信用できるか……」

「俺を信じろ。俺が必ずホシをパクる。だから、決して先走りするんじゃねえぞ」

伊波は肩で息をついた。

「チョウさん、とりあえずあんたを信じるが……、しかし、長くは待てねえぞ。一刻も早く、お袋を殺ったやつをパクってくれ」

「俺に任せろ。おまえのシノギのことは、とやかく言わねえよ。俺が闇雲《やみくも》にヤクザを叩くようなデカじゃねえことはわかってるだろ。だから、誰か頭に思い浮かぶやつがいるなら、その名前を今言うんだ」

「しかしな、チョウさん……。ほんとだ。まさか、そこまでやるやつがいるとは思えねえ……」

「じゃあ、誰か心当たりができたときは、すぐに連絡するんだぜ」

「ああ、わかったよ」

伊波がお付きのチンピラに合図しそうになるのを、手でとめた。

「まだだ。もう少し、お袋のことを聞かせろ」

「何を訊きたいんだよ……?」

車谷は、目で丸山に合図を送った。伊波に歯止めをかけることが自分の仕事で、その先、手がかりを聞き出すのは丸山の仕事と、予《あらかじ》め申し合わせていた。

「お袋とは、頻繁《ひんぱん》に会ってたのか?」

丸山が訊く。

「いいや。わかるだろ。俺みたいな半端《はんぱ》ものが、頻繁に会えると思うか」

「最後に会ったの、いつだ？」

「ええと、二週間ぐらい前だ」

「お袋が沖縄に行くことは、そのとき知ったのか？」

「ああ、いや……、違うな。そのあと、電話を寄越したんだ。ちょっと帰ってくると……」

「電話はいつ？」

淡々と質問を繰り返す丸山に対して、

「そんなことをいちいち確かめる必要があるのかよ……」

伊波はうんざりした様子で訊き返したが、

「いいから、答えな」

丸山の思いのほか優しい声に出くわし、いくらか態度を改めた。

「ええと……、旅行に行く二、三日前だった」

「ふうん――。二、三日前か……」

「なんだよ？　何かおかしいのかよ？」

伊波が、つい釣り込まれた様子で問いかける。丸山のペースになって来たのだ。

「いや、なに、里帰りの予定なら、もっと前から決まってたんじゃないかと思ってな。それなら、二週間ぐらい前におまえと会ったとき、言ってたはずだろ。それとも、急に決まったんだろうか？」

「そんなのわかるかよ」

伊波は吐き捨てたが、

「いや、二週間前には決まってなかったのかもしれねえ。もしも決まってたなら、お袋はきっとそう言ってたはずさ」

「なるほど。だとすると、何か急に沖縄に帰らなけりゃならない理由ができたのかな？　お袋は、沖縄へ帰る理由について、何か他には言ってなかったか？」

「いいや、別に……」

「よく思い出してみろ」

「いや、言ってねえよ。電話でだったし、ただ、里帰りして来ると言っただけだ」

「うむ、そうか」

丸山は、世間話でもするような感じで、巧みに話を引き出して行く。

「ところで、おまえのお袋は飛行機を使ってるが、金はおまえが出してやったのか？」

「お袋は、俺からそんな金は受け取らねえよ」

「飛行機とは、豪勢なもんだな。沖縄なら、大概は船を使うだろ。俺らの出張なんぞ、遠くの場合は大概が夜汽車だぜ。今までも、里帰りのときには飛行機だったのか？」

「いや……、里帰りなんて滅多にしたことはないから、わからねえが……。お袋は、ひとりで店をやってるんだ。きっと、客を待たせたくねえと思ったんじゃねえか」

「う～ん、かもしれんな」

「なあ、お袋の沖縄行きが、何か関係してるのかよ？」

「まだ何もわからねえんだ。だが、沖縄から羽田へ戻って、その日のうちにあんなことになった。何か関係してるかもしれねえだろ。おまえの仕事の関係じゃねえとしたら、ホシはお袋さんの周辺にいる。最近のお袋さんの行動や人間関係を、できるだけ詳しく調べる必要があるのさ。くどいようだが、よく思い出してくれ。お袋さんの沖縄行きで、何か気になることはなかったのか？」

「気になることなんかねえがな……。あ、ただ、滞在の予定が一日延びたぜ。元々二日の予定だったのが、三日になったんだ」

「それは、向こうに行ってから延長したってことか？」

「ああ、そうだよ」

「それはなぜ？」

「特に理由はなかったようだぜ……。会いたい人に会いきれないから、あと一日いることにしたと電話で言ってただけだ。姉貴ならば、何かわかるかもしれねえが」

「お袋さんは、どこで店をやってたんだ？」

「木月《きづき》だよ。東横線の元住吉《もとすみよし》駅の傍だ」

「パスポートの現住所も、『木月』になってたな」

「ああ、自宅もそこだ。店の二階に暮らしてた。その前は川崎駅の近くでやってたんだが、新しいビルにするとかで立ち退きになったのさ。常連客のひとりが木月の物件を持ってて、それで今のところに移ったそうだ」

「姉貴のほうも川崎に住んでるのか？」

「川崎にいたが、今は大田区だよ。多摩川の向こうだ」

「きょうだいは、ふたりだけか？」

「いや、三人だ。弟がいる」

「弟も川崎か？　どこで何をしてる？」

「今は仙台さ。そこで医者をしてる。何年かしたらこっちに戻れるみたいだが、しばらくは都落ちだそうだ。医者の世界も、色々あるんだろ」

「ほお、医者とはすごいな――」

「なんだい。ヤクザの弟が医者じゃおかしいか」

「おかしかないよ。だが、お袋さんは、苦労したんだろうと思ってな」

「そうだな……。確かにそうだ……。ちきしょう……、母ちゃん……」

うつむき、声をつまらせる伊波を前に、車谷と丸山のふたりは顔を見合わせて腰を上げた。

車谷は、最後にもう一度釘《くぎ》を刺しておくことにした。人前で「母ちゃん……」と口にして涙を堪《こら》える男には、下手をすれば何か馬鹿なことをしでかす危険がある。

「なあ、伊波よ、何か情報が入ったときには、必ず俺に報せるんだぞ。ヤクザになっただけで、お袋を悲しませたんだ。この上、馬鹿なことをして悲しませるんじゃねえぞ」

「悲しませるも何も、お袋はもういねえじゃねえか……」

「馬鹿野郎。いるんだよ。お袋ってやつは、おまえが生きてる限り、おまえの胸の中にな」

「親爺さんに言って、誰かつけておいて貰うほうがいいですね」

古ビルの表に出てパトカーに乗り込むと、丸山が言った。

車谷と同じ危惧《きぐ》を、丸山も感じたのだ。伊波肇のような男は、「こいつがホシだ」とひとり合点した場合、自分の手で相手に制裁を加える危険がデカいにちがいない。

「さて、ひと眠りしたら、どうしますか？　姉のところへ行ってみますか？」

丸山の問いに、車谷はちょっと考えた。

「まずは伊波照子の店へ行きましょう」

「そうか、大家は照子の前の店からの常連だったんですね。何か話が聞けるかもしれない」

丸山は、察しがよかった。

「で、チョウさんは一度自宅へ戻りますか？　それなら、パトカーで回って落として行きますよ。私には、署に別荘がありますので」

独り者の車谷は、仕事の便を考えて、川崎警察署からほど近い場所に部屋を借りて住んでいた。こうして夜中に軽く眠るのにも便利だ。一緒に来れば、ソファで眠れると言って丸山を誘ったこともあるが、遠慮して泊まらない。そして、夏場は今のように言うのだ。私には、別荘がありますので、と。

「あすこが一番涼しいですから」

川崎警察の留置場は、地下にある。もちろん冷暖房設備などないが、丸山が言うように、夏の間は署内で最も涼しい場所だ。

署に泊まらなければならないときは、丸山は一言《ひとこと》留置場係に耳打ちし、空《あ》いている檻《おり》の中に潜り込んで眠ってしまうのである。

3

重たい音を響かせながら夏空に舞い上がっていくジェット機が、くっきりとした影を地面に焼きつけている。機体がかなりの高さに至るまで、その影は地上に存在しつづけていた。旋回《せんかい》した機体が飛び去っていく海の先のほうが、空が青かった。それは、しかし、沖合の空が海の青を深く映しているからではなく、湾岸エリアの煙突が吐きまくるスモッグが、沖に行くにしたがって薄まるためだ。

羽田空港は混雑していた。1ドル360円で、しかも持ち出せる円に制限がかけられているため、海外に出て行く日本人は限られているが、国内便はいつでもかなりの混雑ぶりだ。

国鉄の東京駅や上野駅と比べて、利用客たちの外観はいくらか取り澄ました感があった。男も女も一張羅《いっちょうら》を身に着け、ちょっと特別な気分で足を運んで来るのだ。だが、学校が夏休みに入ったせいだろう、カメラをぶら下げ、飛行機を撮影しに来た様子の親子連れの姿も見受けられた。

そんな中、よれた安背広で目をぎらつかせた男たちが数人、到着ロビーやバス乗り場、タクシー乗り場、それにモノレールへの乗り継ぎ口などで、空港の係員や売店の売り子たちに話を聞いて回っていた。

伊波照子の足取りを追う捜査員たちだ。彼女が昨日の午後二時着の便で羽田空港に帰って来たことは、既に確認済みだった。目下のところ、その後の足取りはまったく不明だが、服装からして空港からの帰路で何かが起こった可能性が高い。

聞き込みに当たっているのは、遺体発見現場となった運河を管轄する川崎臨港警察署の面々が中心だったが、川崎署からも「ザキ山」こと山嵜《やまざき》昭一と、「渋チン」こと渋井実のふたりが応援で駆けつけていた。

「どうだ、何か出たか?」

カート係に話を聞いていた渋井は、何の収穫も得られないままで礼を述べて聴取を終えるとともに、背後からそう声をかけられた。

振り返ると、両手に缶コーヒーを持った山嵜がいた。一昨年から発売が始まって、急激に広まった代物だ。

「いやあ、さすがにこの人出ですからね。それらしい女を見かけた人間すらいませんよ」

そう答える渋井に、「ほれ」と一本を差し出した山嵜は、抜いたプルトップをそのまま缶の中に入れて飲み始めた。

プルトップを抜くとすぐ地面に捨てる輩もいるが、警察官がゴミを出したくないし、かといって飲み終わるまで手に持っていたりポケットに入れていてもベタつくので、誰からともなく思いついたやり方だった。

しばしの休憩タイムだ。

「ザキ山さん、俺、時々思うんだけれど、空港とか駅とかそういう人が多い場所には、防犯用のカメラを取りつけたらどうなんでしょうね。そしたら、俺らがこうして靴の底を擦り減らして聞き込みをしなくたって、該当する人間を見つけることができますよ」

渋井は缶コーヒーを飲みながら、ふと思いついた様子で言った。甘ったるくて、むしろコーヒー牛乳みたいな味だが、冷えている分、けっこう美味《うま》い。

「カメラを通して、四六時中誰かが見張ってるってことか？」

ザキ山が、不審げに訊き返した。無駄口を叩き合ってリラックスするのが、ふたりの気分転換のやり方だ。

「そうじゃなくて、録画するんですよ。それで、必要に応じて、あとで画像を引っ張り出して調べるんです」

「おまえ、時々、変なことを考えるな……」

「へへ。種明かしをすりゃあ、アメリカじゃそんな研究が進んでるって話を、警察の月報で読んだんですがね」

「ふうん、アメリカ人ってのは、色々考えるもんだな。だけど、そりゃあ、現実的じゃねえだろ。第一、金がかかってしょうがねえだろうが」

「まあ、アメリカならできるんじゃないですか」

「アメリカならな……。だけれど、日本にゃそんな金はないぜ。そんなことに使う金があるなら、まずは多摩川や東京湾の汚ねえヘドロをなんとかして貰《もら》いたいよ」

「同感です」

「それによ、録画するにしろ、結局はそれを使って俺たちを監視するってことだろ。おまえ、そんな社会になって欲しいか？　おまえがいつどこで誰と何をやったのか、みんなわかっちまうんだぜ。俺はそんな社会になるよりも、俺たちみたいな人間が苦労して靴の底を擦り減らしてるほうが、ずっとマシだと思うがね」

「う～ん、そうですね。そんな社会は御免かな……。だけど、そしたら、白タクだって簡単に取り締まれるでしょ」

渋井は、到着ロビーの巨大なガラス壁の外にあるタクシー乗り場に目を向けた。今もかなりの列ができている。

こうしたタクシー待ちの列にこっそり近づいては、値段をささやき、客をかっさらっていく無許可のタクシー行為を「白タク」と呼ぶ。

無論、違法行為だが、羽田空港からは遠距離で乗る客が多いため、「白タク」の狙い目なのだ。タクシー会社から苦情が出るし、中には客が降りるときになると、前以《まえもっ》て言っていた値段よりも高く請求する運転手もいたりして、問題になっている。

「それでも俺は、自由な社会のほうが好きだな。だいいち、そこらじゅうをカメラで見張って取り締まるようになったら、立小便はどうするんだよ。どこにもできなくなっちまうじゃねえか」

「ザキ山さん、立小便は今だってやっちゃだめですよ」

ひとしきり笑い、飲み終えた缶をゴミ箱に捨てたとき、山嵜がすっと真顔に戻った。

「おい、ちょっと待てよ……。白タクか……」

4

伊波照子が経営していたスナックは、東急東横線元住吉駅の西側にあった。駅前の商店街の外れ付近で、飲食店とアパートや一戸建てが同じ道の両側に交じり合っていた。

道に面した一階は、出入り口の引き戸も飾り格子のついた窓もいかにも居酒屋風だったが、二階は普通の民家だった。伊波照子は、ここの二階に暮らしていたのだ。

「里帰りだったんですよ」

大家はそう説明しながら、車谷と丸山のために合鍵で店の引き戸を開けてくれた。七十近い瘦身《そうしん》の男で、辻村という苗字だった。照子が殺されたことを知り、辻村は大きくショックを受けていた。彼女の前の店が立ち退きに遭ったとき、この男がこの店を提供してくれたのだ。ここでも常連客となり、頻繁に顔を出していたそうだった。

伊波照子は沖縄出身ではあるが、店には特に沖縄らしい雰囲気はなかった。

壁には「あたりめ」「煮物」「焼き魚」「おしんこ」など、つまみの名を書いた短冊《たんざく》が張ってある。入口から見て右側にカウンターが延び、左側にはテーブル席が三つ設《しつら》えられていた。カウンターの背後には、常連が名前を書いたウィスキーのボトルが並ぶが、サントリーレッドやハイニッカといった安い二級ウィスキーばかりだ。

今日も朝からカンカン照りだった。だが、表の路地が狭く、横の窓は隣家の壁との間にほとんど隙間《すきま》がないため、外光が締め出されて店内は薄暗かった。風が抜けず、不快な湿度が溜まっていて、わっと汗が噴き出してくる。

辻村が、勝手を知った様子でまずは壁のスイッチを押し上げて天井灯をつけ、カウンターの端っこに置かれた扇風機のスイッチをオンにした。

「結構、頻繁に帰っていたんですか？」

車谷が訊いた。

「最近はしばらく御無沙汰《ごぶさた》だったそうだけれど、若い頃は、年に一、二度は帰ってたみたいに言ってましたね」

「沖縄へ行った理由は、ただ里帰りだけだったんでしょうか？」

と確かめてみたが、

「というと？　何か他に目的があったと？」

そう訊き返されただけだった。

「何か、そんな話を御存じないですか？」

「いやあ、特には……」

「二日で帰る予定が、一日延長して、合計三日滞在してますね。そのことは御存じでしたか?」

「ああ、もちろん。照子さんから連絡がありましたから。滞在中のホテルから、オペレーターを通して電話がかかって来ました。オペレーターは普通に日本人でしたけれど、あれって、やっぱり、国際電話なんでしょうね……。で、もう一日こっちにいることにしたから、店の張り紙を直しておいてくれって」

「そのとき、滞在を延ばした理由については、何か?」

「いいえ、特には——。ただ、故郷の人間たちに会ったら、懐かしくなったからって。そりゃあそうだろうと思ったので、ゆっくりしておいでと私も言ったんですよ。まさか、あれが最後になるとは……」

辻村は感情の高ぶりがぶり返し、口で息をしながら涙をこらえた。

「泊まりのホテル名はわかりますか?」

車谷は、しばらく待ってから質問を再開した。

「ああ、わかりますよ。何かのときには連絡をくれと言われて、連絡先を控えてました。三日ともここに泊まったと思います。ええと、ちょっと待ってください——」

辻村はそう言いながら、持ち歩いていた書類鞄《かばん》を出してチャックを開けた。札入れも兼ねているタイプのもので、そこに入れていたメモを取り出した。

「これです」

車谷は、礼を言って受け取った。書き移そうとすると、「どうぞ」と言われ、メモをそのまま手帳に挟んだ。

「里帰りなのに、ホテルに泊まったんですね？　向こうにもう実家はないのかな？」

「親戚《しんせき》はいるんでしょうが、親兄弟はいないはずですよ。みんな、ほら、沖縄戦で……」

「ああ、なるほど――」

辻村は、刑事たちを前に、問わず語りにこう語り始めた。

「照子さんは、子供三人を連れて、沖縄戦の少し前にこっちに出て来たんです。亡くなった御主人が、軍関係の仕事をしていて、何か情報が入ったらしいですよ。次は沖縄か台湾が危ないらしいって……。で、自分の奥さんと子供たちは逃がしたんですね。それで故郷の人間たちからは恨まれたと言ってましたよ。なにしろ、自分の家族だけ逃がしたわけですから」

「御主人自身は向こうに？」

「ええ、自分は残ったんです。そして、沖縄戦で亡くなりました。照子さんは、その後、この川崎で、ひとりで三人の子供を育てたわけです」

「それじゃあ、色々と苦労があったんでしょうね」

車谷は、しばらく嚙《か》み締めるようにうなずくことで同情を示した。

「誰か、こっちで親しい人は？」

「いや、特に沖縄の出身者と親しくしていた様子はないですね。沖縄の郷友会《きょうゆうかい》っていうのかな、お嬢さんの御主人はその副会長だそうですけど、照子さん自身はそういう集まりにも入ってなかったみたいだし。同郷の知人が店に来るのも見たことなかったですよ。もっとも、それは、長男のことも影響してたんじゃないでしょうか……」

「長男の伊波肇が、暴力団員だということがですか――？」

「そうです……。ここの店は、三軒目なんですよ。元々はお大師さんの傍でやってたらしいんですけれど、そのときに長男が事件を起こして逮捕され、そこにはいられなくなって国鉄の川崎駅前に移ったんですね。私は、そこでテルさんに会ったんです。気の置けない飲み屋で、すぐに気に入ってしまいましてね。しかし、ビルが老朽化していて、私が通い出してから二、三年で取り壊しのために立ち退《の》きになったんです。それで、新しい店を探してたときに、ちょうどここを貸してた人が店を畳んで故郷へ帰ることになったんで、よかったらどうかって話になりましてね」

「なるほど。人の縁ですな。この店は、伊波照子さんがひとりで？」

従業員ならば何か知っているかもしれないと思ったが、

「そうですよ。客もテルさんと会うのが楽しみな常連ばかりでした」

とのことだった。

この男に、これ以上質問をぶつけてみても無駄かもしれない。そう思い始めていた車谷の横で、

「ちょっとよろしいですか――」

丸山が小さく手の先を上げて自分に注意を向け、いつものぼそぼそとした口調でこう切り出

した。どうやら、車谷の質問が一段落つくのを待っていたらしい。

「さっきの里帰りの件なんですが。沖縄は、来年の五月に本土に復帰しますね。そうすると、もっと行きやすくなると思うんです。それを待たずに帰ったのには、何か理由があるのではという気もするんですが、どうでしょう。何か、思い当たりませんか？」

「ああ、そうですよね……。私らも、一杯やりながら、同じようなことをテルさんに言いましたよ。パスポートだって要らなくなるし、それに、今から旅行会社が安いツアーを宣伝してるでしょ。だから、それから行ったらいいのにって。でも、そういうもんじゃないのよって。まあ、里帰りってのは、そんなもんかと思いましたがね……」

暖簾《のれん》に腕押しで、辻村はにこにこと同意を示すだけだったが、

「あ、ただ……」

と、何かを思い出したらしかった。

「ただ、何です？」

「こんなこと、何の参考にもならないかもしれないけれど、帰ってからでは遅いの、と……、そう言ってましたね」

「帰ってからでは、遅い？　沖縄が、日本に返還されてからでは遅い、という意味ですか？」

「ええ、そういう意味ですよ。私は、そう理解しました」

丸山のクリーンヒットだ。

人にものを尋ねるのが難しいのは、隠そうとなどしていないことでも、尋ね方によっては聞

き出せない場合があるのだ。相手は、別段、大事とも思っていないことが、実は捜査にとって重要な手がかりとなる場合がある。

「どういう意味しょうね？　復帰してからでは遅いとは？」

丸山は、さり気なく質問を重ねた。身構えれば、相手も身構える。そうなると、かえって自然な答えが聞き出せなくなる。

「いやあ、すみません……。それ以上は……。私も訊いたのですが、言葉を濁して、何も答えてはくれませんでした。なんとなく、テルさんがついぽろっと漏らしたのを後悔してるように見えたもんですから、それ以上しつこくは訊かず、まあ、復帰前に一度帰りたい、という意味かな、というぐらいに解釈してたんですが……。でも、こんなこと、参考になるのでしょうか……？」

「なります。ありがとうございます。それは、いつ頃のことでしたか？」

「ええと、そうそう、テルさんが沖縄に発《た》つ前日ですよ。沖縄のことなら、私よりもテルさんの娘の南子《なみこ》さんに聞いたらいいですよ。南の子と書きます。結婚して、今の苗字は確か赤嶺《あかみね》だったかな。さっき言ったように、御主人が川崎の沖縄郷友会の副会長をしてます。町工場をやってる社長さんでしてね。一応、沖縄出身者の中では出世頭《しゅっせがしら》だそうです」

辻村はそう言ったあと、間を置かず、自分のほうからさらにこう切り出してきた。

「刑事さん、そうしたら、私からもちょっと聞いて欲しい話があるんですが、昨日、変な男が、ここをふらふらしてたんです。あの男……、もしかしたら、何か関係してるんじゃないでしょうか」

「変な男とは？」

再び車谷が質問役に戻って、訊いた。

「沖縄の青年だったと思います。喋り方に独特のアクセントがあったし、それに、肌の色も濃かったので」

車谷は、心持ち膝を乗り出した。

「その青年について、詳しく聞かせてください。年齢や体つきは？」

「二十代半ばぐらいかな……。背が結構高くて、がっしりとした男でした」

若者の服装を尋ねてメモした。Tシャツに擦《す》りきれたジーパン姿とのことだった。

「顔ははっきり覚えてますか？」

「ええ、ちょっとですが、話しましたので」

「時間は、何時頃でしたでしょう？」

「午後六時過ぎでした。今日は帰ってるって聞いてましたから、一応、店を覗《のぞ》くつもりでやって来たんですよ。開いてなくても、挨拶《あいさつ》だけしようと思いましてね。そしたら、その男が店の前でふらふらしてたので、何か用かと声をかけたんですが、男のほうから、照子さんは帰ってないのかって……」

「なるほど。そうすると、伊波照子さんが沖縄から戻るのに合わせて訪ねて来たということでしょうね。他には、何か？」

「いいえ。電気が消えてるし、まだみたいだったので、何か用事ならば伝えておくと言ったのですが、そしたら逃げるように消えてしまいました――」

「そうですか……」

沖縄帰りの伊波照子を、やはり沖縄出身らしき若者が訪ねて来た理由は何なのか……。まだ何もわからないが、この男は重要な手がかりになるかもしれない。

車谷たちは辻村に断り、伊波照子が住居として使っていた二階の部屋を見てみることにした。

階段を上った先に、六畳間と四畳半が縦につづき、その向こうの窓の外に物干し台が見えた。部屋は、よく片づいていた。台所もトイレも一階のものを使う造りで、二階にあるのはその二部屋だけだった。テレビも電話も二階にはなく、簞笥《たんす》の上にラジオがあった。

ラジオと並んで、小さな額に入った写真が二枚立っており、車谷はその写真を手に取った。

一枚は、夫婦で撮《と》ったものだろう、若かった頃の伊波照子が、亭主らしき男と寄り添って写っていた。照子はまだ十代かもしれない。彼女はモンペ姿で、男のほうは国民服を着ている。沖縄のどこかの浜辺らしかった。

もう一枚は家族写真と思われたが、そこには亭主の姿はなかった。照子はもう中年になっていて、右側に二十代の若い娘が立っていた。これが長女の南子か。左側に立つ男の片方が、二十歳前後ぐらいの伊波肇で、もう一方は十七、八ぐらい。医者になったという次男だろう。

簞笥の脇に目をやると、店では見なかった「泡盛《あわもり》」と書かれたボトルが一本立っていた。車谷には馴染《なじ》みが薄かったが、沖縄の酒だろう。

「どうしましょう。長女のところに回ってみますか？」

写真に目をやったままで、丸山が言った。

「そうですね。何か聞いてるかもしれない。それと、昨日、この店の周りをうろついていた若者の似顔絵を作ったほうがいいかもしれないな……」

車谷はうなずき、つぶやくように言った。伊波照子とは、いったいどんな女だったのだろう……、といったことを、胸の中で問いかけていた。

そのとき、階下で電話の鳴る音がした。誰か事情を知る関係者だとも限らない。電話を取るために急いで階下へ下りようとしたが、すぐに呼出音が終わり、

「刑事さん、あなたたちにですよ。川崎署の人だそうです」

下から辻村の声がした。ここに聞き込みに来ることは、無論、大仏《おさらぎ》に報告してある。車載無線に応答がなかったので、電話をかけて来たのだろう。

車谷は階段を駆け下り、辻村に礼を言って受話器を受け取った。

「ああ、チョウさん。俺だ」

思った通り、電話の相手は係長の大仏で、

「報せがふたつある」

と、早速《さっそく》用件に入った。

「まずは、検死結果がはっきりしたぞ。朝一で、高野医院の高野先生が開いてくれた。直接の

死因は、頭部への打撃だった。頭蓋骨《ずがいこつ》にひびが入り、脳が損傷を受けていたそうだ。他にも、左肩の骨が脱臼《だっきゅう》し、鎖骨も折れていた。バットや棍棒《こんぼう》等の丸みを帯びた凶器で、複数回にわたって被害者の頭部や肩を強打したんだ」

「折れていた鎖骨も、左側ですか？」

「ああ、そうだ」

「そうすると、ホシは右利きですね――？」

「そういうことになるな。被害者のことを思うと、生きている間に下腹部を裂いたのではないとわかったのが、せめてもの救いだ」

「それにしても、なぜそんなことをしたのかが、相変わらず疑問ですね」

車谷は辻村の耳を意識し、具体的なことは口にしなかった。辻村が、目を合わせないようにしつつ、じっと聞き耳を立てている。

「それからな、事件とは直接関係ないかもしれないが、被害者は左の乳房の上から首筋にかけて、古い火傷《やけど》のあとがあった。火傷の広がり方からして、何か強い薬品でできたものらしい。午後のできるだけ早い内に、検死報告書を提出してくれるそうだ。それと、羽田のザキ山たちから連絡があり、興味深い事実が判明したぞ」

「ほお、やっこさんたち、何か見つけましたか。臨港署の応援にやった甲斐《かい》がありましたね」

「まあな。空港関係者から話を聞いても一向に埒《らち》が明かなかったので、ふと思いつき、白タクの連中に聴取したそうだ」

「いい目のつけどころだ。どんなときでも、生活がかかってる人間のほうが真剣ですから。で、何がわかったんです？」

「伊波照子の死体を運河に捨てようとしてた男と照子は、知り合いだ。白タクのふたりが、羽田空港の車寄せで、片脚を大きく引きずった男が彼女を乗せていくのを目撃してた。車も、運河で目撃されたのと同じ白の軽バンだった」

「えっ……、足を引きずる男が、伊波照子を迎えに来てたんですか――」

車谷は、思わずそう訊き返してしまってから、しまったと思った。あとで辻村に、「足を引きずる男」の件は、絶対に口外しないようにと釘を刺さなければならない。

「ああ、ふたりが同じ証言をしてるから、間違いないだろう。ひとりは運転手役の男で、もうひとりは客引きだった。連中は、客を狙って、始終目を光らせてるからな。伊波照子が空港の建物から出て来て、バス乗り場にもタクシー乗り場にも行かないのに気づき、声をかけようとしたそうなんだ。そしたら、車寄せの端っこに停まっていた軽がするすると照子に近づき、彼女を助手席に乗せて走り去った」

大仏がそうつづける間に、車谷の目配せを受け、隣で受話器に耳を寄せていた丸山が辻村に歩み寄り、適当な口実を作って店の外へと連れ出した。

「照子が沖縄から戻る時刻に待ち合わせて、ピックアップしたってことか――」

車谷は、口の中で言葉を転がすように言った。そうするとともに、思考も頭の中で転がしている。何かが見えて来ようとしている気がするが、もやもやとしていてわからない。

「ああ、そう思うよ。時刻は二時過ぎだったと言ってる。彼女が乗ってきた便の時刻とも一致する。その後、何かが起こり、男は彼女を殺害した。足が不自由なため、自分ひとりじゃ死体を運ぶことができず、それで若い男に頼み、一緒に死体を捨てるのにつきあわせた。運河で一緒に目撃された若い男は、この男の部下とか息子とか、男がものを命じやすい立場の相手じゃなかろうか」

「そうですね……。それにしても、なんで下腹を切り裂いたのか……。いずれにしろ、これで、行きずりの変質者の犯行って線はなくなりましたね。それに、伊波肇の敵対組織って線も」

「そうだな。空港に出迎えるってことは、親しい知り合いのはずだぞ。伊波照子の周辺を洗えば、この男の存在にたどり着くはずだ。こうなると、彼女の知人への聞き込みに際して、足を引きずってたって情報を開示したほうがよさそうだな」

「ここの大家は、元から彼女の店の常連でした。彼女の知り合いで足を引きずる男に、心当たりがあるかもしれませんよ」

「よし、大家に訊いてみてくれ」

「それと、ひとつ報告があるんです。沖縄出身らしい若者が、昨日、店の前をうろうろしてるのを、この大家が目撃していました」

「伊波照子の帰国に合わせて訪ねて来たが留守だったので、店の前をふらふらしてたってことか――」

「ええ、そう思います。この若い男の似顔絵を作りたいんですが」

「了解だ。似顔絵係を手配しておく」

5

赤嶺南子が暮らすアパートは、去年から田園調布本町と名前を変えたエリアにあった。田園調布駅はおろか、その隣の多摩川園前駅よりもさらに多摩川寄りで、道の先には多摩川沿いの土手が見えていた。最寄りは、東急目蒲《めかま》線の沼部駅だろう。

木造二階建てのアパートは、道に面した側の外壁を新建材にして見栄《みば》えを整え、名前の最後には大仰《おおぎょう》に「マンション」がついていた。だが、中の造りは昔ながらのもので、薄暗い玄関口の奥に防腐剤で黒ずんだ廊下が延びており、框《かまち》を上がったところには、赤い委託公衆電話が設置されていた。

車谷は、南子の夫に対して辻村が使った「出世頭」という言葉を思い出した。それが南子が吹聴《ふいちょう》した結果だとすれば、かなりの見栄《みえ》を張ったといえるかもしれない。

玄関横の壁に作りつけられた下駄箱には納まりきらない靴が、コンクリート敷きの土間に所狭しと脱ぎ散らかされている。そこに無理やり押し込むようにして靴を脱いだ車谷と丸山のふたりは、廊下に並ぶドアに掲げられた表示板で名前を確かめ、向かって右側三つ目の部屋をノックした。

「どなた？　押し売りならば、お断りよ」

すぐに女の声で応答があり、

「川崎警察の者ですが、赤嶺南子さんですか？」

車谷がそう確かめると、一瞬の沈黙ののち、いくらかきまり悪そうな様子で女がドアを開けた。

「そうです。母の件ですね、わざわざすみません。いきなりお訪ねしたら申し訳ないだろうと思って電話をしたのですが、わざわざ訪ねて来ていただけるなんて……」

どうやら、自分のほうから問い合わせの電話を入れたらしい。

「でも、助かりました。子供が夏休みで、手を離せなかったんです。この暑いのに、家の中で遊ぶのはいい加減にしてくれって追い出したばかりなんですけれど、ほら、このありさまで――」

赤嶺南子は早口で告げると体を少し傾け、オモチャが散らかった部屋を刑事たちに見せた。襖《ふすま》には、あちこち蹴破《けやぶ》った跡があった。

長い髪を後ろでひっつめた彼女は、すっかり汗まみれになっていた。大柄ではないが、骨格のしっかりした女性で、汗ばんだ胸元のふくらみがワンピースの布地をしっかりと奥から押し上げている。

彼女もまた、子供の頃に本土に来て育ったためだろう、弟の伊波肇同様、いわゆる沖縄の人間っぽいアクセントはなかった。

気風《きっぷ》のよさそうな話し方をする。親子の喋り方は比較的似るものだし、生前の伊波照子がひとりで客商売をしていたことから想像すると、彼女もこうした雰囲気の女性だったのかもしれない。

「電話の件は存じ上げなかったのですが、今まで伊波照子さんが経営なさるお店を訪ねていまして、そこの大家さんから、南子さんのことをうかがってやって来ました。ちょっと話を聞かせて貰いたいんですが」

「あら、そうでしたか。店のほうへ……。はい、私からも色々お聞きしたいのですが、なにしろ男の子がふたりいると、部屋が散らかってまして……。表でもよろしいでしょうか——?」

「もちろん、けっこうですよ。それじゃ、多摩川の土手へでも行きましょうか」

車谷がそう提案すると、赤嶺南子は一旦《いったん》部屋の中へ姿を消した。刑事ふたりがアパートの前で待っているとすぐに出て来て、

「子供がいつ戻るかわかりませんので、あの辺りでよろしいですか?」

土手よりも手前にある、目蒲線沿いの空き地を手で指した。家がぽつぽつと立つ間が、野ッ原として放置され、その一部には土管や木材が無造作に積み重ねられていた。線路との間にも特に垣根はなく、あちこちで子供たちが遊び回っている。

「もちろんですよ。お母さんの件は、誰から?」

車谷は、野ッ原に向けて砂利道を横断しながら、訊いた。

「今朝、弟が電話を寄越しました。びっくりしました。もう、何がなんだかわからなくて……。やっぱり、組関係の誰かに殺されたんでしょうか……?」

南子は狼狽《うろた》え、早口で問いかけつつ、周囲の耳を気にするような素振りを見せた。

「弟さんが、そう言っていたのですか——?」

「ええ……、電話の向こうでわんわん泣きながら、俺のせいだ……、母ちゃんはきっと、俺のせいで殺されたんだと……」

車谷と丸山は、そっと顔を見合わせた。

伊波肇はあのあと何か思い当たり、やはり対抗する組織の誰かが自分への報復で、母親を殺害したものと判断したのだろうか……。

むしろあのあと酒を飲みつづけるとか、何かクスリをやるとかして、混乱した頭で姉に電話をしてきた口かもしれない。

いずれにしろ、ああいう男が暴走すると厄介《やっかい》なことになる。

「犯人が組関係者と決まったわけではありません。むしろ、違う線が濃厚です。我々からも釘を刺したのですが、お姉さんからも、弟さんに、決して早まったことをしないように言って聞かせて貰えませんか」

「まさか、弟が、何か報復を……」

姉を怯《おび》えさせてしまったようだが、何か起こってしまって悲しませるよりはマシなのだ。

「我々はそれを恐れています。くれぐれも、よろしくお願いします」

車谷はそう念を押した上で、質問に移ることにした。

「実はですね、その後、新事実が判明しまして、お母さんを空港まで迎えに行った男が有力容疑者として浮かび上がりました。誰かお母さんの知り合いで、片脚を大きく引きずっている男を御存じないですか？」

「片脚をですか……。いいえ、わかりませんが……」

「少しよく思い出してみていただけませんか。現在だけでなく、少し昔の知り合いの中にも、そういった人はいないでしょうか？」

車谷に言われてしばらく考えた末、南子は結局、首を振った。

「いいえ、思い当たりません……。足を引きずっていたのならば覚えていると思うんですが、そんな人は、ちょっと……。たまたま足を怪我していただけではないでしょうか？」

「かもしれないですね」

と、車谷は一応の同意を示した。

確かに、その可能性もあるかもしれない。ここに来る前、大家の辻村にも、似顔絵作りへの協力を依頼するとともに、片脚を引きずる男に心当たりはないかと確かめていたが、やはり誰も思い浮かばなかったのだ。

（どうも妙だ……）

軽バンから照子の遺体を運河に捨てようとしているところを見つけた警官の証言から、中年男のほうは元々脚が悪かったか、大分前に脚に大怪我を負ったものと判断したが、それを訂正すべきかもしれない。

それとも、誰か照子と親しい人間で、娘や店の常連たちには知られていない者がいるのだろうか。

照子の店の前をうろついていた若者と、運河で彼女の遺体を捨てようとしていたふたりのうちの若い男とが、同一人物である可能性はどうだろう……。

頭部や肩を激しく殴打した上に、亡くなった被害者の下腹を裂くなど、猟奇的な変質者でないとすれば、余程激しい怒りが存在したことになる。伊波照子の人間関係の中で、彼女に対してそれほどの怒りを秘めていた者とは、いったいどんな人間なのだろう。

「いずれにしろ、我々は沖縄に行ったお母さんが、帰国後すぐ狙われたことが気になっているんです」

質問をつづけることにして、そう話を振ってみた。

「でも、沖縄へ行ったのは、ただの里帰りですけれど……」

「実は、ちょっと気になる話を聞き込んだんですが、お母さんは沖縄に行く前、店の大家でもあり常連でもあった辻村さんに、沖縄が日本に復帰してから行くのでは遅い、という意味のことを話してるんです。どういう意味なのか、何か心当たりはありませんか？」

「復帰後では、遅い……、ですか」

南子は嚙み締めるように車谷の言葉を反復し、再びしばらく考えた。

「いいえ、わかりません。いったい、なぜ遅いのか……。母は結構せっかちな性格でしたから、復帰まで待てないという意味だったのではありませんか？」

「しかし、それとは少しニュアンスが違うように思うんですよ」

「そうでしょうか……。でも、それがそんなに大事なことなのですか？」

「わかりません」と車谷は答えるしかなかった。

だが、こだわっていると、何かが見えて来ることがある。

「向こうで誰に会う予定だったかは、聞いていますか？」

「いえ……、具体的には……。ただ、親戚に会うとしか……」

「二日の滞在が三日に延びたのですが、その理由については？」

「それも聞いていません。延びたことも、今朝、弟に聞いて初めて知りましたので──」

車谷は、話をよく聞いていることを示すためにうなずきつつ、この先、何をどう尋ねるかを考えた。

踏切が鳴り出し、線路の近くにいた子供たちがよけたあとを、「青ガエル」の愛称で呼ばれる緑色の車両が通過した。

蒲田《かまた》方向に向かって走っていく私鉄電車の先には、東海道新幹線のコンクリートの架橋が見えた。

「ナミさん、赤嶺さ〜ん、お電話ですよ」

踏切や電車の通過音にも負けない声が聞こえて来て振り向くと、アパートの玄関前に大家らしい五十女が立ち、こっちに向かって手を振っていた。

「すみません……。ちょっと失礼します──」

南子は車谷たちに頭を下げ、女に礼を言いながら砂利道を渡った。一応は車が通過できる広さの道だったが、さっきから通行車は皆無で、そこもまた子供たちの遊び場になっていた。

「前の家ではちゃんと電話を引いてたんですけどね……、ここじゃ、引いて欲しいって頼むと、かえって嫌な顔をされちゃいまして、住人はみんな呼び出しなんです」

さり気なく一緒について行く車谷をチラッと見て、南子が小声でそう説明する。

さっきの女が、玄関内に置かれた赤電話の横で南子を待っていた。外から住人に用があるときは、この赤電話にかける仕組みだ。ここから電話をかけるときに使う料金の中から決まった額が、毎月、委託手数料として大家に支払われる。

「病院からなんですよ。御主人が怪我《けが》をされたみたいで、至急、来て欲しいって。大丈夫なのかしら」

女は心配半分、好奇心半分という顔つきで言いながら、赤電話の受話器を差し出した。

南子が驚きながら礼を言って受け取り、

「はい……。お待たせして申し訳ありません……。怪我をしたとは、いったい……。はい……。しかし、これから私が沖縄へは……。はっ？　沖縄じゃないんですか……？　なぜそんなところに……？　はい……、わかりました。それじゃ、とにかく、病院のほうへ参ります……。いえ、大丈夫です。もちろんすぐに……。はい……、印鑑ですね……。それと、保険証と……」

そんなやりとりをして電話を切ったのち、半信半疑の顔を玄関口に立つ車谷たちのほうへと向けた。

「申し訳ありません。主人が怪我をしたそうで……。これから、すぐに病院へ行かなければ……」

「御主人は、沖縄に行ってらしたんですか?」

車谷は、電話の応対の声から察して問いかけた。長女の亭主が沖縄に行っていたのは、ただの偶然なのか。そのことを南子がさっき言おうとしなかったのは、隠し立てをするつもりだったのか。それとも、ただそれを述べる機会がなかっただけか……。ここまでの会話をたどり直して考えていた。

「ええ、そうですけれど……。でも、なんだかおかしいんです……。今夜、遅い時間に戻ると言ってたんですが、もうこっちに戻っていたようで……。しかも、山王《さんのう》にいたみたいなんです……」

「大田区の山王ですか——?」

「はい……。なんで、そんなところへ行ったのか……?」

「御主人の仕事先は?」

「仕事は、父の代から、川崎でゴム製品の工場をやってます。ゴム長靴の製造です。でも、沖縄行きは仕事じゃなく、郷友会の副会長をしているものですから——。来年の復帰を前に、色々と郷土の人たちとの交流が忙しいようで、最近は数カ月に一度、向こうとこっちを往復してるんです」

「なるほど、そういうことでしたか。で、御主人は、なぜ怪我を?」

「詳しいことはわからないんです……。ただ、空き巣狙いの若い男と争って主人が頭を強く打ったのを、御近所の方が目撃して、一一〇番を――」

「空き巣狙い――?」

「ええ……、でも、いったいどういうことなのか……。私、行かなくては。電話をくださったのは、看護婦さんでした。保険証と、印鑑、それに服に血がついてしまったので、できれば着替えを持って来て欲しいと」

「わかりました。そうしたら、我々は車で来ておりますから、病院へお送りしましょう」

「でも、そんな御迷惑は……」

「いいえ。車でならば、大した距離じゃありませんから、どうぞ遠慮なさらないでください」

車谷は、重ねてそう申し出たが、それは親切心からではなかった。


中原街道から環七《かんなな》に曲がった。第二京浜を過ぎて少しすると、前方左側の町名が山王になる。病院は、山王三丁目の大森駅寄りにあった。

中規模の個人病院で、救急専用の出入り口が正面玄関とは別にあったが、そこを入った先は結局、順番待ちの病人でごった返す待合室に通じていた。これでは診療時間中に救急搬送があった場合、一々人を掻《か》き分けなければならない。

消毒液臭い空気が澱《よど》んで感じられる待合室の壁際に、制服警官がふたり並んで立ち、赤嶺南子を連れて現われた車谷たちのほうを見た。

「御苦労様です。川崎警察の車谷です。ちょうど、ある事件絡みで、奥さんに話を聞いていたところでね。送りがてら、御主人にも聴取をお願いしようと思ってやって来ました」

同じ管内で、顔見知りの制服警官とは勝手が違う。車谷は自分から相手に近づき、警察手帳を提示して丁寧に説明した。

制服警官たちも、それぞれ所属と名前を名乗ってから、

「事件絡みですか……。まさか、それが何か御主人の怪我にも関係が——？」

年配のほうが訊いて来た。

「いやあ、まだ何とも。赤嶺伸介さんは、空き巣狙いと出くわしたらしいですね。どんな状態です？　奥様が心配なさってるんですが、すぐに会えるのでしょうか？」

関係があるかと訊かれても、この段階では何とも答えようがない。車谷は質問を繰り出すことで、会話を自分のペースに持って行った。

「治療は終わり、奥で休んでおられます。ちょっと待ってください。今、看護婦さんに様子を訊いてみますので」

警官はそう応対し、若いほうが奥へ走った。

「空き巣は、逮捕できたのですか？」

と、車谷は残った中年の警官に訊いた。

「いえ、私らが駆けつけたときにはもう逃げ去ったあとで、赤嶺さんが頭を押さえてうずくまっていました。空き巣狙いの男と取っ組み合って倒れた拍子に、庭石に頭をぶつけたらしいです。道を隔てた向かいの隣人が、物干し台からふたりが争う様子を目撃していたものですから、

一一〇番通報をしてくれたんです」

「なるほど、そうですか——。ゾクは、裏口から侵入しようとしてたんですね」

「はい、裏口の戸が、ドライバーでこじ開けられていました」

「犯人の特徴は？」

「一応、通報してくださった隣人からは話を聞きましたが、私らは到着した救急車とともに移動しましたので、ただ若い男としか……。しかし、別の者がその場に残り、引きつづき話をうかがっています」

そこまで会話が進んだところで、看護婦がひとり、警官と一緒に戻って来て、

「どうぞ、こちらです——。先生から許しが出ましたので、どうぞ、奥様も御一緒にいらしてください」

と、車谷たちを案内した。

診察室の標示が出た部屋の横に、建物の奥へと延びる廊下があり、診察室の裏手の部屋へと回れるようになっていた。

奥の部屋の前に立つとドアが開け放たれており、中の壁際に置かれた合成皮革張りの治療用ベッドに横たわる中年男が見えた。

三十代前半である南子の年齢から想像していたより、かなり年上の男だった。四十代の半ばかそれ以上で、彼女とはおそらく一回り以上違う。

少し奥目で、二重瞼《ふたえまぶた》。鼻筋の通ったなかなかのハンサムで、やや長めの頭髪が今は包帯で押

さえつけられていた。その包帯の上から前髪がさらりと額のほうに垂れていて、それが知的な翳《かげ》りを生んで見える。川崎でゴム長靴を造る工場の二代目らしいが、新派の二枚目でも通りそうだ。

男は南子に気づいて体を起こしかけたが、その途中で頭痛に襲われた様子で顔をしかめた。しかし、人慣れした車谷の目には、それは妻と一緒に現われた人間への警戒を隠すための仕草《しぐさ》にも見えた。

部屋同士をつなぐドアが開き、診察室から初老の医者が姿を見せた。

せかせかと近づいて来て、簡単な病名でも告げるような口調で自分の苗字だけ名乗り、

「後頭部の傷は、三針縫いました。それに、脳震盪《のうしんとう》を起こしたため、まだ若干眩暈《めまい》が残っているようですね。脳波には異常がないので大丈夫とは思いますが、毛細血管は非常に細くて切れやすいため、内出血が心配です。できれば安静にした状態で、ひと晩ぐらい入院して貰うのがいいと思いますね」

口早に説明して「何か御質問は?」と問いかけたものの、ろくに返事も待たず、待合室で待つ大勢の患者たちのために診察室へと戻って行った。

赤嶺南子は医師に頭を下げて見送ったあと、ベッドの夫に近づいた。

「どうしちゃったの、あなた……。心配したわ……。それに、どうして山王になんか……?私、まだ沖縄にいるものだとばかり思ってたから、びっくりしちゃったわ……」

赤嶺伸介が、妻の肩にやさしく手を乗せた。

「いや、実は曽川さんから、沖縄で預かりものをしてね。書類を、羽田まで受け取りに来た秘書の磯崎さんに渡したんだ。彼女は、ほら、進んでる女性で免許を持ってるから、車で来てたので送ってくれることになったんだよ。でも、その前に、曽川社長から頼まれてることがあるので、ちょっと山王の別宅に寄りたいと言われて、つきあったのさ……。結果からいえば、俺が一緒でよかったよ。そうでなきゃ、彼女がひとりで空き巣狙いに出くわし、こんなことになってたかもしれない――」

「だけど、帰る時間が早まったのは、なぜだったの……？　報せてくれてもよかったのに……」

南子の声には、夫に甘えかかるような調子が濃くなっていた。年の離れた夫婦は、いつでもこうした感じでやりとりしているのだろう。

だが、一般的に言って、亭主がこうしてぺらぺらと説明を繰り出すときは、用意した言い訳を口にしていると疑ってかかったほうがいい。

「ああ、それはね……、急に時間が早まったので報せる間がなかったし、電話代ももったいないだろ。遅れるのならば一報しなければと思ったけれど、まあ、いいかと思ってさ……」

赤嶺はそう説明しながら、ちらちらと車谷たちのほうを見ていたが、

「ところで、この方たちは――？」

と、訝《いぶか》しそうに訊いて来た。

「川崎警察捜査係の車谷と言います」

「丸山です」

と、それぞれ名乗ったあと、南子がすぐそれに押しかぶせるようにして、

「あなた、私の母が……」

夫の顔を見ることで気持ちが緩んだらしく、彼女は涙声になった。

「義母さんがどうしたんだ？　まさか、事故にでも――」

「殺されたのよ……。殺されちゃったの……」

「――」

妻から何の前置きもなく告げられ、赤嶺伸介は何か喉《のど》に詰まらせたような顔で絶句した。

「殺されたって、そんな……、いったい……」

赤嶺はかすれ声でつぶやきつつ、答えを求める顔を車谷に向けた。泣き暮れる妻の肩を深く抱き、子供をあやすように優しくそこを叩き始めた。

「いったい何があったのか、説明をお聞かせいただけますか？　犯人は、逮捕されたのでしょうか？」

「今日の深夜〇時過ぎに、伊波照子さんの遺体が、京浜運河で発見されました」

車谷はそう告げてから、遺体の下腹が切り裂かれていたことは伏せたままで状況を説明した。

困惑している赤嶺伸介を前に、ひとつ間を置き、こう言い直してみることにした。

「つまり、沖縄から戻って、そのままどこかに連れ去られ、そして、殺された可能性があります。赤嶺さんも今日まで沖縄だったとうかがいましたが、向こうでお義母さんとは？」

「いえ……、義母がちょうど同じ時期に来ていることは知っていましたが、お互い、滞在も短かったものですから、予定を擦り合わせて会うようなことはしませんでした」

赤嶺はそう言って一度口を閉じたが、

「来年、沖縄が本土に復帰するものですから、それに合わせて、私もあれこれ用事がありまして」

自分から、そうつけ足した。

「郷友会の副会長をなさっているそうですね。曽川さんというのは、やはり郷友会の関係の方ですか?」

「いえ、曽川社長は、大阪の財界人ですよ。フルネームは、曽川徹。徹は、『徹夜』の徹です。本宅は向こうにありまして、山王にあるのは東京の別宅なんです。曽川さんは、沖縄の開発や本土との交流に尽力なさっていましてね。今回も、向こうで何人か沖縄の経済人や地主さんたちを、私が仲立ちして曽川さんに紹介したんです」

「なるほど」

車谷はうなずくことで一拍置き、質問を空き巣狙いの件に切り替えることにした。

「ところで、空き巣狙いと出くわしたときのことを、もう少し詳しく聞かせていただけますか。どういった状況で出くわしたのでしょう?」

「邸宅の駐車場に車を入れて、磯崎さんと一緒に裏口に回ったところ、その男と出くわしたんです」

「ほお、あなたも御一緒に」

「ええ、まあ、車の中で待っていてもしょうがないですし……。何かおかしいですか？」

「いいえ、特に。なぜ表玄関ではなく、最初から裏口に？」

「それは磯崎さんの預かってる鍵が、裏口のものだったからですけれど」

「なるほど。で、その先は――？　男は、何をしているところだったんです？」

「ええと、裏口の鍵を壊しているところでした」

「なるほど。それで、その先は？」

「取っ組み合いになり、押されて、裏口の傍にあった漬物石みたいな石に頭をぶつけてしまいました。それで、御覧の通りですよ」

「その空き巣狙いの顔は見ましたか？」

「ええ、まあ、一応は……」

「どんな男だったでしょうか？」

「そう言われても、私もあわてていたものですから……。ええと、髪の毛はこざっぱりと刈り上げてました。背丈は私ぐらいで、筋肉質の、比較的がっしりとした男でしたけれど……」

「年齢は？」

「ええと、二十代の半ばぐらいかな……。前半だったかもしれません……」

「もう一度会えば、わかりますか？」

「ええ、まあ、おそらく……。確信はできませんが……」

「服装は？」

「白っぽいTシャツに、ジーパンだったかな……」

知的な翳りがあるのは、ただの見てくれだけのものだとわかるのには、これだけの会話で充分だった。歯切れが悪いのは、何か隠し事をしている人間の特徴だと教えてやりたいぐらいだ。問題は何を隠しているかだが、病院で手当てを受けたばかりの市民を、しかもその妻も前にして、脅して話させるわけにはいかない。

「なるほど、およそのことはわかりました」

車谷は、一旦話を切り上げることにした。まずは、現場を見てみることだ。

6

大田区山王は戦前からの高級住宅地だが、どちらかといえばその中でも外れ近いエリアに、目当ての邸宅は建っていた。国鉄の大森駅からは少し距離があり、周囲には畑も残っている。もう少し行くと、町名が西大井に変わるはずだ。

その邸宅は漆喰《しっくい》塗りの壁に素焼きの和瓦《わがわら》を載せた和風の大きな二階屋で、向かって右側にはなまこ壁の蔵も従えていたが、左側の庭に面した側には、真っ白い下見板張りによる平屋の洋風建築がつながっていた。

洋風部分は、八角形のうちの三辺が、和風建築にめり込んでいるように見える。実際には逆で、八角形のうちの五角形部分が張り出すような形で建て増しされたものだろう。庭に面した五辺には満遍なく窓があり、室内のどこからでも庭が見渡せるようになっていた。窓の中には、白いレースのカーテンが引かれていた。

建築史になど興味はないが、戦前からの建物に時折見かける洋館つきの邸宅だ。大森、蒲田といったエリアは軍需工場が多かったので、特に湾岸部や多摩川の周辺は空襲で狙い撃ちにされたのだが、ここは焼失を免《まぬか》れたらしい。

建物だけではなく、庭もかなり広かった。その周辺を、子供の背丈ほどの植え込みが囲んでいた。植え込み越しに庭も家も見渡せるし、その気になれば踏み入って侵入も可能だろう。近隣にも空き巣狙いにも開放された造りだ。

時代劇で見るような冠木門《かぶきもん》の奥に、車が二、三台駐《と》められそうな範囲にわたって前庭の一部がコンクリートで固められていたが、門前にも車を寄せて停められるだけのスペースがあり、そこにパトカーが一台停まっていた。だが、中には誰も乗っておらず、周辺にも警官の姿は見えない。

空き巣狙いは裏口のドアをこじ開けていたとのことだったので、そっちに待機しているものと思い、車を降りた車谷たちが植え込みに沿って移動しかけると、制服警官がふたり、向こうから角を曲がって現れた。

「川崎警察の方ですか。連絡を受けて、お待ちしてました。裏手にいたものですから、失礼しました」

年配のほうが言い、きちんと敬礼した。病院にいたのと同様に、四十代の中年警官が二十代の警官とコンビを組んでいた。

お互い、名乗り合った上で、

「秘書の磯崎さんという女性が、赤嶺さんと御一緒だったと聞いたのですが、まだこちらに?」

車谷が訊くと、

「ああ、磯崎佳菜子《かなこ》さんですね。鑑識が終わるまでは立ち会って貰っていたんですが、仕事があるとのことでしたので、ちょっと前にお帰りいただきました」

年配のほうがそう説明した。

磯崎佳菜子にも直接話を訊き、赤嶺伸介の証言との矛盾点を探りたかったが、当てが外れた。だが、鑑識が済んでいるのは都合がよかった。屋敷に近づき、自分の目で確認できる。

「通報したのは、隣家の主婦だと聞いたのですが」

と確認すると、年配の警官が屋敷の裏手の方角を指差した。

「裏側の家です。ちょうど物干しで布団を干しているところで争う男たちが見えたので、一一〇番をしたそうです」

車谷たちは警官に案内され、植え込み沿いの道を屋敷の裏側に回った。

裏手の道を隔てた向かいに、新しい文化住宅が何軒か建ち、どれも同じような造りで二階の一番道寄りに物干し台があった。マンションのように、ベランダと呼んだほうがいいかもしれない。

「私がちょっと話を聞いて来ましょう」

丸山が言って通報者の家へと走り、車谷のほうは制服警官とともに屋敷の裏木戸に近づいた。

木戸の鍵は特に壊されてはいなかったが、植え込みの密集していない箇所に体を差し入れさえすれば、敷地内に入ることは何の造作もなかった。空き巣狙いも、そうしたにちがいない。

今は開いている裏木戸を抜けて、車谷は中へ入った。

全体に土が剝《む》き出しの地面に、裏木戸と屋敷の裏口の間だけ、平たい石が飛び飛びで埋め込んである。こちらは屋敷の北側に当たり、地面の端や家の土台の周辺には、青く苔《こけ》がむしていた。建物で陽射《ひざ》しが遮《さえぎ》られ、湿気がどんよりと澱《よど》んでいる。

車谷は、裏口の扉に着目した。屋敷そのものと同様に大分年代ものの扉は、見かけは立派で堂々としていたが、鍵は簡単なシリンダー錠だった。ドアとドア枠との隙間《すきま》に、強引に何かをこじ入れた跡が残っている。いかにも素人臭《しろうとくさ》い手口だ。

腰を伸ばした車谷が左右を見渡すと、右にも左にも、土の地面にかなりの数の足跡が延びていた。裏口付近に密集した足跡は、赤嶺伸介と格闘したときのものだろうが、それとは違うものもある。侵入者は、屋敷の周辺をうろつき回ったのだ。

「足跡の採取も終わっていますね」

「はい、写真撮りを行ない、石膏《せっこう》による現物採取をしました。それに、ドアの周辺の指紋採取も行なっています」

車谷は膝《ひざ》を折り、地面に残った靴跡に顔を寄せた。日本人としては少し大きめで、二十六センチ前後か。靴裏の滑り止めの模様から、スニーカーらしいとわかる。

「その後、何か目撃情報は？」

腰を上げながら訊くと、

「犯人はこっちへ逃げましたので」

と、制服警官は、屋敷の裏手右側を指差し、

「逃走した方向を中心に、現在もなお聞き込み中ですが、私には詳しいことは……。そういった点については、捜査係のほうに確認いただけますか」

このふたりは、基本的には、現場保存を割り当てられただけなのだ。

「承知しました」

とは応じたものの、車谷はもう少し訊いてみることにした。

「家の持ち主の曽川さんに連絡は？」

「それは、秘書の磯崎さんがしてくださることになっています」

「曽川さんは、現在、どちらに？　職場の場所は聞いていますか？」

「虎ノ門に曽川さんの事務所があるのですが、昨日、沖縄から大阪のほうに戻ったはずだと仰《おっしゃ》ってました」

いくつかやりとりを終えたとき、丸山が走って戻ってきた。何か新しいことを聞き込んだらしい。

「チョウさん、やはり赤嶺伸介は嘘をついてましたよ」

案の定、丸山は車谷の前に立つと、そう話の口火を切った。

「隣家の主婦が言うのには、空き巣狙いは裏口の鍵を壊していたところを赤嶺伸介たちに見つかったわけじゃなく、裏口から逃げ出して来た空き巣狙いを追って、赤嶺伸介も邸宅の中から駆け出して来たんです。裏木戸の手前で追いつき、赤嶺が空き巣狙いに組みつきましたが、取っ組み合いになって押しやられ、体のバランスを崩して倒れたそうです。それに、取っ組み合いをするふたりのことを、屋敷の勝手口から顔を出した女が心配そうに見ていたとも言ってますので、その女がおそらく磯崎佳菜子ではないでしょうか」

「じゃあ、空き巣狙いと赤嶺伸介たちは、家の中で出くわしたんですね――」

「ええ、そうなります」

「わからないな……。それなのに、なんでそんな嘘を……」

驚いてつぶやく制服警官のほうへと、車谷は向き直った。

「磯崎佳菜子の証言は聞いていますか？」

「ええ、それは我々で行ないました。ですが、磯崎さんも、この裏口をこじ開けようとしている犯人に出くわし、その場で赤嶺さんと犯人が格闘になったと証言しましたが……」

「口裏を合わせたんでしょうな」

丸山が指摘し、いよいよ車谷を驚かせる情報を口にした。

「それとですね、チョウさん、もうひとつあるんですが、どうもその空き巣狙いの男というのは、沖縄の人間じゃないかと言うんです」

「え……。なぜわかったんです？」

「隣家の主婦は、昨日も一度、その男が屋敷の周りをふらふらしてるのを見かけたそうでして。家の中から窓越しに『何か用なのか』と声をかけてるんです。そしたら、男はそわそわして、一旦は逃げようとしたらしいんですが、思い直した様子で、『曽川さんは戻っているのか』と訊いて来たと言うんです。なんだか、伊波照子の店の周辺をうろついていた若者について、大家の辻村さんがした証言と似てませんか」

「ええ、確かに――」

「それに、その言葉というのが、耳慣れないアクセントがあったそうでしてね。所謂《いわゆる》東北弁ならば、どこの県かはさておきそうわかるけれど、それとは違ったと言うので、もしかして、沖縄っぽい話し方ですかと訊いてみたら、ああ、そうだ、確かにそうかもしれないと言うんです。――まあ、沖縄っぽいってのは、私が水を向けたわけですから、厳密に言えばわからないわけですけれど」

車谷は、黙ってうなずいた。

(同じ男なのかもしれない……)

「主婦がその男を見かけたのは、昨日の何時頃ですか？」

「日が暮れて少しした頃だったから、七時か七時半頃じゃないかと」

丸山はそう答えてからすぐに、こう推測を口にした。

「その男は、昨日、羽田に着いた伊波照子と、どこかで会う約束をしてたんじゃないでしょうか。ところが現われないので、店に訪ねて行った。しかし、埒《らち》が明かず、今度は曽川という男が所有するこの屋敷にやって来た」

車谷も、同じように想像しているところだった。

「うむ、そうかもしれませんね。そして、今日になってもう一度ここに現われ、今度は裏口の鍵をこじ開けて中に入った」

「その先のことについちゃ、赤嶺伸介と磯崎佳菜子のふたりをもう一度問いつめれば一層はっきりしますよ」

「主婦は、男の顔を覚えてますか？」

「ええ、大丈夫です。似顔絵が完成次第、見て貰いましょう」

丸山はそう応じつつ、車谷の顔を見つめて来た。デカ長である車谷に、この先の〝やり方〟を無言で問いかけている。

「ええと、鑑識も含めて、建物の中は調べてないんですね――？」

車谷が、制服警官に訊いた。

「はい。侵入未遂だと聞いたものですから、内部は調べておりませんが……」

「何か物色された痕跡《こんせき》が残っているかもしれない。そうなれば、屋敷の持ち主に至急連絡をして、改めて被害届を出して貰う必要がある」

車谷はそう告げた上で制服警官を裏口で待機させ、丸山とふたりで中に入った。

裏口の先は昔風に広い土間で、その右側が台所になっていた。土間を真っ直ぐに突っ切れば、そこから廊下に上がれるようになっている。

車谷たちは靴を脱いで廊下に上がった。廊下の左側には、庭に面した雨戸が閉まっていた。右側の部屋との間は、腰高障子で仕切られていた。

雨戸で外光を締め出しているため、廊下には闇が溜まっていた。だが、台所のガラス窓からの光で仄《ほの》かに明るい。電灯のスイッチを探したがわからないので、車谷たちはそのまま廊下を真っ直ぐに進んだ。

廊下は数間先で突き当り、腰高障子に沿って回り込む形で右に曲がった。和室の部屋の周辺を廊下が囲んでいるのだ。曲がると今度は廊下の先に、外光が入って明るい場所が見えた。表から見た感じを思い出し、この雨戸の外が屋敷の南側の庭で、仄明るいところが玄関だと察せられた。

車谷は、玄関の方向へ進む途中で一度歩みをとめ、横の腰高障子を開けてみた。中にはそれぞれかなりの広さの和室が、いくつか縦に並んでいた。間の襖《ふすま》を閉め切れば各々が独立した部屋になるが、現在は開け放たれていて奥まで一望できた。

畳の匂いとともに、暑気を逃れて僅かに涼しい空気を感じた。荒らされたような痕跡はなかった。

襖を閉め、玄関に向かった。磨《す》りガラスの引き戸から日が射す玄関は、すっかり蒸して暑くなっていた。玄関の上がり框の正面は廊下の幅が広がり、その端に二階へと昇る階段があった。洋館風の部屋は玄関の隣で、廊下のちょっと先に入口のドアがある。

「俺は念のために二階を見て来ます」

「そしたら、私はここを」

玄関横の洋間を丸山に任せ、車谷は階段を上った。

二階も一階同様、窓に面した廊下が各部屋をつなぐ造りだった。やはり窓の向こうに雨戸が閉まっていたが、小窓がいくつかあり、そこから射す外光で一階よりも明るかった。

一番手前の部屋の障子を開け、車谷は一瞬、目を見張った。間の襖を開け放った和室は、ちょっとした旅館の宴会場ぐらいの広さがあった。純和風の部屋ではあるが、畳には真っ赤なカーペットが敷き詰めてあり、奥の部屋に天蓋《てんがい》つきのダブルベッドが鎮座していた。

手前のほうの部屋には、食事用のテーブルとソファがあって、そのソファで楽しむのにちょうどいい方向の壁に、テレビとかなりの大きさの音響セットが配置されている。天井の灯《あか》りまで、小ぶりのシャンデリアに換えている念の入り様だった。

趣味の悪い連れ込みやラブホテル以外で、こんな部屋を見たことはなかったが、すべてのものにそれなりの金がかかっているらしいことは大きな違いだろう。

脇の壁に丸いスイッチを見つけた車谷が、ハンカチで指先を覆って回してみると、シャンデリアが明るくなった。

部屋を横切ってダブルベッドへと近づいた。一応ベッドメイクがしてあるが、シーツに微妙にしわが寄っている。枕に顔を寄せ、そこに落ちていた髪の毛を摘《つ》まみ取り、小さく苦笑した。二種類の毛髪が見つかった。

赤嶺伸介は、妻には内緒で早めに羽田に帰り、そして、ここで女としけ込んでいたのだ。相手は、曽川徹の秘書の磯崎佳菜子だろう。それを隠したいために、屋敷の裏口で空き巣狙いと出くわしたなどと、すぐにバレるような嘘をついたにちがいない。

「チョウさん、ちょっと来てください」

階下から丸山の呼ぶ声がして、車谷は元来たほうへ引き返して階段を下った。

玄関前の廊下を横切り、開けっぱなしてある洋間の入口を入ったところで、足をとめて部屋を見回した。応接室として使われているのだろう、部屋の真ん中に、天板が大理石でいかにも値の張りそうな応接セットが置かれていた。周囲の壁それぞれに窓があり、その中でも正面の窓が一番大きくて、出窓になっている。

その出窓にずらっと並んだ写真立ての写真が、車谷の目を引いた。真ん中付近には一際大きな写真立てが並び、その何枚かには、日本のみならず国際的にも有名な俳優が写っていた。大御所の演歌歌手の写真もある。

ホテルか高級レストランのテーブルで写したものが主《おも》だったが、どこかのお座敷で写したものも交じっていた。どの写真にも、小柄で目の大きな老人が一緒に写っていた。

写真立てを見回すと、芸能人だけじゃなく、現役、もしくは引退後の野球選手や大相撲の力士。それに、政治家や財界人の顔もある。場所は大概どこかの店らしかったが、中には大海原や巨大なクルーザーを背にして笑う者もあった。

その多くに、小柄で目の大きな老人が写り込んでいる。

「たぶん、この目の大きな老人が、ここの持ち主の曽川徹でしょうね」

丸山の指摘に、車谷はうなずいた。日に焼けた健康そうな男で、写真からは年齢が判断しにくかった。六十といっても、八十といっても通りそうだ。

「私の好きな演歌の女性歌手も写ってますよ」

丸山は僅かに相好《そうごう》を崩して言ったが、すぐに真顔に戻り、

「それと、チョウさん。あの写真に気づきましたか」

写真立てのひとつを指差した。

（これは……）

芸能人と比べれば控えめな大きさの写真に、曽川徹らしき老人とともに写るのは、車谷たち川崎署の面々には深い関わりのある男だった。

政治家の国枝大悟楼《くにえだだいごろう》！

この男の三男が色狂いの変質者で、強引に関係を持った女性の何人かを殺害したのだ。車谷たちは以前に別件の捜査中にこの事件に出くわし、国枝の三男を逮捕した。

国枝大悟楼は川崎を牛耳《ぎゅうじ》る陰のドンと呼ばれ、この三男の犯罪を隠すのに協力した人間たち全員が、直接的間接的に国枝から便宜《べんぎ》を図って貰っていた者ばかりだった。

だが、いわば本丸ともいうべき国枝が三男の犯罪を知って隠蔽《いんぺい》を計っていた事実は証明できず、捜査の手が父親に及ぶことはなかった。

三男逮捕のニュースは日本中を駆け回り、国枝大悟楼の政治家としての名声にも傷がついた

が、つまりはただそれだけのことだった。

　自分たちの利権を護り、自分たちに都合のいい世の中を継続したい一部の人間たちにとって、国枝大悟楼は絶対的に必要な存在であり、そして、次の総選挙ではまた当選は確実と言われている……。

「その他に、私が気になるのはこのふたりでして、何枚かの写真に一緒に写ってるんです」

　丸山はさらに、ふたりの男女へと車谷の注意を促した。

　男は四十代半ばぐらい。がっしりとした体格で、髪を短く刈り上げている。それほど大柄ではないが、筋肉質な体形と風貌が威圧感を振り撒《ま》いている。芸能関係者か、もしくはその筋の人間か……。両者は雰囲気も似ているし、実際につながりが深くもある。

　一方、女のほうは三十代の後半か四十ぐらいか。目鼻立ちがくっきりした西洋風の美人で、どの写真でも綺麗に飾り立てていた。彼女もまた芸能人の類《たぐい》かと想像したが、なんとなく水商売っぽくもある。ふたりとも、見覚えのない顔だった。

「それとですね、チョウさん。これを見てください。私がここに入ったときにも、こうしてこの扉が細く開いていたんです」

　丸山は、今度はサイドボードのひとつへと車谷の注意を向けた。入口から向かって左右の窓の手前には、腰ぐらいの高さまでのサイドボードが作りつけられていた。

　それぞれに引き違いの戸がついているが、向かって右のサイドボードの戸が、丸山が言った通り僅かに細く開いていた。

丸山は、既に現場保存用の手袋をしていた。状況を説明するために、一旦元の状態に戻したものらしい。

「この中を見てください」

と言って、手袋をした手でその引き違い戸を開けると、サイドボードの下段に小型の金庫が入っていた。上段も含め、金庫以外の物は何もなかった。

金庫は鍵が締まっておらず、扉が半開きになっていた。

「中は空っぽですよ」

車谷が手袋を出してはめようとすると、丸山が一歩先んじて言い、金庫の扉を開けて見せた。

「こりゃあ、チョウさん。空き巣に失敗して逃げたんじゃなく、成功し、何か盗んで逃げたのかもしれませんよ」

「そうだな。それにしても、この部屋はいったい……」

車谷はそうつぶやきつつ、改めて部屋を見渡したが、途中でこう言い直した。

「曽川って老人は、いったい何者なんでしょうね――？」

「いずれにしろ、至急、曽川徹に会って話を訊いてみる必要がありますね。郷友会の副会長である赤嶺伸介が一緒に沖縄に行っていたのは、曽川の仕事をサポートするためだった。そうすると、ここに侵入した沖縄の若者は、何かその仕事絡みのものを盗む目的でここに侵入したのかもしれない」

丸山がそう意見を述べるのを聞きながら、車谷は部屋を横切った。入口から半間ほど横にずれた床に、幅が六十センチほどで、長さは半間ぐらいの長方形の枠があった。床板と同じ模様の板を使っているので目立たないが、ハッチの蓋《ふた》ではないか。

「この蓋は何だ……？」

「地下の収納庫かもしれませんね」

そんな会話をしつつ、車谷が回転取手を見つけて持ち上げると、思った通りダンパー付きの開口ハッチだった。作りつけのステップが、床下に向かって延びている。

そこを見下ろし動きをとめたデカ長のことを丸山が怪訝《けげん》そうに見て、隣に並んだが、そうするとともに同様に動きをとめた。

地下はワインセラーとして使われていたらしく、周辺の壁はワインで埋まっていた。ステップを下った先、ワインセラーで囲まれた床に、小さな老人の遺体が横たわっていた。

死んでいることは、一目でわかった。老人は顔が土気色をしており、地下室にはうっすらと排泄《はいせつ》物の臭いが籠《こも》っていた。死後、肛門が緩み、腸内の堆積物《たいせきぶつ》が漏《も》れ出てきたのだ。さらに時間が経過すれば、これに腐敗臭が重なり、もっとすさまじい臭いになる。

後頭部から出血した血が、どす黒く床に広がっていた。

丸山が、小さく溜息を吐いた。

「曽川徹から話を聞くのは、できなくなりましたね」

車谷は、黙ってうなずいた。遺体の老人は両眼を虚《うつ》ろに見開いており、あの特徴的な両眼が、眼窩《がんか》から今にもこぼれ落ちそうに見えた。

第二章

1

大田区山王町を管轄とする大森署の捜査責任者と話し込んでいた大仏庄吉が、いつもの仏《ぶっ》頂《ちょう》面《づら》で車谷が待つほうへと戻って来た。車谷には、その仏頂面から見当がついた。どうやら話し合いが上手《うま》く行ったらしい。

「うちの事件の関係者が、こっちの事件の重要容疑者だと説明し、理解して貰《もら》ったぞ。合同捜査という形で、まずはこの付近の聞き込みに対して、うちからも応援要員を出すことになった。その後も、お互いに密な情報交換を行なう」

「さすが親爺《おやじ》さんだ。いつもながら、ありがとうございます」

「お世辞はいいから、捜査を頼むぜ。とにかく、早く例の若い男を見つけてくれよ」

出来上がってきた似顔絵を隣家の主婦に確認したところ、「この男です」との確認が取れていた。照子の店で昨日、大家の辻村に目撃された若い男と、この屋敷に空き巣狙いに入った男は、やはり同じ人物だったのだ。

問題は、この男が何者で、どう事件に絡んでいるのかということだ。それを知るために、一刻も早くこの男を見つける必要がある。もちろん、この男自身がホシである可能性も充分に考えられる。

伊波照子の事件と曽川徹の事件は、いったいどう関係しているのだろう……。同一犯による犯行なのか……。だとしたら、狙いは……。この屋敷の金庫には、何が入っていたのだろう……。それを盗んだのは誰なのか。空き巣狙いに入った、沖縄出身らしい若い男なのか……。

車谷は疑問をひとつずつ胸に数えながら、屋敷の様子に視線を巡らせた。

屋敷内では、今、大勢の鑑識係が忙しく証拠の採取を行なっているところだった。ただの空き巣狙いではなく死体遺棄事件であることが発覚し、屋敷の広大な庭や植え込みの外周にも鑑識係が配備され、地面に顔を擦りつけるようにして証拠探しを行なっている。

「そもそも、殺された曽川徹というのがどんな男で、何をしていたのか、秘書の磯崎佳菜子に詳しく話を訊《き》くとともに、大阪府警にも問い合わせることにした」

大仏が言い、

「自宅が向こうにある上に、これだけ巨大な家を東京の別宅として所有しているとは、なかなかの男ですよ」

車谷はそう感想を述べてから、

「一階の和室は、死体が見つかった応接室以外はあまり使用している様子がありませんでしたが、二階の部屋には趣味の悪い真っ赤なカーペットを敷きつめ、ヨーロッパ貴族あたりが使いそうな豪勢なダブルベッドが、でんと陣取っていました。天蓋《てんがい》付きのやつです」

と、二階の様子に言及した。

「そりゃまた……。日本で、ほんとにそんなものを使うやつがいるとは思わなかったな……。俺もあとで見学して来よう。他にどこか、家探しされた様子の部屋は？」

「いいえ、ありませんでした」

「そうすると、犯人の目当ては金庫の中身で、金庫があの書斎にあることを予《あらかじ》め知っていたことになる」

「親爺さんは、それが沖縄の若造だと思いますか？」

車谷は、そう振ってみた。

「ううん、どうかな。ただ、その男がホシだとしたら、金庫を開けて中身を盗もうとしているところを、曽川徹に見つかって殺害した。そこに赤嶺伸介と磯崎佳菜子のふたりがやって来て、あわてて逃げた。そういうことか」

大仏が想像を述べるが、これは親しい刑事同士でやる「筋読み」というやつで、考え方の道筋を摸索し、共有するためのものだ。

車谷は、しばらく係長につきあって貰い、筋読みを進めることにした。

「しかし、そう考えるのには、いくつか問題がありますよ。まず、金庫の鍵はどうしたんでしょう？　裏口をこじ開けている素人臭い手口からすると、鍵がなけりゃ、そいつに金庫破りができたとは到底思えないんですがね」

「それについちゃ、曽川が持ってた鍵を使ったんじゃねえかな。死体のポケットからもどこからも、キーホルダーが見つかってないんだ。男が鍵で金庫を開け、そのまま鍵も持ち去ったんだろう」

「なるほど。ところで、被害者は地下室に後ろ向きに落下し、後頭部が割れていました。首の骨も折れているかもしれない。俺にゃ、その状況が気になるんです。被害者は、地下室から上がって来て、出会いがしらにホシと出くわして落下したのかもしれない。取っ組み合いになったのだとしても、そのときハッチの蓋《ふた》が開いていたことは間違いありません。いったい、どういう状況だったんでしょう……？」

「うむ、そうだな……。いったい、どんな状況だったんだ……。それと、赤嶺伸介と磯崎佳菜子のふたりが、口裏を合わせて嘘《うそ》をついたのも気になるな」

「ふたりへの聴取は？」

「大森署の捜査員が、既に磯崎佳菜子のもとへ飛んでいる。身柄を見つけ次第、引っ張って来る。取調べは、俺も様子を見せて貰うことになっている。赤嶺伸介も、医者の許しが出ればすぐに引っ張って来て事情聴取だ」

無論、「任意」の事情聴取だが、警察が「任意」と言って連行することを拒むのは、実質的には不可能なのだ。

「うちからも、聴取に立ち合えますか？」

「なんとかねじ込むさ」

「お願いします」

車谷はそう言って一旦《いったん》口を閉じたあと、気になる点を大仏と共有しておくことにした。

「しかし、そもそもですが、殺しは今日の出来事じゃあないかもしれません。親爺さんは、死体を確認しましたか？」

「いや、既に搬送したあとだったのでまだ確認してないが、それがチョウさんの見立てか？」

「鑑識が来る前に、地下室の床を荒しちゃならないと思い、ハッチの上から見ただけですがね。死体の顔は土気色をしてましたし、死後硬直が起こってる様子でした。死後数時間ってことはないと思うんです。もしかしたら、一昼夜は経《た》ってるかもしれない」

死後硬直は、死後二、三時間ぐらいから起こり始め、十二時間前後で全身に及ぶ。その後、三十時間から四十時間をかけて徐々に解けていく。

だが、赤嶺伸介と磯崎佳菜子が空き巣狙いに出くわし、屋敷の裏口付近で格闘になってから、まだ三時間弱しか経っていない。

「しかしな、それはチョウさんの見立て違いじゃないのか。昨日はまだ、曽川徹は沖縄のはずだぜ」

「わかってますよ。赤嶺伸介もです。しかし、赤嶺の場合は、本人がそう証言してるだけでして。二階の例の天蓋つきベッドには、情事のあとが残ってました」

「赤嶺がこっちに戻ったのは、今日じゃなく昨日だと言うのかい？　そうなると、話が全然変わって来るぞ」

「親爺さん、念のため、赤嶺がいつ沖縄から帰国したのか、航空会社に確認をお願いします」

大仏が、にやりとした。

「俺を誰だと思ってるんだい。勿論《もちろん》、既にザキ山を航空会社に走らせてるよ。曽川のほうも含めて、じきに報告が来るはずだ」

ちょうどそのとき、連絡係としてパトカーの傍に控えていた沖修平が、走って近づいて来た。

「山嵜さんから連絡が入りました。空港会社に確認したところ、赤嶺伸介と曽川徹が沖縄からこっちに帰ったのは、今日じゃなく昨日の午後だとのことです」

大仏に報告を上げる形だが、半分ほどは車谷のほうを見ていた。

「ふむ、こりゃあ、チョウさんの見立て通りか」

大仏が言い、

「ふたり、同じ便なのか？」

修平に顔を向け直して訊いた。

「いえ、別です。曽川徹が赤嶺伸介の次の便でした」

「ちょっと待て。曽川は、大阪に帰ることになっていたと、秘書の磯崎佳菜子がここの制服警官に証言してるぞ。次の便で、東京へ戻って来たのか？」

車谷が訊き、

「はい、そうですが……」

はたと答えを見つけた。

「なるほど、察しがつきましたよ。曽川徹は、赤嶺や秘書の磯崎佳菜子には、沖縄から自宅がある大阪に帰ると言っておいて、実際には、赤嶺伸介が沖縄を経ったあと、次の便で自分も東京へ戻って来た」

「なるほど。曽川は、赤嶺が自分の秘書である磯崎佳菜子と浮気していることを疑ってたんだな」

「ええ、きっとそうですよ」

「そうすると、浮気現場に乗り込み、争いになり、赤嶺と磯崎佳菜子のふたりが曽川を殺したんですか……?」

修平が疑問を呈するが、車谷はうなずかなかった。

「それならば、赤嶺伸介と磯崎佳菜子のふたりはすぐに逃げてるはずだ。ひと晩、死体を地下室に置いたまま、翌日までのんびりここにいた理由がわからねえ」

「沖縄の若い男は、今日だけじゃなく、昨日も隣家の主婦に目撃されてるんだったな」

大仏が言った。

「やつは、昨日も一度、屋敷内に忍び込んでるのかもしれないぞ。そこで、赤嶺と磯崎佳菜子の浮気現場を押さえるために隠れていた曽川徹と鉢合わせたって線はどうだ?」

「なるほど。それならば辻褄《つじつま》が合いますね」

修平が顔を輝かせて同意し、さらにはすらすらとこう筋読みを始めた。

「空き巣狙いの男が曽川を殺してしまったところに、赤嶺伸介と磯崎佳菜子のふたりがやって来たので、男はあわてて地下室の蓋を閉めて逃げたんです。そして、赤嶺たちふたりは死体に気づかず、二階で情事に及んでいた。一夜明けて、男はもうふたりが引き揚げたものと思い、死体を処分するつもりで戻って来たが、そこで赤嶺たちと出くわして取っ組み合いになり、赤嶺に怪我を負わせて逃げた。これならば、隣家の主婦が昨日と今日と二度にわたって、この男を目撃していることとも辻褄が合います」

車谷は胸の中でほくほくしつつ、若い刑事に目をやった。

制服警官を経て川崎署に赴任して来た当初は、緊張して大仏や車谷の前で意見を述べることなどできなかったものだが、いっぱしに「筋読み」に加わるようになって来たのだ。

だが、この「筋読み」では、まだ何かしっくりいかない感じがある。

諸々《もろもろ》の状況から考えて、地下室に身を潜めていた曽川徹が、金庫の中身を狙って忍び込んで来たホシと出くわし、争いになり、転落して亡くなったとするのは当たっている気がする。

しかし、その出くわした相手とは、本当に沖縄の若い男なのだろうか……。誰か別の人物である可能性も検討すべきではないのか……。

長年、刑事の仕事をしていると、ひとつことを集中して考える間に、頭のどこか片隅ではまったく別の思考が働いていることがある。いや、むしろ、そういうことのほうが多いのかもしれない。

赤嶺伸介と曽川徹が東京に戻ったのが、今日ではなく昨日だったといった話をしていたときから、ふっと頭の片隅に引っかかっていたものの正体に、車谷ははっと気がついた。

「しまった、うっかりしてた……。国際電話だ――」

「何だ？」

　いきなり違うことを言い出した車谷のことを、大仏と修平が怪訝《けげん》そうに見る。

「伊波照子は、沖縄で滞在していたホテルから大家の辻村に国際電話を入れ、滞在が一日延びることを告げました。一方、沖縄出身の若い男は、伊波照子の帰国予定日である昨日の午後、彼女の店の前をふらふらしていました」

「そうか、その男も、やはり照子から連絡を貰い、帰国が一日延びることを知っていたんだ」

「ええ、帰国に合わせて店に来るようにと言われ、時間も指定されたのかもしれません。ところが、照子が戻らないので、店の前をふらふらしていて辻村と出くわしたんでしょう。親爺さん、オペレーター経由の国際電話ならば、どこへかけたのか記録が残っているはずですよ。男のこっちでの滞在先がわかるかもしれません」

「なるほど、そうだな。よし、沖縄の日本警察に協力を頼み、調べて貰おう」

　そのとき、大仏を呼ぶ声がして振り向くと、大森署の捜査員が車載の無線マイクを右手に持って手招きしていた。修平が車の傍を離れてしまったので、傍にいた者が無線の呼出に気づいて受けてくれたのだ。

「大仏さん、お宅の署からです」

「すみません」と応じて走る大仏のあとから、車谷も小走りで近づいた。緊急の用件ならば、大仏からすぐに何か命令が下るはずだ。

大仏は手早くやりとりを終え、厳しい顔を車谷へ向けた。

「まずいぞ、チョウさん。伊波肇の周辺を見張っていた連中から、連絡が来た。伊波のやつが、若い連中を集めて動き出したそうだ。誰か〝足を引きずる男〟に見当がつき、自分で報復しようとしているのかもしれん」

やつはまだ敵対する組が自分に報復する目的で、母親の照子に手を出したと信じている。

「くそっ！　あの馬鹿野郎め。軽はずみなことをしやがって……。わかりました。俺がすぐに行きます」

2

川崎競馬場近くの喫茶店だった。食事も出す店だが、店頭のショーケースの中にはサンドイッチやスパゲティーなど、いかにもおざなりなメニューの食品サンプルが気だるげに埃《ほこり》をかぶっていた。

レースがない平日は人通りも少ない道を、今は警察車両がびっしりと埋めて駐《と》まっていた。

その端につけて停《と》めたパトカーを飛び降りた車谷は、現場を仕切る四係のデカ長のもとへと走った。小谷という男で、車谷とは同期であり、川崎警察でデカ長を務めるようになったのもほぼ同時期だった。

伊波肇の暴走をとめるため、暴力団担当の四係にも協力を頼んでいたところ、伊波が暴走を始めると同時に、息のかかった舎弟やチンピラたちが、川崎競馬場方面に移動し始めた。周辺を手分けして捜し、小谷がここを突きとめたのだった。

小谷はにやりとして、車谷を迎えた。

「ひとつ貸しだ。忘れるなよ」

「ああ、忘れんさ。よくここがわかったな」

「なあにね、場所柄からして、うちが日ごろから目をつけてるひとつだったのさ」

「ノミ行為か？」

「いいや、逆だ。見るからにノミの客を取ってそうな店だが、ここはシロだ。ま、客が勝手にノミ屋を使ってるってのはあるだろうが、この店自体は関わりがない。それが怪しいと思い、もしや、ヤクザがアジトに使ってるんじゃないかと前々から踏んでマークしてたのさ」

暴力団はどこでも堂々と看板を上げているし、いかに目立つかを競うみたいな馬鹿げたことさえやる組もあるが、無論、それは表向きのことで、大体幹部以上の連中は、それぞれの悪事を働くための〝アジト〟を別に持っている。この店は、伊波のアジトのひとつなのだ。

「伊波は中なんだな？」

車谷は、一応確かめた。

「ああ、中にいるよ。こうして周囲を取り囲んだから、動けねえだろ。野郎は今、こっちを睨《にら》み、ぎりぎりと歯ぎしりしてるところだろうさ。どうするね、一斉逮捕なら、このまま手を貸すぜ。連中、どこかにかち込むつもりなんだろ。だとすりゃ、銃刀法違反のオモチャもたんと隠してるかもしれん」

車谷は、長くは考えなかった。

「いや、今回は穏便にしときてえんだ。馬鹿野郎の暴走で、組同士の本格的なドンパチが始まったら、目も当てられねえ。俺が入ったら、四係は手を引いてくれ」

「ふうん、ま、そうだな。こりゃああんたらのヤマだから、判断はそっちに任すように、うちの親爺からも言われてるし……」

小谷の口調が、いくらかもたついた。何かを言い出しかねている。

「そうしたら、車よ。貸しを早めに返してくれ。例のノルマが、ちょっとな……」

言い淀《よど》み、気まずそうに目を逸《そ》らした。

この手の頼み事を何の屈託もなくできるような同僚とは、それなりの距離を置かねばならないが、小谷はそういう男じゃない。だが、そんな男にも、警察の上層部の思いつきが招いたノルマが振りかかっているのだ。

「わかったよ、伊波の野郎に話しておく」

車谷は請け負うと、小谷に背中を向けて店の入口へと歩いた。

建てつけの悪いガラス張りドアには鈴がついていて、車谷が開けるとそれがチャリンと鳴った。

使い込まれたソファが並ぶ店内には、目つきの悪い男たちが屯《たむろ》していた。その何人かは、昨日、伊波が仕切る賭場《とば》で会った男だった。血走った目を向けて来るが、車谷の姿を認めると視線を逸らす。だが、体を揺らし、態度を悪くすることで、それぞれ不満を表現している。

「伊波は奥か？」

ガンをつけて来る連中を冷ややかに睨み返しつつ、車谷は近くの男に訊いた。

「ええ、奥ですよ……」

男はふて腐れた態度を示したものの、タメ口を利くまでの度胸はなかった。

「おい、おいたをするんじゃねえぞ。騒ぎ立てりゃ、表の警官がみんな入って来る。奥で俺と伊波が話してる間、ここで大人しくしてるんだ」

車谷はその男の頬《ほお》をぴたぴたと叩き、調理場へと向かった。料理を出す口が、壁にある。そこに屈み込んで中を覗《のぞ》いてから、横のドアを開けて入った。

調理用のステンレスのテーブルが、調理場の真ん中に置いてあり、伊波肇がその向こうで足を組んで坐っていた。

「おい、勝手な真似《まね》はするなと釘を刺したはずだぞ」

「けっ、これじゃしたくたってできねえよ。俺たちを見張るより、早くお袋をやったやつを捕まえろよ」

「おまえらが余計な手間を取らせなけりゃあ、こんなことに貴重な人手を割く必要はねえんだよ」

「捜査は進んでるのか？　犯人はわかったのかよ……？」

「馬鹿野郎、捜査の進行具合を、外部の人間に話せるか。必ずパクるから、信じて待てと言ったはずだぞ。で、おまえは誰がお袋をやったと思ったんだ？」

「知るかよ……」

車谷は、伊波のすぐ横に立ち、ステンレスのテーブルに手をついて伊波に顔を寄せた。

「おい、俺を怒らせるなよ、馬鹿野郎。目星をつけたから、かち込むつもりで人手を集めたんだろうが。だが、それを組は知ってるのか。どうせ、おまえの勝手な判断なんだろ。おまえ、自分が預かってる若い衆を、自分の都合で全員パクらせるのかよ……」

「なあ、チョウさんよ――」

「馴《な》れ馴れしく呼ぶんじゃねえ。誰に目星をつけたのか、正直に話すんだ。穏便に済ますかどうかは、それから考えてやる」

車谷が怒鳴りつけると、伊波はプイと横を向き、拗《す》ねたような顔をした。

「曙興業の芝木だよ」

ぽんと投げ出すように口にしてから、車谷の顔をちらちらと窺《うかが》って来る。その男が容疑者に上がっているかを確かめようとしているのだ。

曙興業は、この伊波が属する竜神会とは犬猿の仲だ。確かにそこには、そんな名前の幹部がいたが、フルネームは思い出さなかった。ようするに、その程度の幹部なのだ。

「なんで芝木がホシだと思ったんだ？」

「やつは先週、右足を折ってる。べろべろに酔って、行きつけの店の階段から転げ落ちたらしい」

車谷は、問いかけるまでに少し間を置いた。もっとつづきがあると思ったのだ。

「それだけかよ？」

「もちろん、それだけじゃないさ……。野郎は、俺が仕切ってる賭場に、時々ちょっかいを出して来てたんだ。表面にゃ出て来ないが、ウラでやらせてるのはあの野郎だとわかってる」

「結局、おまえと対立してるヤクザの中で、足を引きずってるのはそいつだったってことだな」

「やつを捕まえて、ドロを吐かせるつもりだったんだよ……」

「馬鹿野郎。はいやりました、悪うござんしたと答えるまで、殴りつづけるつもりだったんだろ」

「――――」

「おまえ、自分が組に殺されるぞ。わかってるのか。竜神会や曙興業ぐらいの大所帯になれば、上層部はドンパチなんかやりたかねえんだよ。そんなことをしても、お互い、損のほうがデカいからな。それを、おまえみたいなヒラ幹部が、相手のヒラ幹部を叩きのめした上に殺してみろ。抗争になったら、目も当てられねえ」

「俺だって、抗争を起こす気なんてねえよ……。だけどよ、誰も俺のお袋が殺されたことなんぞ気にしてねえんだ……。組の兄貴も、叔父貴たちも、俺がいくら他の組のことを調べてくれと頼んでも、きっとホシは別にいると言って、相手にもしてくれねえ……。だけどな、俺のお袋は、下腹を裂かれて殺されたんだぞ。そして、ホシは、片脚を引きずってるやつだ。あんた、情報を隠すなんて、汚《きたね》えじゃねえか」

「隠したのは、おまえが知れば、こういう馬鹿な真似をするとわかってたからだ。それから、勘違いするな。下腹を裂かれたのは、殺されたあとだ」

「そうなのか……」

「ああ、検死結果が出てはっきりしたよ。誰にそんな情報を聞いたか知らねえが、ホシを見つけるのは俺たちの仕事だ。いいな、次に何か余計なことをしたときには、必ずパクるからな」

「誰か、ホシの目星はついてるのかよ……？」

「じきにはっきりする。俺を信じて、待ってろ」

車谷は一瞬迷ったが、もう一歩踏み込むことにした。

「足を引きずってた男は、組関係者じゃない。誰か、おまえのお袋の知り合いだ。よく思い出してみろ。知り合いの中で、誰か、そういう男がいないのか？」

「知り合いの中で、片脚を引きずってる男だと……」

伊波肇は真剣に考え、首を振った。

「いいや、そんなやつ、いねえよ……。もしも思いついてたら、俺が自分でとっちめてた……」

車谷に睨まれ、伊波は語尾を途切れさせた。そのまま黙って睨んでいると、きまり悪そうに斜め下へと視線を逃がした。嘘をついている感じはしなかった。

「何か思い出したら、すぐに俺に連絡を寄越せ。いいな、必ずだぞ。わかったな」

「ああ、わかったよ」

伊波肇はうなずいたものの、その顔から強情さは消えていなかった。当分は、見張りを強化しておく必要があるだろう。

「で、チャカはどれぐらい用意したんだ？」

車谷は、前置きもなく質問を切り替えた。

「――――」

「いいから、正直に話せよ。出刃やドスはまだしも、チャカは見逃せねえぞ」

厳しく言うと伊波が上着をめくりそうになったので、あわててとめた。

「馬鹿野郎！　こんなところで出すんじゃねえよ。仕舞っておけ。うちの四係から、しかるべき時に連絡が行く。そしたら、わかるな。言われた通りにするんだ」

伊波は一瞬、意外そうな顔をしたが、程なくその意味を察してニヤッと歪《ゆが》めた。

「なある、そういうことかい。マル暴の旦那のノルマなら、前にも協力したことがあるよ」

口調まで、一緒に悪事を働くチンピラ同士みたいに変わったので腹が立つが、まあ、仕方がない。警察が、小悪党じみたことに手を染めているのだ。

暴力団担当の四係には、毎月、一定数の拳銃を押収しなければならないノルマがある。警察庁から各都道府県の県警本部に、犯罪検挙率を上げるための一環として、押収した拳銃の数を競わせるお触れが回っているのだ。大学出の頭がいいと言われている連中の脳ミソをどう使えば、こういう馬鹿馬鹿しい発想が出るのだろうか。

競わせるなんてのは、会議でしか世の中を知らない馬鹿者たちが考えることだ。そんなお触れを出せば、現場にはノルマが割り当てられるに決まっている。

しかし、都合よく毎月、拳銃が見つかるわけがない。半期ごとの締めが近づく頃には、どこのマル暴担当も本業そっちのけで、拳銃探しに血眼《ちまなこ》になる。そして、貸しのある暴力団幹部をちょいとつつき、申し合わせた場所に当たり障りのない拳銃を置かせてそれを「押収」するのだ。

「前があれば、当然、捜査対象になるぞ。綺麗《きれい》な銃を用意しておけ」

車谷は吐き捨てるように言い、伊波肇に背中を向けた。

3

「御苦労だったな」

マジックミラーの前に立つ大仏が、部屋に入って来た車谷にチラッと目を向け、小声で言った。ミラーの向こうでは、取調べデスクを間にして、大森署の捜査員と磯崎佳菜子が対峙《たいじ》していた。壁際に川崎署の丸山が立っているのは、大仏が上手く交渉してねじ込んでくれたにちがいない。

伊波肇の件については、既に無線で報告してある。車谷は自分も大仏の隣に立って、しばらく取調べを見守ることにした。大仏の向こう隣には、大森署の捜査係長が陣取っていた。

取調べ室に坐る女を一瞥《いちべつ》し、車谷は目を細めた。

磯崎佳菜子は、肉感的な女だった。「秘書」という言葉から想像していたタイプとは、全然違う。露出の多い夏服を着ることを楽しみつつ、それによって自分をアピールする気が満々に見えた。ワンピースの布地を胸の膨らみが押し上げ、首筋や腕の日焼けの痕《あと》が妙になまめかしい。

あの屋敷の応接室にあった写真の中で、曽川徹以外に気になる男女がふたりいたのだが、その女のほうが彼女だった。あの写真から、芸能人か、もしくは水商売かと想像したのだ。まさか曽川の秘書が、この女だったとは……。

「結局、秘書とは言っても、亡くなった曽川徹の愛人も兼ねていたようだ。自分が経営する銀座のクラブで、曽川と出会ったらしい。曽川にスカウトされて秘書になったのが、二年前。だが、今でも店のほうにもちょくちょく出ているそうだ。なかなかのやり手さ」

大仏が言った。

「山王の屋敷の書斎にあった写真の中に、彼女が写ったものも何枚かありましたよ。そうすると、あそこに写ってた芸能人たちも、きっと彼女の店に出入りしてるんでしょう」

「芸能人だけじゃない。役人、政財界の大物など、多くの金づるが出入りしてるようだ」

大仏はひとつ間を置き、さらにつづけた。

「それからな、赤嶺伸介がこっちに戻ったのが今日じゃなく昨日だったことを、彼女があっさり認めたぞ。昨夜、赤嶺は大森駅で彼女と待ち合わせ、タクシーで山王町のあの屋敷に行ったそうだ」

「そうすると、やはりあそこで一泊したってことですね?」

「そういうことだな。チョウさんが言ってた二階の天蓋つきベッドを楽しんだのさ」

「こりゃあ、また……。磯崎佳菜子にとっちゃ、曲がりなりにも雇い主の屋敷じゃないですか。そこに、別の男を引き込むとは——」

(これはなかなか、すごそうな女だ……)

「あの女の口ぶりからすると、今度が初めてじゃなさそうだ」

「曽川徹の死亡推定時刻は、どうなりましたか?」

車谷は訊いた。遺体の具合からして、死後数時間ということはないだろうと予測していたのだ。

「昨夜の八時から十時の間だそうだ」

「昨夜、赤嶺と佳菜子のふたりが屋敷に着いたのは?」

「彼女の証言じゃ、九時頃だそうだ。大森で待ち合わせたあと、食事をして軽く飲み、それからタクシーであの屋敷に向かったと言ってる。現在、ウラ取りをしてるところだ。それから、二階にいるときに、下で何か物音を聞かなかったかとの質問には、何も聞いてないと答えてる」

「残留指紋は?」

「派遣の家政婦が、四日前に、あの庭に面した応接間風の部屋や二階の寝室も含めて、屋敷全体を掃除していた。何も起きていなければ、今日、磯崎佳菜子が改めて家政婦を手配し、自分たちが情事に使った部屋やベッドを綺麗にさせてしまうつもりだったそうだ。赤嶺と佳菜子、それに家政婦の指紋以外にも、いくつか指紋が検出されたが、マエがあるものはなかった」

車谷は、取調べ室の様子に注意を払った。

「ねえ、もういいでしょ……。いったい何度、同じ話をさせるのよ。ほんとに、曽川さんが死んでたなんて、私たち、全然知らなかったのよ」

マジックミラーの向こうでは、磯崎佳菜子が声をいくらか高くして、捜査員に食ってかかっているところだった。

「だって、あの人、大阪の奥さんのところへ帰るって言ってたんだから。だから、まさかあそこにいるなんて……。知ってたら、行かなかったわよ……」

「しかしな、羽田への着陸便を調べてはっきりしてるんだ。曽川徹は、一昨日の午後、沖縄から羽田に戻ってるんだぞ」

「だから、私は知らなかったって言ってるでしょ。もう、何度も同じことを言わせないでよ」

「それはこっちの台詞《せりふ》だ。正直に話すまでは、終わらないぞ」

太田署の捜査員が、佳菜子にも負けないぐらいに声を張り上げ、平手で取調べデスクを叩く。

まあ、怒って見せているのは芝居だが、それが透けて見えてしまうのは、まだ取調べ官として未熟な証拠だ。

「ほんとはこうなんだろ。あんたの浮気を疑っていた曽川さんは、大阪に帰ると嘘を言い、実際にはこっそりとあの屋敷に隠れて浮気の現場を押さえようとしてたんだ。鉢合わせしてしまったあんたと赤嶺伸介のふたりは、突発的に曽川さんを殺してしまった。そうなんだろ!?」

「バッカじゃないの」

「何を！」

さすがに今度は本当に腹を立てたらしい。声を荒らげて腰を浮かしかける捜査員を、佳菜子はせせら笑った。

「だってそうでしょ。私たちが昨夜、あそこで曽川さんに出くわして殺したのならば、その死体を屋敷に隠したまま、悠々と翌日まであそこにいるわけないでしょ。夜の間に、とっくにどっかに処分してるわよ」

「翌日までいたのには、何か理由があるんだろ。金庫がなかなか開けられなかったんじゃないのか？　あるいは、死体を運搬する術《すべ》がなかった」

「そんなこじつけ、よく思いつけるわね。それよりも、死体があることに気づかずに二階にいたと考えるほうが普通でしょ」

佳菜子の指摘に、取調べを眺めていた車谷は思わず苦笑した。

「あら、やだ……。でも、そうしたら私たち、あの人が死んでる家の二階で、のうのうと過ごしてたのね……」

佳菜子がふっと我に返った様子でつぶやくように言い、気色悪そうに身を縮込《ちぢこ》める。

「ちょっとよろしいですか」

壁際で黙って話を聞いていた丸山が声をかけると、大森署の捜査員はちらっとマジックミラーのほうに視線を投げた。

無意識に上司の判断を仰いだのだろうが、結局、それを待たずに丸山と席を代わった。磯崎佳菜子という女の扱いに、大分手を焼いていたのだろう。

「俺は川崎署の丸山という。よろしくな。話を、ひとつずつ整理しようじゃないか。我々も、いったいあの屋敷で何があったのかを理解するのに、まだ暗中模索で四苦八苦してるところでね。ひとつ、手助けしてくれよ」

丸山が得意の猫なで声を出すのを、佳菜子は眉《まゆ》をひそめて聞いていたが、まあ悪い気分はしなかったらしく毒づこうとはしなかった。

「あんたたちふたりが、曽川徹さんと鉢合わせしたことはなかったとしよう。しかし、曽川さんが、あんたの浮気を疑い、あの屋敷に隠れていたことまでは否定できないと思うんだが、あんたはどう思うね？」

「そんなこと言われたって、わからないわよ……」

「いやあ、そんなことはないだろ。ええと、彼とこういう関係になって、二年だと言ってたね。それだけ時間が経てば、相手の性格がわかると思うんだ。ひとつ、意見を聞かせてくれよ」

そう話を振られ、佳菜子は何か言い返そうとするのをやめて真剣に考え始めた。

（うまいものだ……）

と、車谷は舌を巻いた。こうした形の聴取は、強面《こわもて》の車谷には真似のできないものだった。

やがて、佳菜子は顔を上げたが、そこには困惑する表情があった。

「わからないわ……。それが本音。私の浮気を疑って、そのためにこっそりと沖縄から戻ってあの屋敷に潜んでたのなら、女としては嬉しいけれど、でも、あの人にそんなところがあったなんて……。あの人、大阪にだって女がいたみたいだし。もちろん、奥さん以外にね。それに、私とこういう関係になったのだって、自分の商売相手を銀座で接待するのに都合がよかったからよ。あの応接室に飾ってあった写真を見たでしょ。あの人の関心ごとは、お金なの。興味があったのは、お金だけ。私は、そこが好きだったんだけどね……。例えば山王のあのお屋敷だって、何であの人が買ったと思う？」

「さて、何でだろうな」

「そんなに簡単に答えないで、ちょっと考えてみてよ。あなた、刑事さんじゃない。屋敷は見たんでしょ」

丸山は挑むように見つめて来る女の視線を受けて、ちょっと眩《まぶ》しそうな顔をした。だが、たじろぐ様子はなかった。

「ああ、ざっとだがな」

「で、何か気づいた？」

「気づいたのは、屋敷の雰囲気と、庭木の手入れ具合が一致してないってことだ。ああいう屋敷にゃ、普通、何十年と庭木の面倒を見て来た植木屋がいるもんだが、今、庭を調えてるのは、そういう連中じゃないだろう。おそらく、あそこを買った曽川徹が、誰か間に合わせで任せたのさ。安い業者にな」

「――――」

「敷地の周辺の植え込みも、かつては景観をきちんと想定できる植木屋が手入れしていたにちがいないが、今じゃただ中途半端な壁の出来損ないみたいに見える。景観を損ねて、もったいないぜ」

磯崎佳菜子は黙って話を聞いていたが、興味を覚えたのが見て取れた。

（この女は、馬鹿じゃない）

車谷は、その様子を見てピンと来た。

マジックミラー越しのほうが、短時間ではっきりわかることがある。表情の作り方や身のこなし、そして自分の体形を強調する服装などで、男のただの付属物的な雰囲気を装ってはいるが、実際には男を操る賢さを秘めている女だ。

そうした自分の本性を、用心深く隠しているのだ。世の男たちを安心させ、隙《すき》を突くための擬態ってやつだ。

「ふうん。それで、刑事さんは何を言いたいの――？」

「まあ、結論をそう急がせないでくれ。もう少しある。あの応接室は、誰か取引相手をあそこに招き、商談をするためのものだろう。大きな屋敷の一室で、有名人たちと並んで一緒に写った写真を見せて信用を取りつけ、商談に移るって寸法さ。二階の天蓋つきベッドのある一室は、言うまでもなくあんたと過ごすためのものだな。だが、一階で使用されている様子だったのは、洋風のあの部屋だけで、和室のほうにゃほとんど大した物がなかった。二階だって、あの部屋以外は使っていた形跡がない。つまり、あれだけ広い屋敷を購入しても、曽川はその一部しか使っていなかったんだ。普通ならば無駄と考えるところだが、屋敷を持っていること自体に意味があったんだろう。山王は、あの辺りでも有名な高級住宅地さ。これから、もっと開発されるにちがいない。あの屋敷は山王の外れに近くて、駅からは若干距離があるが、開発が進めば確実に値が上がる。そのとき、あの屋敷の土地の広さがものを言う。そのタイミングを待って、買ったときの数倍の値段で売り払う算段だろ。どうだ、当たってるかね？」

「刑事さん、あんた、面白い人ね。正解よ」

「そしたら、褒美《ほうび》として教えてくれよ。今日、ほんとは何があったんだね？　隣家の主婦が、屋敷の裏口から表へ逃げ出して来た男と、それを追って出て来た赤嶺伸介が取っ組み合いになるのを目撃してるんだ。屋敷内で、きみらが空き巣狙いの男と出くわしたときの話を聞かせてくれ」

「いいわ、話して上げる。二階でのんびりしてたら、物音がしたのよ。まさか、泥棒……って思ったけれど、もしかしたら曽川さんが来たのかもしれないって気もして、しばらく様子を窺《うかが》ってたの。もしも二階に上がって来たら、どうしよう……、なんて小声で相談したわ。でも、そんな気配がなかったので、恐る恐る下に降りてみたのね。そしたら、玄関横の応接室から出て来るあの男と出くわしたの。赤嶺さんが『ここで何してる』って怒鳴ったら、男はあわてて逃げ出したわ。で、あとを追っかけて、裏口から飛び出たところで、取っ組み合いになったわけ。馬鹿よね、赤嶺さんって、追っかけないでそのまま逃がしてたら、隣の女に見られることもなかったのに。でも、私だってそれをとめなかったんだから、やっぱり馬鹿か……」

「出くわした男というのは、この男かね？」

丸山は、辻村の協力で作成した似顔絵を見せた。

「そう。こんな感じの男だった」

「応接室から出て来たとき、男は何か手に持っていたかね？」

「ああ、金庫の中身を持ってたかどうかって言うんでしょ。肩にかけるタイプの鞄《かばん》を持ってたから、あそこに入れてたのかもしれない。こうやって、体に斜めにかけてたわ」

と、彼女は左肩から右脇腹へと、手の先を斜めに動かして見せた。

丸山は、さり気なく佳菜子の様子を窺いつつ、質問をつづけた。

「なるほど、わかったよ。そしたら、今度は、あの書斎に立ってた写真の話を聞かせてくれないか。有名な芸能人や、政財界の大物と一緒に曽川さんが写ってるね。中には、あんたが一緒の写真もあった。ああした連中を、あんたの銀座の店で接待したりもしてるんだろ。となると、内情を知らないわけがない。あんたが黙ってると、その分、捜査員があちこち訊いて回らにゃならんのだ。手間を省かしてくれんかね。ああした連中と曽川さんは、どう関わっていたんだ？　曽川さんは、沖縄の本土復帰を前にして、土地を買い漁《あさ》ってはああした連中に売っていた。そういうことかね？」

「ええ、そう。御名答よ。あの人は、長年、大阪で地上げをやって来た人。ブローカーなのよ。ここ数年、特に沖縄が本土に戻るって決まってからは、盛んに沖縄の土地を買い漁ってる。あそこに写ってる有名人たちは、曽川さんのお客さんたち」

「つまり、あそこに写っていた連中に、沖縄の土地を斡旋《あっせん》してるんだな」

「そういうこと。もちろん大手もたくさん沖縄に入ってるけれど、そういうところはピラミッド構造だから、曽川さんのようなブローカーから買ったほうが、買うほうだって儲《もう》けが大きいのよ。それに、一旦買った土地を売り払う先の算段だって、ちゃんと曽川さんがつけて来るわ。土地転がしよ。だけど、何も疚《やま》しいことはないわよ。日本中、どこでもやってることでしょ」

「うむ、そう言われりゃあ、そうかもな――」

「あの人、沖縄は本土復帰に向けて、土地取引で猛烈な利ザヤが稼げるって力説してたわ。こんなビジネスチャンスはないって言って、相手をその気にさせるの。あ～あ、これから、まだまだ私もそのおこぼれに与《あずか》るつもりだったのに、復帰前に死ぬなんて、予定が狂ってしまった」

　磯崎佳菜子には、自分の〝男〟だった老人の死を悼《いた》む様子は小指の先ほどもなく、そのあっけらかんとした感じはむしろすがすがしいほどだ。

「沖縄郷友会の副会長である赤嶺伸介とのつきあいも、そのためだね？」

「そう。赤嶺さんを連れて沖縄に行って、商談を仲立ちさせてたの」

　そう話すうちに、佳菜子ははっと何かに思い当たったようだった。

「なんだね？　何か思い出したのか――？」

「っていうか、思いついたのよ。さっきの質問だけれど、曽川さんがこっそり帰って来て見張る気になんかなったのは、相手が赤嶺さんだったからかもしれない」

「それは、どういうことだね？」

「あの人、お金にしか興味がないって言ったでしょ。それに、あっちは淡泊だったの。ほら、歳も歳だし。だから、少々私の浮気を勘ぐったところで、見て見ぬ振りをしてたわ。銀座がどういうとこだか、理解もしてくれたし。だけど、飼い犬に手を噛《か》まれたような気がしたんじゃないかしら……」

「赤嶺仲介は、曽川徹の飼い犬だったのかね？　赤嶺が、郷友会の副会長として、曽川徹に色々便宜《べんぎ》を図っていたんだろ？」

「それは、あくまで形だけのことよ。嶺ちゃんって男前でしょ。でも、薄っぺらな男。父親から引き継いだ稼業が、今じゃすっかり傾いちゃって、だけど、自分で建て直すこともできないのよ。結局、奥さんの実家からお金を借りたみたい」

「つまり、南子の母親の伊波照子からってことか……？」

「でしょうね。今じゃ、沖縄に行って、親戚や友人、知人に曽川さんを紹介して貰う手数料が、あの人の大事な収入源なの」

「そうなのか。ええと……、そんな薄っぺらな男と、あんたもよくつきあう気になったね？」

「あら、本気じゃないもの。ベッドの上のことは、また別ものでしょ。それより、私、刑事さんみたいな実のある男が好きよ。ねえ、お店に来てくれたら安くしとくから、今度、お願い」

　さすがの丸山が目を白黒させるのを見て、車谷はまた苦笑した。よく笑わせてくれる女だ。

「さあ、話したんだから、そろそろいいかしら？」

「まあそう言わず、もう少し頼むよ。ええと、あの応接室の写真には、曽川さんとあんた以外にもうひとり、よく登場していた男がいたろ。五十前ぐらいの、ちょっとダンディな感じの男さ。あれは、誰だね？」

「ああ……、あれは芸能事務所の社長の神代《くましろ》さんって人。神代多津次《たつじ》。あそこに写ってた芸能人の何人かは、神代さんの事務所の所属なの。だから、よく一緒に写ってたわけ。やり手の社長さんで、俳優も歌手も抱えてるし、最近は若いアイドルも積極的に育て始めてるみたい」

「神代さんか……、うむ……。それは、どんな男なんだね？」

「とにかく、やり手よ。元々、大手芸能事務所の社員だったんだけど、十五、六年前、自分が親しい大物俳優や歌手を引き連れて、今の事務所を開いたの。芸能界では、そんなことをしたら圧力がかかって潰《つぶ》れちゃうものなのに、神代さんは大手の広告代理店と太いパイプを築いていたり、暴力団の後ろ盾も上手く得たりして、生き延びたの。私の店の常連でもあるわ」

「曽川さんとの仲は、どうなんだ？」

「一緒に組んで、芸能人に沖縄の土地を斡旋《あっせん》してたんだもの。よかったわよ。お互い、腹の底は覗かせないようなところがあるから、本音では何かあるのかもしれないけど、でも、良好なほうだったと思うわ。よく、一緒に飲みにも来てくれてたし」

「そうか……。ところで、あの応接室の金庫には、何が入っていたんだね？」

「ごめんなさい。そういうことについては、私に訊かれてもわからないわ――」

「ほんとかね？　きみは曽川徹の秘書だったじゃないか。それに、あの部屋でふたりで逢瀬《おうせ》を楽しんだことだってあるはずだ。そういうとき、何か目にしたろ」

「逢瀬とはまた、古風な言葉ね。確かに、あそこで曽川さんとふたりでワインを楽しんだことはあるけれど……、でも、私は契約に立ち会ったことはないから……、だから、正確なことはわからないわよ」

「ああ、それで構わんよ。推測でも構わんから、聞かせてくれ」

「刑事さんがさっき言った通り、曽川さんはあそこに商売相手を招いて、仕事の話をしてたの。山王の大きな屋敷をぽんと買ったとなると信用がつくし、部屋に入れば、ああして芸能人や政治家たちと撮った写真が飾ってあるんだもの。そうやって相手を安心させ、契約書にサインさせるんだけれど、それで出来上がった契約書そのものは、あそこには置いてなかったと思う。たぶん、貸金庫じゃないかしら。あそこに入っていたのは、沖縄関係の法的なことが書かれた行政資料だとか、値上がりしそうな土地を示す資料とか、新しい顧客に見せるのに必要なものだけだったと思うわ。ああ、あとは、既に向こうの土地を買ってる購入者のリストも入ってたかしら……。既に多くの芸能人や政治家たちが買ってることを形で示せば、一層、信頼されるでしょ」

　丸山の瞳《ひとみ》が一瞬、鋭さを増したが、それはすぐいつもの目をしょぼつかせる動作によって掻《か》き消された。

「うむ、なるほど……。そうそう、ところであの地下室は何だね？」

と、さり気なく質問をつづける。

「前の持ち主が戦前にあそこを建て増ししたとき、防空壕《ごう》代わりに地下を作ったらしいわ。天井は低いけれど、がっちりとコンクリートで固められてるって。曽川さんは、そこをワインセラー代わりにしてたのよ。温度が一定なので、ちょうどいいんですって。——さあ、それじゃあほんとにこれぐらいでいいでしょ。私、そろそろお店に行く準備を始めなくちゃ」

「それは、俺にゃ決められないんだ。取調べ責任者は、大森署のこっちの刑事さんでね」

丸山は、すまなそうに言って腰を上げた。

「ええっ、私、同じ話をもう一度するのなんて、嫌よ。ねえ、もういいでしょ。上司の人と相談してったら」

4

「いやあ、それにしてもなかなかの女でしたね……。ああいう女を相手にできるのは、丸さんぐらいでしょ。けっこう、相手も丸さんを気に入ってたみたいだし」

「よしてくださいよ、チョウさん」

「店に行ってみたら、どうです。安くしてくれるでしょ」

「だから、よしてくださいって。あの手の女の安いは、デカにとっちゃ目ん玉が飛び出るような金額ですよ」

川崎署の刑事部屋に戻り、滅多にないチャンスだと思って車谷が丸山をからかっていると、しばらくお偉方と打ち合わせをして部屋に戻って来た係長の大仏が、開口一番に告げた。

「沖縄に人を派遣できることになったぞ。予算的にひとりしかやれないが、上層部が許可してくれた」

車谷は、拳《こぶし》をぽんと手に打ちつけた。

「いやあ、ひとりでも行ければ、充分ですよ。このヤマは、絶対に沖縄の土地買収と深く関わっています。指紋の確認ひとつにも時間がかかり、戸籍の本人確認すら簡単にできない状況じゃ、どうしようもありませんが、ひとりでも向こうに飛べば、一気に時間が短縮されます。で、沖縄には誰が？」

「それがな、署内を調べて回ったんだが、巡査長以上でパスポートも持ってる人間は、実に限られてることがわかった」

大仏は、わざわざそう前置きをして、

「それで、交通課の大黒君に行って貰うことになった。彼は妹の亭主がアメリカの軍人で、去年、御両親を連れて、ハワイの駐屯地に暮らす妹夫婦を訪ねてたんだ」

「ええと、大黒さんって、今、免許の更新を行なってるあの大黒さんですか……？」

一緒に話を聞いていた山嵜が、そう言って話に加わって来た。

「まさか、親爺さん、何か上層部の機嫌を損ねたんじゃないでしょうね」

「なんだと、この野郎。上層部が、俺たちへの嫌がらせで人選をしたとでも言いたいのか!?」

「そんな怖い顔で怒らないでくださいよ――」

山嵜が両手を突き出して宥《なだ》めにかかるが、

「だいたいな、なんでおまえらの誰ひとりとして、パスポートを持ってねえんだ!?」

大仏は矛《ほこ》を収めず、声を高めた。これは車谷班の面々だけではなく、他のデカ長とともに動いている捜査員たちに対しても言ったもので、たまたま居合わせた者は全員、目を合わせないようにして各々の仕事に没頭している振りをした。

「まあまあ、親爺さん。そういう親爺さんだって、遠出はせいぜい温泉地への家族旅行ぐらいでしょ」

車谷に言い返され、大仏は不機嫌そうに顔をしかめた。

「チョウさんよ、夫婦ふたりに子供と両親を連れて熱海まで行って来れば、いったいいくらかかると思ってんだ。チョンガーのおまえさんにゃ、一生この苦労はわからねえよ」

「俺だって、一生チョンガーでいるわけじゃありませんよ……」

たまには係長ともそんなことを言い合っていると、デカ部屋の入口にのそっと大きな人影が立ち、大概は開けっ放しになっているドアをわざわざノックした。

交通課の大黒崇《たかし》巡査長だった。

大柄で、髭《ひげ》の濃いこの男が学生時代から柔道をやっていたという話を、車谷も伝え聞いていた。若いときには、各県警ごとに編成される警察官の柔道部にも所属していたはずだ。年齢は車谷よりも少し上で、もう四十代だろう。

「ああ、よく来てくれた。今回は面倒をかけるが、よろしく頼むよ」

大仏が笑顔で迎えたが、

「いえ、私でお役に立てるかどうか……」

と、大黒はすっかり緊張ぎみだ。

「なあに、大丈夫さ。予《あらかじ》め、調べて欲しいことはリストにしておくし、追加が生じるたびに電話で連絡を入れる。署長からきちんと県警本部を通じて協力を依頼するから、向こうの捜査員がつき添ってくれるはずだ。それよりも、変に責任を感じて、無茶なことをしたりせんでくれよ。きみが怪我《けが》でもしたら、俺が大目玉を喰《く》らっちまう」

「はい、承知しております」

と、あくまでも堅苦しい。

「じゃ、こっちも手筈《てはず》を調えておくから、よろしく頼む」

「はい。早速、家内に連絡し、パスポートを出して貰い、併せて数日の滞在に堪えられるように身支度を頼みました。これから一旦帰宅し、すぐに羽田へ向かいます。最終便までには必ず間に合わせます」

大黒は生真面目《きまじめ》に答えると、これから勝負の畳に上がる柔道選手さながらに、体軸がぴんと通った姿勢で歩み去った。

「大丈夫なんでしょうか？」

大黒の姿がデカ部屋から消えると、山嵜が声を潜めるようにして言うが、

「心配なら、おまえが代わりに行くか。おっと、しかしパスポートを持ってねえだろ」

「親爺さん……」

「心配は要らねえよ。どんな現場にいたって、そこできちんと仕事をしてきた人間ってのは、イザという時にゃ必ず期待に応えてくれるものさ」

大仏は躊躇《ためら》いもなく言い切った。

「ところで、曽川徹の家族への連絡は？　いつ頃こっちへ来るんでしょうね？」

車谷が思いついて訊くと、

「ああ、その件なら、電話で伝えるわけにもいかないから、向こうの所轄に連絡し、捜査員を派遣して貰ったよ。だがな、誰も上京しちゃあ来ないそうだ。夫婦仲は冷めきり、子供たちとも完全に疎遠《そえん》な状態になっていたらしい。捜査が何もかも済んだら、費用は出すから東京で荼毘《だび》に付してくれ。骨は弁護士が受け取りに行くと言い放ってたそうだ。捜査上、何か必要ならば呼び出すが、まあ、今のところはこれでしょうがねえだろ」

「まあ、そうですね……。それにしても、なかなか強烈なカミさんっぽいな」

そのとき、デスクの電話が鳴り、

「なるほど。わかった」

大仏が手早く応対すると、受話器を置いて車谷を見た。

「チョウさん、受付に、伊波満という人物が来て、伊波照子の息子と名乗っているそうだ。捜査関係者に会って、捜査の進行状況を聞きたいと言ってるので、相手を頼む」

「ああ、医者になったという次男ですね。わかりました。俺が行きます」

車谷は、上着を手にして刑事部屋を出た。


すらっと背の高い男だった。姿勢がいいせいもあるだろうが、長男の伊波肇よりも十センチ近くは高く見える。廊下を近づく車谷に気づき、様子を窺うような仕草で小さく頭を下げた。顔に、いくらか緊張が表れていた。

「捜査一係の車谷です。伊波照子さんの御次男ですね？」

車谷は礼儀正しく名乗り、確かめた。

「そうです。次男の満です。仙台で勤めておりまして、姉から報せを受けて帰って来ました。捜査で忙しいところを申し訳ありませんが、少しお話を聞かせていただけますでしょうか？」

「もちろん、構いませんよ。私のほうからも、いくつかお訊きしたいこともあります。さ、どうぞこちらへ」

どの警察署にも、大概は受付の傍に市民の相談用の小部屋を設けている。車谷は、伊波満をそこに案内した。

天井灯をつけ、六畳ほどの広さの部屋に向かい合って座った。真正面から向き合うと、目鼻立ちが兄の肇によく似ていることが見て取れた。しかし、瞳に宿る表情が違う。この男は、兄が抱えた屈託からは自由に生きて来たらしい。

顎《あご》をうっすらと覆う無精《ぶしょう》ひげは、仕事の忙しさ故のものだろう。上着もズボンも安物で、肘《ひじ》や膝《ひざ》が崩れかけていた。職場からそのままやって来たためか、ワイシャツもネクタイもよれていた。両目がうっすらと充血しているのは、仕事疲れのためなのか。それとも、泣いたせいなのか……。

「刑事さん、教えてください。あの男の……、伊波肇のせいで母が殺されたというのは、本当なんでしょうか？」

車谷が口を開くよりも早く、伊波満は椅子《いす》から体を乗り出すようにしてそうぶつけて来た。ずっと胸にわだかまっていた思いが、ついには押しとどめきれずに溢《あふ》れ出て来た感じだった。

「ちょっと待ってください。誰からそんなふうに聞いたのですか？」

「もちろん、連絡をくれた姉からです。姉は、電話の向こうですっかり取り乱してました。そして、あいつのせいで母が殺されたかもしれないと……。他でもない、あいつ自身が、姉に電話をしてそう言ったんです」

仙台から飛んで来たこの男が耳にした情報には、すっかり時差がある。

「それは誤解です。少なくとも現状では、そうした事実は一切ありません」

「本当ですか……？　あいつが、何か隠してるんじゃないですか――？　いつもいつも、あの男は、母に迷惑をかけ通しだったんです。ついには、こんなことになるなんて……。あいつが、ヤクザなんかやってるからですよ……」

車谷は、自分の兄のことを決して「兄」とは呼ぼうとしない男を両手で押しとどめた。

「落ち着いてください。本当にお兄さんは関係ない。ヤクザというのは、暗黙の了解で、余程のことでなければ相手の身内に手出しはしないんです。一旦そんなことをすれば、大変な泥仕《どろじ》合《あい》になりますからね」

「ほんとですか……？　じゃあ、母は、あいつのせいで殺されたわけではないんですね……？」

疑いより、安堵《あんど》の雰囲気が大きかった。本当は、こんなふうに否定して欲しくてここへ来たのかもしれない。

「違います」

「でも、そうしたら、いったい誰が……？」

「沖縄から戻ったお母さんを羽田空港まで迎えに来た男が、現在のところ最有力容疑者です。その男は、右脚を大きく引きずっていたことがわかっているのですが、そうした人物に、誰か心当たりはありませんか？」

「足を引きずる男ですか……。いや、わかりません……。私は大学時代から東北でしたし……。母の交友関係のことは、ちょっと……」

車谷の問いかけに、伊波満は力なく首を振った。

「むしろ、母のお店のお客さんとか、あるいは姉とかが、何か知っているのではないでしょうか……」

（どうもわからない……）

もうこれで何度めかになる疑問が、車谷の中で頭をもたげた。なぜ誰も、伊波照子の知り合いで右脚を引きずる男に心当たりがないのだろう。

空港まで車で迎えに来た以上、親しい関係だったはずなのに、店の常連たちも、こうして子供たちも、誰もがそんな男を知らないのが不思議だ……。

「だけど、母のお客さんの中に、そんな人がいるとも思えません……。母は、みんなに愛されてました。お店を引っ越すときだって、常連さんの中の大工さんや左官屋さんが駆けつけて、ただで内装をやってくれたって。そんなふうに話して喜んでたんです……」

伊波満は母親の思い出を語るうちに、熱いものが込み上げてきた様子で目を伏せた。荒くなる呼吸を必死で押さえつけてうつむいているが、両眼が一層充血して来る。

「すみません、すっかり取り乱してしまいまして……。でも、信じられないんです、母にそんなことが起こったなんて……。母が、もうこの世にはいないなんて……」

車谷はしばらく何も言わず、相手が落ち着くのを待つことにしたが、

「母の体に、火傷《やけど》の跡があるのを御存じでしたか……?」

ほどなくして、伊波満のほうから力なく訊いて来た。

「はい、検死で知りました。古い火傷だそうですね」

「終戦後すぐにできたものです。母は当時からお客さん相手の飲み屋をやっていましたが、中におかしなお客がいて、母に横恋慕した挙句《あげく》、振られて強い薬品をかけたんです。おそらく、塩酸だったのではないかと思います。顔を狙ったのが、なんとか避けましたが、鎖骨の辺りから片方の胸にかけて、一生消えない痕が残りました」

「そうでしたか……。そんなことが……」

「刑事さん、僕が医者になったきっかけは、母のあの火傷の痕を治療したいと思ったからなんです……。母は火傷の痕を気にして、夏でも胸のところが広く開く服は着ませんでした……」

「――――」

「再生治療と言うんです。今の医学では、焼けただれた皮膚を治療することは不可能です。母のように、ああした痕が残って苦しんでいる人はたくさんいます。空襲で火傷を負った人だって多いでしょう。僕は、そういう人たちの苦しみをこの手で取り除ける医者になることを目指しているんです。母に話したら、喜んでくれました。自分のことなんかいいから、もっと困ってる人が世の中にはたくさんいるのだから、そういう人たちを治して上げて欲しいと、とっても母らしいことを言ってました……。そうじゃないんだよ、まずは母さんの皮膚を治すんだと強調しても、私のことなんかはいいからって……」

車谷は、母親の話をする伊波満のことを黙って見つめていた。

車谷自身は、自分の母親の話を誰かに聞いて貰いたいと思ったことは一度もないし、現に話したこともなかった。誰もが、心の奥底に閉じ込めて、鍵をかけておかなければならない思い出があるものなのだ。

「あ、すみません……。こんな話を勝手にしてしまって……」

車谷の表情に気づいたらしく、伊波満がはっとして詫《わ》びを述べる。

「いえ、そんなことはありませんよ……。いいお母さんだったんですね……」

車谷は、そう言って取り繕《つくろ》ったが……。

その瞬間、頭の中で何かが起こった。目の前に見えていた絵が、同じ絵柄のまま違った絵柄に見えて来る瞬間を経験しながら、何度となく繰り返していた問いを、今度は心に刻み込むようにしてもう一度思い浮かべた。

（片脚を引きずるというのは、大きな特徴だ。それなのに、なぜ子供たちも店の常連たちも、誰ひとりとしてこの男に何の心当たりもないのだ……）

その問い自体が、実は答えを言い当てていたのではないのか……。

それなのに、自分は伊波照子が三人の子を持つ立派な母親であり、常連の集《つど》う居酒屋の気の好《よ》い女将《おかみ》であることに気を取られ、そこからしか事件を眺めていなかったのだ。

だが、端的にただ事件の状況だけを捉えていたら、まったく異なる推理をし、まったく異なる初動捜査を行なっていたはずではないか……。

伊波照子が常連の客や我が子たちに対して、そこまで秘密にした相手とは何者なのか。しかも、その相手は沖縄帰りの伊波照子を、わざわざ羽田まで車で迎えに来ている。

そして、照子はその日のうちに殺され、しかも、下腹部を裂かれている。

（しまった……。俺は、大きな思い違いをしていた……）

「どうかしましたか、刑事さん……？」

伊波満が、怪訝《けげん》そうに車谷を見つめて来た。

「つかぬことを伺いますが、医学部の学費は、かなり高額で大変だったのではないですか？」

伊波満は、なぜ今そんなことを訊かれるのかわからないといった表情を浮かべた。

「国立大学ですから、私立と比べれば安いですが、それでもやはり大変でしたよ。しかも、医学部は六年制ですのでね。それが、何か……？」

「学費は、お母さんが？」

「もちろん私もバイトをしましたが、母にはずいぶん迷惑をかけました。小さなお店をひとりで切り盛りして、私を医者にしてくれたんです。これからその恩返しをするつもりだったのに……、こんなことになるなんて……」

伊波満はまた熱いものが込み上げるのをこらえるような顔をしたが、車谷は構わずに質問をつづけた。

「伊波肇が傷害事件で捕まり、相手に慰謝料を払わなければならなくなったのは、あなたが医学生だった時ですね――？」

「はい、ええと……、そうです。だから、母は苦労をしたはずだと……」

「もしかして、義理のお兄さんに当たる赤嶺伸介さんの町工場が上手くいかなくなり、お母さんがお金を用立てたのも、あなたが医学生の頃だったのでは？」

「いや……、それは、確か私が医者になった年ですが……。なぜそんなことを……？」

子供というのは、親の負担を過少に感じるものなのかもしれない。

所帯を持って今は二児の母である長女の赤嶺南子も、ヤクザとなった長男の伊波肇も、そして、目の前にいるこの次男の伊波満も、それぞれが母親の伊波照子に金銭的な負担をかけている。

それは、はたして居酒屋の女将《おかみ》に払いきれる額だったのか……。

「伊波さん、申し訳ありませんが、事件解決のために、至急、調べてみたいことができました。犯人が逮捕されたら、すぐに御連絡いたしますので、それをお待ちください」

車谷は口早に言い置くと、あわてて応接室を飛び出した。

5

委託を受けて検死を行なってくれる医者は、大病院勤務とは限らず、むしろ個人経営で中小規模のいわゆる「町医者」が、漢気《おとこぎ》を見せて引き受けてくれるケースも多い。

医師の高野も正にその例で、高野が院長を務める《高野医院》は、渡田《わたりだ》の市電通りにある個人病院だった。川崎警察署からは、車でほんの四、五分の距離なので、そうした便利さもあって検死をお願いすることが多かった。

診察時間が終わって静まり返った廊下の長椅子に坐っていた車谷は、手術室のドアが開くのに反応して立った。

高野は酒好きの豪快な男で、普段から所作も野趣に富んでいる。だが、今は車谷と目が合うと、きまり悪そうに視線をそらし、大分ぼうぼうに伸びたスポーツ刈りの頭を指先で掻いた。

「チョウさん、御明察だ。あんたの言う通りだったよ」

そう切り出す口調には、どことなく悪戯《いたずら》を見つかった悪童のような雰囲気がある。

「被害者の死因は、強打されたことによる頭蓋骨の陥没ではなかった。ドラッグの過剰摂取だ。あんたの予想した通り、陰部の粘膜から、純度の高いドラッグを吸収してショック死したんだ」

「やはりそうでしたか……」

車谷は、興奮を抑えて言った。

「しかし、よくそんなことを想像したな――。まさか、普通の居酒屋の女将で、三人も子供がある女が、ヤクの密輸を行なってたなんて……」

「いや、そうした被害者の現状に惑わされ、すっかり判断が狂ってた口ですよ……。だけど、何年か前、大柄な外国人の女が、密輸ダイヤを持ち込もうとしていた事件を思い出したんです。その女は税関で捕まりましたが、体の中に入れられちゃあ、すり抜けてるケースもかなりあるはずです。沖縄は戦後長いことアメリカに占領されつづけ、パスポートがなくては行き来ができませんが、沖縄からの日本への出国は手続きが簡単だと聞いたことがあるんです。本土の税関も、こっちに長く滞在し、沖縄に里帰りした人間に対して、なかなか疑いの目は向けないでしょ。しかも、常習の密輸犯ならば、一定の割合で本土と沖縄を行ったり来たりしてるはずですが、伊波照子の場合は、実に久方ぶりの帰郷でした。さらにつけ加えるならば、飲食店の経営者って点も有利に働いたはずです。税関じゃ、経営者ってとこはチェックしても、どの程度の規模の店なのかってことまではわざわざ確かめませんからね」

「あらゆる意味で、被害者の伊波照子は、密輸からは程遠い条件だな」

「ええ、迂闊《うかつ》でした。税関もさることながら、この俺たちがすっかり惑わされていたんです。しかし、羽田では、沖縄から戻った彼女を男が車で迎えに来てました。彼女は空港の建物を出てすぐ、その男の車に乗って姿を消してます。男には片脚を引きずるという大きな特徴があったのに、店の常連客も子供たちも、誰ひとりとしてこの男のことを知りませんでした。こうしたことを合わせて考えれば、税関の目をかすめて沖縄から何かこっそりと持ち込んだ女を、共犯の男が迎えに来たと疑ってしかるべきだったんです」

「その男が共犯か……。しかし、彼女が頭部等を強打し、高純度のドラッグによって急死したことで、自分の意思ではドラッグの袋を取り出せなくなったため、やむなく下腹部を裂いて取り出したんだな。それにしても、どうしてそんな女性が、急に麻薬の密輸になど手を出したのか……」

高野は言葉の最後をつぶやくようにして考え込んだが、程なくハッと答えを見つけた。

「そうか……、前にもやったことがあるんだな——。急にやったわけじゃない。そうなんだろ、チョウさん——」

「ええ、おそらくそうでしょう。彼女の出入国記録を改めて調べますが、店の大家であり常連客だった男によると、彼女は昔は、結構何度も沖縄に帰っていたらしいんです。それに、彼女の次男は医学部に通って医者になりました。先生を前にしてなんですが、かなりの金がかかったはずです。加えて、長男が暴力事件を起こして慰謝料を必要としたり、長女の亭主の工場が傾き、伊波照子はそれにも金銭的な援助をしていたようです。どれだけの出費が重なったのか、確認の必要はありますが、彼女はおそらく子供たちのために、一時期、密輸の運び人をやっていたのだと思います」

「なるほど。人様の体を開いていると、時々、しみじみ思うが、ほんとに色んな過去があるもんだな」

「まったくです。じゃ、先生、ありがとうございました」

早々に礼を述べて立ち去ろうとする車谷を、高野がとめた。

「おっと、ちょっと待ってくれよ、チョウさん。まだ、もうひとつあるんだ。お詫びついでにってわけじゃねえが、頭部と肩の打撲痕を、もう一度よく調べ直したんだ。そしたら、肩の傷と頭の傷は、完全に同一方向からの衝撃でついたものだとわかった」

「完全に、ってのは、どういうことです？」

車谷は、その言葉に反応した。高野がわざわざつけ足したもののように思われた。

「言葉通りさ。ひびや骨折をつぶさに検証したところ、同じ方向からの衝撃によるものだったんだ。だがな、同じ犯人が何らかの凶器を使って頭部と肩を殴っても、そういうわけにはいかない。一撃目を食らったあと、被害者は当然逃げるし、あるいは、意識を失って倒れたにしろ、加害者との間の位置関係が変わる。そして、二撃目を受ければ、当然、角度が変わる」

「どういうことです……？」

「つまり、これは、凶器で殴られた傷じゃなく、被害者自身が、どこかに猛烈な勢いでぶつかり、頭蓋骨にひびが入り、肩の骨が砕けて鎖骨が折れたのさ」

「交通事故ですか……」

「ああ、そう思う。彼女の乗ってた車が、猛烈な勢いでどこかにぶつかったんだ。ガラス片が傷跡のどこにも見つかっていないから、フロントガラスは無事だろうが、彼女はたぶん、衝突のショックで体を投げ出され、車内のどこかに猛烈な勢いで上半身をぶっつけたのさ。それで、頭蓋骨にひびが入って陥没したんだ。この傷では、たとえ事故直後に意識があったにしろ、じきに昏睡《こんすい》状態に陥ったはずだ」

「そうか……、体内に隠していたドラッグの袋は、その衝突の衝撃で破れたんだ」

「ああ、そう思うぜ」

「感謝しますよ、先生、電話を借りたいんですが」

「受付のを使ってくれ」

車谷は、高野の声を聞きながら走った。


「そうか……、ドラッグの密輸だったか……」

車谷の説明を聞いた大仏は、唸《うな》るような声を出した。

「俺としたことが、迂闊《うかつ》だった……」

「それは俺の台詞《せりふ》ですよ。だが、密輸に関わっている人間で片脚を引きずってる男となれば、比較的簡単に絞り込めるはずです」

「そうだな。至急、県警の麻薬取締係にも協力を要請し、該当する人間をあぶり出して貰おう」

「彼女とその男に接点があったのは、現在、医者をしている次男が医学部に通っていた頃が怪しいです。それと、長男の肇が暴力事件の慰謝料を支払った時期も重なって来ます。伊波照子は、今までに三度、店の場所を替わってます。二度目は地上げに遭ったためだとわかってますが、もしかしたら一軒目から二軒目に替わったときに、足を洗ったのかもしれない」

車谷は、そう推測を口にした。

「それと、交通事故ですよ。昨日の午後、羽田の周辺で、何か事故の記録が残っているはずだ。彼女を乗せた車を運転してたやつが警察に届けてるわけはないでしょうが、誰か巻き込まれた車や人間がいれば当然通報してるはずですし、目撃して通報した者があるかもしれない」

「伊波照子を羽田に迎えに来たのも、運河で彼女を捨てようとしたのも、白い軽のバンだ。早速、事故の記録も調べよう」

「お願いします」

「それとな、こっちからもひとつあるぞ。おまえさんが思いついた国際電話の件さ」

「伊波照子が沖縄から電話した先がわかりましたか？」

「ああ、記録が判明した。彼女は滞在を延長する前日の夜、三か所に電話していた。そのうちの二件は大家の辻村と長女の南子だったが、最後の一件は、鶴見の仲町にある木賃宿《きちんやど》だ」

「沖縄出身者が多い町だ」

「伊波照子の店付近や曽川徹の邸宅の周辺で目撃された若い男は、きっとそこに泊まってたんだ。丸さんとザキ山に、鑑識も連れて飛んで貰った。曽川の邸宅から見つかったのと一致する指紋が検出されれば、指紋の特定ができるぞ」

「そうですね。それに、もしも沖縄でマエがある男なら、人物の特定もできます」

邸宅から見つかった指紋はすべて、大黒が持って沖縄へ飛んだのだ。

「じゃ。俺は情報屋を当たり、ドラッグの密輸絡みで片脚を引きずってる男を探しますよ」

「うむ、よろしく頼む」

そう言って電話を切ろうとした大仏だったが、

「おい、ちょっと待て。渋チンから連絡だ。どうやら、何か起こったらしいぞ……」

すぐにそう言い足した。

受話器越しに何かやりとりが聞こえ、切羽詰《せっぱつ》まった雰囲気が伝わって来る。

車谷は、眉間《みけん》にしわを寄せた。伊波肇がまた何かやらかしたときのために、今夜は渋井と修平のふたりが見張りとして目を光らせていたのだ。今度は容赦《ようしゃ》なくパクってやる……。

「おい、伊波の野郎がまた何かやってやがるぞ」

案の定、電話口に戻って来た大仏が言い、受話器を無線に寄せた。

「チョウさん、聞こえますか。すみません、ちょっと目を離した隙《すき》に、車で走り出しやがって……、あとを追ったんですが、ちょいとまずいところに潜り込まれちまったんです。そして、とぼけた野郎でしてね。ホシを見つけたので、チョウさんを呼ぶようにと言ってるんですよ。どうしますか。今度は手下をひとりしか連れてないので、居場所を探し当てたら、パクっちまうこともできると思うんですが」

「まあ、あわてるな。野郎が俺を呼んでるなら、パクるかどうかは俺が行ってから決めるよ。で、どこにいるんだ？」

6

「日進町《にっしんちょう》か……」

パトカーから降り立った車谷は薄暗い路地を見渡し、低い声でつぶやいた。西の西成《にしなり》、東の山谷《さんや》が有名だが、この川崎や隣の大田区、それに鶴見などにも、それらに劣らないドヤ街がある。例えば、この日進町だ。

ここに潜り込まれると、探し出すのは一苦労なのだ。誰も警察と話したがらないし、話したところで他人の居場所を素直に言うはずがない。それなりの人数を動員して、一気に探さなければ見つからないが、そんなことをすればまたここの住人たちから警察が毛嫌いされることになる。

道の両側に、ずらっと簡易宿泊所が並んでいた。中にはコンクリートのビルも交っているが、大概は木造のアパート程度の大きさの建物だ。ここでは、普通の住居を簡易宿泊所として使っているところも多かった。

伊波肇は、ヤサから動き出したあと、結局、この日進町に乗りつけたのだ。だが、迷路のような路地の奥へと姿を消し、追跡した渋井たちが戸惑っていたところで、伊波の手下が伝言に現われたのである。

「で、伊波肇のやつは、チョウさんをここに呼び出して何のつもりなんでしょうね……」

渋井が言ったときだった。

ハデなシャツを着たチンピラが路地から顔を出し、小走りで車谷たちに近づいて来た。どうやら、どこかからこっちの動きを見張っていたらしい。

「兄貴がお待ちです。ひとりで来ていただけますか？」

車谷は、チンピラにうなずいて見せた。

「おまえらはここにいな」

「でも、チョウさん……」

たとえデカでも、ひとりで入ると何が起こるかわからない街だ。

「いいんだよ」

渋井たちに言い置き、チンピラと一緒に歩き出す。

ちょっと前にチンピラが現われた路地を曲がると、その先にもやはり同じような簡易宿泊所が並んでいた。道の先には、国鉄の線路があり、その上空は暗い夜空が広かった。

少し行っては道を曲がることを二、三度繰り返すと、店の灯《あか》りが見えた。定食屋とか一膳飯屋といった佇《たたず》まいの店が、道の片側に二軒並んで建っていた。左側は公園だ。公園には、段ボール製の家が林立していた。大概がブルーシートで雨よけの覆《おお》いを作っており、周辺には自転車や空き瓶や古雑誌など、そこに暮らす住人たちの私的財産が、結構整然と置いてある。夜風に、洗濯物のＴシャツや下着が揺れていた。

たとえ定食屋や一膳飯屋であろうとも、こういう場所では安酒を呑《の》む客がメインになる。安くて腹持ちするつまみを頼んで酒をカッ喰らうのだ。そうした連中が店の外にまで溢れ、公園にも屯《たむろ》していた。大概はランニングシャツに半ズボンだが、ふんどし一丁で道の端などに坐り込み、舟をこいでいる馬鹿者もいる。

人でごった返した一膳飯屋に近づくチンピラの体越しに店内を見渡し、車谷は顔をしかめた。こんなところで、落ち着いて話ができるわけがない。

「おい、俺は暇な体じゃねえんだぜ。こんなところに案内して何のつもりだ？」

尖《とが》った声をかけると、

「いえ、こっちです」

チンピラは恐れをなした様子で目を合わせようとはしないまま、その店の横手へと車谷をいざなった。路地というより、隣の建物との隙間というべき場所に、自分が先に入って行く。

チンピラにつづいて奥へ入ると、ちょっと先で一膳飯屋の建物が凹《へこ》み、その分だけ隙間が広くなっていた。それでもやっと幅半間ぐらいになっただけだが、そこにプラスチックのテーブルと椅子が置いてあった。すぐ傍にアルミサッシのドアがあり、奥は調理場らしい。壁の換気扇から、いい匂いが流れ出ている。

特別席、というわけか。建物に遮られて風が抜けないためにむんむんとしている。そこに、男がふたり向かい合って坐っていて、向こう側にいるのが伊波だった。

「おい、俺は昼間おまえに何て言った？　もう一度勝手なことをしたら、今度はすぐにしょっ引くと言ったはずだぞ」

伊波は椅子から飛び上がって立ち、冷たく言い放つ車谷をなだめるように両手を胸の前に突き出した。

「まあまあ、チョウさん。そう言うなよ。ちゃんと、あんたに伝言しただろ。こいつがホシだ。俺のお袋の下腹を切り、運河に捨てようとしていた野郎だ。言っておくがな、乱暴は何もしちゃいねえよ。この男が、自分から協力的に喋《しゃべ》っただけだぜ」

伊波に指を突きつけられ、小男は頭を深く垂れて益々《ますます》小さくなった。

頭の禿《は》げた、小柄な男だった。自宅にいるところを伊波肇に連れて来られたのか、中学生が穿《は》くような臙脂《えんじ》色のジャージに、首の周りがだらっと伸びたランニングシャツ姿だった。ジャージは、実際に息子か娘のものなのか、腰のところに下手くそな字で「犀川《さいかわ》」と書いてある。

それほど近づかないうちから、体に染みついた強烈なたばこの臭いがした。

車谷が正面に立つと、男は上目遣いに見上げて来た。その目には、媚《こ》びる光があった。

「おい、黙ってねえで、今、俺に話したことを、この旦那《だんな》にもう一度話せ。伊波照子に麻薬を密輸させたのは、おまえだな。おまえが羽田までお袋を迎えに行き、そして、お袋の腹を切り裂いて殺したんだ」

伊波にとっちめられて、男は激しく頭を振った。

「違うよ、親分。話はもっと正確にしてくれ。俺がテルさんに密輸をさせたわけじゃねえ。テルさんのほうから、もう一度だけ仕事がしてえと持ちかけて来たんだ。それに、下っ腹を裂いて殺したりなんかしてねえよ。車が事故り、テルさんは意識がなくなって死んじまった。事故の衝撃で、あそこに隠してたヤクの袋の一部が破れたんだ」

車谷たちが把握している状況通りのことを、早口でまくし立てた。

伊波は不快そうに顔をそむけ、

「――ってことだとよ。さあ、この馬鹿を逮捕してくれ。俺がこいつを殺しちまう前にな」

吐き捨てるように言った。

車谷は、プラスチックの椅子を引き、うつむく男の顔が覗き込める位置に腰を下ろした。てかてかした禿頭がすぐ目の前に来た。僅《わず》かに残った毛にたっぷりと振りかけられた、安っぽい整髪料の匂いがする。

「まずはフルネームを教えな。『犀川』っていうのか？」

「はい……、そうです……。犀川渡です。『渡』は、横断歩道を渡るの字です」

と、中学生みたいな答え方をする。

「おまえ、脚が不自由なのか？」

「はい」

「不自由なのは、どっちの脚だ？」

「右です。なんなら、歩いて見せましょうか？」

「いや、いい。それより、詳しく聞かせな。伊波照子のほうから、もう一度だけ仕事がしたいと持ちかけて来たのか？」

「ええ、そうです……。テルさんからです。綺麗ごとは言いませんや。テルさんから、もう一度だけ仕事をしたいから、沖縄の売主と話をつけてくれと言われたとき、久々に大金が転がり込むことを夢見ました。上手く算段をつけてこっちにブツを持ち込めれば、かつて俺を足蹴《あしげ》にした連中をもう一度出し抜けると思いましたしね……。だけれど、手を貸すことにしたのは、テルさんの気持ちに打たれたからですぜ。昔の恩を返したい。そのためには、どうしても金が要る。だから、もう一度だけ仕事をさせてくれと、テルさんは俺にそう頼んだんです」

　こういう男は様々な理由でぺらぺらと嘘をつくものだが、取りあえず信じてよさそうだ。

「金の使い道は？」

「わかりませんよ……。そんなことは、訊きませんでしたから……」

「おい」

「ほんとですって」

「恩返しと言ったのは、確かだな？」

「ええ、その通りです——。ああ、それと、罪滅ぼしとも言ってました。恩返しだし、罪滅ぼしなんだって」

　恩返しと罪滅ぼしでは、意味が違う。伊波照子は、何かふたつの異なることを言おうとしていたのか。それとも……。

「誰へのだ?」

「それは言いませんでした。言えば、俺にも、相手にも、万が一の場合に迷惑がかかるからと言って……」

犀川が言い、上目遣いに車谷を見る。小狡《こずる》い小動物の目だった。油断なく相手に取り入ることを常に考えながら、逃げ道を探している。

「嘘だな……。もっと何か聞いてるはずだ。おまえだって、危ない橋を渡ることになるんだ。詳しい事情を聞かずに、手を貸す気になるわけがねえだろ」

「ほんとでさあ、信じてください。だけど、しつこく訊かなかったのは、つまり……、なんとなく察しがついたってことですよ……。だから、俺はそれ以上は訊かなかったし、テルさんは話さなかったんだ……」

「何をどう察したんだ?」

「昔、比企《ひき》カネという女が、テルさんと組んで仕事をしてた。まあ、運び屋は他にも何人かいたが、大きな仕事のときに俺が頼むのは、大体このふたりでした。沖縄に本籍があって、家族や親戚がいる人間ってのは、疑われにくいんです。向こうに里帰りするといえば、出入りのチェックが緩いんですよ。なにしろ、お国は、沖縄は日本だと思ってますからね。米軍だってそうです。向こうを出るときも、日本本土への渡航はチェックが甘いんです。しかも、テルさんの場合は、あの頃から飲食店を経営してた。税関だって、その店がどの程度の規模のものかなんて調べませんよ。裕福な経営者が沖縄に里帰りをするとなれば、年に何回か往復してても、それを怪しいとは思いません。そうでしょ？　それに何より、テルさんは度胸がよかった。それが大事なんです」

犀川は、べらべらと喋り始めた。

「ブツは、沖縄へ米軍が持ち込むのか？」

車谷は、もう少し喋らせておくことにしてそう質問を振った。

「いいえ、沖縄じゃ、連中は顧客のほうですよ。朝鮮にヴェトナムと、あいつらは戦争ばっかりやってますから、兵隊に取られてる若い連中は堪《たま》ったもんじゃありません。沖縄で女を買い、麻薬をやり、いっとき恐怖を忘れるんです。ブツは、台湾製ですよ。沖縄の与那国《よなぐに》との間は、百キロちょっとしか離れてませんから、戦前なんか小さな漁船で普通に行き来してたそうです。朝鮮戦争の間は警備が厳しかったらしいですが、その後はまた大丈夫です。台湾とアメリカは、仲良しですからね。で、そうしたおこぼれを、私らは本土に持ち込んで商売してたわけですよ」

犀川は、まるでその上物をすべて売り切り、今また大金を手にしたような顔つきになった。想像の世界で遊ぶってのは、何もロックや学生運動に熱を上げてるティーンエイジャーだけの特権ではないのだ。

「で、比企カネって女のために、伊波照子がもう一度危ない橋を渡る気になったって言うのは、確かなのか？」

「ええ、俺はそう思います。一応は訊いたんでさあ。それは、カネのためなのかって。テルさんは否定してたが、なんとなく態度でわかりましたよ。きっとそうだと。そして、それ以上訊こうとしたら、訊かないでくれ、何か言えば、俺やカネの迷惑になるからと、先回りするように答えたんだ」

「伊波照子は、比企カネって女にどんな恩があるんだ？」

「カネは、テルさんを庇《かば》って捕まったんです。俺は例によって空港の表まで迎えに行っただけで、現場は見てねえから、テルさんから聞いた話しかわからねえが、あの日のことは忘れられませんよ。テルさんが真っ青な顔で空港のビルから飛び出して来て、車に乗り込むなり、カネが私を庇って捕まったと言ったんです。女の職員の数が少ないんで、普段はよっぽどでなけりゃ身体検査なんかしねえんですが、ちょっと前に大阪空港で密輸グループが逮捕された影響で、そのときは羽田もチェックが厳しくなってたらしい。テルさんはゲートで目をつけられ、別室に連れて行かれそうになったんです。しかも、検査室の前には白衣姿の看護婦らしき女が立っていて、これはダメだ……、と背筋が寒くなったときに、カネが近くにいた税関職員を突き飛ばして逃げ出したそうです。職員たちの注意がそっちに集中した隙に、テルさんは税関を抜けました」

「だが、比企カネのほうは逮捕されたわけだな」

「ええ、そういうことです」

「で、恩返しか……。それに、罪滅ぼし……」

車谷は、ふたつの言葉を舌先で転がしてみた。「恩返し」というのはわかる気がするが、この話からでは「罪滅ぼし」というのは違う気がする。

伊波照子は、自分を庇って比企カネが捕まったことを差して、「罪滅ぼし」と言ったのだろうか……。それとも、何か別の意味があるのか……。

「比企カネってのは、どんな女なんだ？　彼女は、なぜ自分が捕まる危険を冒してまでして、伊波照子を庇ったんだ？」

「それはたぶん、カネは三、四歳年上の照子に、長い間、あれこれと面倒を見て貰ってたからですよ。それに、そのときはもうカネのほうは、自分の子供たちと別れてひとりぼっちだったが、テルさんは三人の子供を抱えてましたからね。なんでもテルさんとカネのふたりは、戦争に負けた直後から一緒に苦労して来た仲だったらしい。でしょ、親分――」

伊波肇は犀川に話を振られても、暗い目をして何も答えなかった。

「比企カネが伊波照子を庇って捕まったのは、いつのことだ？」

「七年前ですよ。それ以降、テルさんは、仕事からは足を洗ったんです。私のほうもその後、身内同然のやつに裏切られ、今じゃこんなあり様でさあ……」

「比企カネの居場所は？　まだ、塀の中か？」

「ええ。なにしろ隠し持ってたブツの量が大量でしたからね、まだ中にいます」

「比企カネと別れた子供ってのは、男なのか？　女か？」

「両方ですよ。上が兄貴で……、ええと、今はどれぐらいになるのかな」

「たぶん、二十四、五だよ。俺の弟より五歳ぐらい下だったはずだ」

伊波肇が、ぽんと投げ出すようにして言い、暗い目の先を車谷に向けた。

「妹のことは知らねえが、兄は武って名だった。息子について聞きたいなら、こいつなんかよりも俺のほうが話せるはずだ。とはいえ、俺だって、ガキの頃のことしか知らねえがな……。こいつへの質問は、もうこれで充分だろ。連れて行ってくれよ。目障《めざわ》りだ」

車谷は、伊波と犀川を見比べた。

「ブツはどこだ？」

犀川に訊いたのだが、

「ここにあるよ」

伊波が答え、狭い通路に立って控えている部下に顎をしゃくった。ここまで車谷をいざなってきた男だった。

「じゃ、ひとっ走り行って、デカを呼んで来い。こいつを連行する」

車谷は、若造からブツを受け取って命じ、

「伊波照子の死体を運河に運んで捨てようとしたのを手伝ったのは、誰だ？」

犀川に顔を転じて訊いた。

「ここらに屯してる若いやつのひとりです。謝礼をはずむと持ちかけたら、喜んで一緒に来ました。この時間ならもう、表の公園で酔い潰れてるでしょ」

犀川は、伊波肇に向かって両手を合わせた。

「すまねえ、親分……。お袋さんにあんなことをしちまって……。だけど、できれば、俺ももう一花咲かせたかったんだ……。許してくれ……。すまねえ……。この通りだ……」

「おい、俺は親分じゃねえよ。そんなふうに呼ぶのはよせ！」

伊波肇は、顔を背けて吐き捨てた。

そのとき、すごい勢いでアルミサッシのドアが開き、図体の大きな女が姿を現した。

「あんたら！　うちだって商売なんだよ。ここのテーブルを使ってるなら、いい加減何か頼んでくれないかい」

女は迫力のある目で睨んで来たが、

「警察の旦那かね？」

首から看板を提《さ》げているわけではないのに、なぜだかこういう商売の女には身元を見抜かれる。

「まあな」

車谷が曖昧《あいまい》にうなずくと、女は大きな溜息《ためいき》をひとつ吐いて犀川を睨みつけた。

「今度は何をやらかしたんだい？　まさか、悪い虫を起こしたんじゃないだろうね。私との約束を破ったのならば、もう戻って来る必要はないからね。旦那、こんなやつは、一生、牢《ろう》に閉じ込めちまってくださいな」

一方的にまくし立て、犀川にも車谷にもいっさい言い返す間を与えずに、厨房《ちゅうぼう》のドアを閉めてしまった。

7

犀川渡の身柄を、犀川に協力した若い男ともども山寄たちに渡した。必要な指示を出してから引き返すと、一膳飯屋の向かいの公園に立った伊波肇が、この町の住人たちに囲まれてビールを飲んでいた。大方、賭場の新たな客になるとでも踏んで、酒をふるまったのだろう。

車谷に気づき、伊波は自分を囲んだ男たちの肩をぽんぽんと叩いてその場を離れた。

「すっかりたかられちまったぜ。臭くてしょうがねえが、ああいう連中だって、まだ使い道があるんだ」

公園と道路を分ける柵《さく》に並んで寄りかかると、遠巻きの視線を感じるだけで、もう誰も寄って来ようとはしなかった。

車谷は苦笑した。

「どうやら避けられているのはおまえじゃなく、俺のほうらしいな」

「ふふん、あんた、わかってるじゃねえか」

「伊波よ、お袋が麻薬を体内に隠して持ち込もうとしてたことを、おまえはいつ知ったんだ？」

質問をぶつけた。

「俺はヤクザだぜ。裏の事情は心得てる」

「けっ、格好つけるんじゃねえよ。腹を割って、ほんとのとこを話せ。もし知ってたのなら、昼間、見当違いのところへ乗り込もうとなどしてねえだろ。誰がおまえに教えたんだ？」

「誰も教えねえよ。俺が自分で気づいたんだ。あんたと話してる間に、もしや、ってな……。その意味じゃあ、あんたが教えたようなもんさ」

伊波は吐き捨てるように言い、たばこを取り出し、オイルライターで火をつけた。ライターは、成金やヤクザが好む、趣味の悪い絵柄のついたジッポだった。

車谷もたばこをくわえると、そのジッポの火を近づけて来た。車谷は煙を吐きながら、自分の話のいったい何が、この男に母親の秘密の仕事に気づかせたのかを考えた。

「おまえ、母親が何かやってたと、元から薄々気づいてたんだな？」

車谷は伊波の顔を覗き込んだが、伊波は前方のアスファルトに視線をやり、車谷を見ようとはしなかった。

「あくまでも薄々さ……、あくまでな。母ちゃんに確かめたことだってねえし、きょうだいで話題にしたこともねえ……。そういうことってあるだろ。あれ、まさか……、って思うようなことがよ……」

「どう察した？」

「俺だって足し算ぐらいはできる」

「――――」

「九年前……、いや、そろそろ十年になるか……、俺は、傷害で喰らい込んだ。ある物件絡みで、こっちのシノギに口出しして来る怖い物知らずの馬鹿がいてな。上から命じられて、軽く痛めつけに行ったんだ。ところが、相手が悪かった。そいつは、ある宗教の活動員だったのさ。政治家や企業なんかを脅しつけてる連中だ。ヤクザだって、ああいう連中にゃあ手を焼いてるのさ。そいつがてめえの仲良くしてる弁護士とつるみ、民事訴訟だとか言って、賠償金を要求して来た。ヤクザから金を取ろうなんて、馬鹿もほどほどにしろよ。そう思うだろ」

「まあな。で、どうなったんだ？」

「組はもちろん、親しい兄貴分たちまでみんな知らんぷりさ。てめえでやったことの責任はてめえで取れと言い、俺をけしかけたことなどなかったかのようにそっぽを向きやがった。払えなけりゃ、破門だと言う。とにかく連中からやいのやいの言われるのを、組は俺だけに押しつけたのさ」

「それで、お袋が払ったのか？」

「ああ。迷惑をかけちまった……。そもそもお袋は、医者になりたいっていう弟のために、ずいぶん金を使ってた。弟の野郎も必死にバイトをしてたみたいだが、医学部ってのは、そんなことじゃ追いつかねえほど高《たけ》えんだろ。それなのに、俺の賠償金まで肩代わりしてくれて……。ムショの中で、お袋が金を払ってくれたと知って、俺はあのときだけは本気でヤクザを辞めようと思ったぜ……。ま、娑婆《しゃば》に戻ったら、結局、元通りになっちまったがな。それに、姉貴だって亭主の町工場が傾いたとき、やっぱりお袋に泣きついたんだ」

「だが、南子さんの御亭主は、沖縄から出稼ぎに来た中でも出世頭だったんだろ？」

車谷は、そう振ってみた。

「それは亭主の親父《おやじ》の話だよ。親父は戦前にこっちに渡って来て、長いこと製鉄所で働いていたが、戦後、仕事がとまってしまったとき、どっかからゴムを仕入れて来てゴム長を作り始めたのさ。戦争に負けたあとは、靴さえなかった。あんただって、覚えてるだろ。まして、ゴム長はどこでも品不足だ。赤嶺の親父は、川崎にゴムの加工場を建ててゴム長を売った。朝鮮戦争の頃までは飛ぶように売れてたそうさ。そのあとだって需要はあったんだろうが、段々と輸送手段が整って、しかも輸送費が安くなり、何も地元で作る必要がなくなった。そうなると、大手が食い込んできて、地元の小さな工場など見向きもされなくなる。そういうもんだろ。姉貴は、まだ工場が完全に傾く前に亭主に会ったのさ。姉貴は結婚前、銀座のデパートでエレヴェーターガールだった。あんな狭っ苦しい場所に押し込められて、何が嬉しいのかと思ったが、本人は物凄《ものすご》く得意げだったぜ。ほんとは、バスガイドになりたかったんだけれど、筆記試験があって通らなかった。それで、エレヴェーターガールの仕事を見つけて来たんだ。姉貴の人生ってのは、いつでもそんな感じさ。それでも、姉貴はものすごく喜んでな、最初の給料を貰ったときは、俺にまで土産を買ってくれたっけ……。赤嶺伸介とは、そこで会ったのさ」

「エレヴェーターの中でか？」

「そうだよ。野郎と姉貴は、一回り以上違う。だけれど、あいつは見栄えだけはいいだろ。しかも、大工場の社長って触れ込みだった。野郎は、自分でそう吹聴《ふいちょう》していたんだ。姉貴はコロッと参っちまった。だけど、蓋を開けてみりゃあ、ただの町工場の跡取りで、しかもてめえの代になったときには、工場はすっかり傾いてた。姉貴はお袋にせがんで金を貰ったとき、水商売ってのは、イザという時のために金を貯めてるんだと言って笑ってたそうだ……。だけどよ、綺麗ごとじゃねえが、もしもあのとき俺がお袋のやってることを知っていたなら、絶対にとめてたぜ。それこそ、縄で縛ってでも、そんな馬鹿なことはさせなかった……。だが、何にも知らず、ムショで粋《いき》がってたんだ……。これで娑婆に戻れば箔《はく》がつくとか、馬鹿なことを思ってな……。最低の息子さ……」

自己嫌悪に襲われた伊波肇は、やがてハッと顔を上げた。

「なあ、姉貴はどうでもいいんだが、この話が満の耳には入らねえようにできねえか？」

「そんな約束はできないぜ。こっちは捜査をしてるんだ」

車谷は、冷たく言った。

「できるだけで構わねえから、頼むよ、チョウさん。あいつはさ、お袋のために医者になったんだ。お袋にゃ、首筋から左の乳房の上ぐらいにかけて、火傷の痕《あと》があるだろ。あれを治してやりたいって言うのが、あいつが最初医者になることに決めたきっかけさ。ま、ガキの頃に言ってた話だから、今じゃ違うことを思ってるかもしれねえがな……」

「今でも同じことを言ってたよ。今日、署のほうに、お袋さんの捜査がどうなっているのか知りたいと言って訪ねて来たんだ」

「あの野郎、こっちに帰ってやがったのか……？」

伊波は少し遠い目をした。

車谷は、質問の矛先を変えることにした。

「犀川の話からすると、おまえは元々比企カネを知ってたんだな。どうやって知った？」

「俺が知ってる頃は、金城カネだった。あの頃は、結婚後の苗字を名乗ってたんだ。戦争に負けた年の秋頃さ。これから寒くなるのに、どうしたらいいかって思ってた頃だ。俺たち家族は、焼け残った柱や板を集めて、トタンを載せて、そこで雨露をしのいでたんだが、冬になったら凍え死んじまう。少々遠くたって親戚や頼れるところがあるやつらは、みんなそっちへ移って行ったが、俺たちにゃあそんな親戚なんかいねえし、どうにもならなかった。そしたら、お袋がある日、カネさんと息子の武を連れて来て、一緒に家を借りることになったと言ったのさ。ふたりと会ったのは、そのときが最初だ。お大師さん自体はずいぶんやられちまったが、そこからもう少し南に焼け残ったところがあって、俺たち二家族は、そこの一軒を一緒に借りて暮らし始めた。武はすぐに俺たちと親しくなり、末っ子みたいな感じだったさ。特に歳が近かった満と武は、ほんとの兄弟みたいにいつでも一緒につるんでたよ。

お袋とカネさんは、夕方になると、俺たちの面倒を姉貴に任せて、ふたりで出かけて行くんだ。帰りは大概遅かったが、何か土産を買って帰って来ることが多かった。どこにこんなものがあったのかというような缶詰や、お菓子や、時には寿司の折詰だったこともあった。俺たちは眠い目をこすりながら、お袋たちが帰るのを待ちわびたもんさ。お袋が、酒臭くておしろい臭かったのを覚えてる。そういうことを毛嫌いする野郎もいるが、俺にとっちゃ、それがお袋の懐かしい匂いだ。

三年ちょっとは一緒にいたぜ。そしたら、ある日、カネさんの亭主が、ひょっこりと現われたんだ。カネさんの場合は、亭主の仕事が沖縄経由で台湾と東京を結ぶ貿易関係だったので、戦争中は家族でこっちに暮らし、亭主は主に台湾と東京を行き来してたらしい。ところが、終戦になってばたばたしているときに台湾で大怪我を負い、戦後はそのまましばらく病院から動けず、消息不明の状態だった。やっと動けるようになって、カネさんたちの行方《ゆくえ》を探したが、勤めていた貿易会社はとっくの昔になくなっていて、社宅も燃えちまっていて、探し当てるまで時間がかかったんだ。カネさんと武は亭主に連れられて、喜んで沖縄に帰って行った。そのときには、お袋はもうお大師さんの近くで、労働者相手の飲み屋を始めてた。あのとき、一緒に沖縄に帰るって話もあったみたいなんだが、結局、お袋はこっちに残ることに決めた。一度もお袋の気持ちを聞いたことはないが、亭主もいない沖縄へ戻ったところで、三人の子供を食わせられないと思ったのかもしれない」

車谷は、伊波肇の話を充分に咀嚼《そしゃく》してから、次の質問を向けた。

「比企武のことを教えろ。その比企武ってのは、どんな野郎だった?」

「そんなことを訊いたって、しょうがねえだろ。みんな、ガキの頃とは違っちまってるよ」

「いいや、おまえはそう思いたいのかもしれねえが、案外、人ってやつは、そうは変わらんよ」

伊波肇は、暗い目を車谷に向けた。ヤクザというのは、みんな共通してこういう目をするときがある。

「気の強いガキだったよ。年上の子供からいじめられても、あとに退《ひ》かねえ。わんわん泣きながらでも反抗する。そんなやつだった」

「武には妹がいるが、その妹のことは？」

「いいや、知らねえし、会ったこともねえよ。沖縄に戻ってからできた子だろ」

「かもな。しかし、その後、金城カネはこっちに戻っていた。そのときには、比企カネになっていたわけだが、こっちに戻ってからの彼女について何か知ってることは？」

「いいや、ありゃしねえよ。さっき、犀川の野郎が話したようなことは、俺にとっても初耳だった。俺はてっきり、沖縄で幸せに暮らしてるもんだとばかり思っていたよ」

伊波は言って、しばらく公園のルンペンたちを見回していた。

「チョウさん、あんた、肝っ玉母さんって言い方知ってるか？」

「それはドラマじゃねえか。だけど、うちの母ちゃんは、本物の肝っ玉母さんだったんだ……」

「京塚昌子だろ」

「――」

「チョウさんよ、あんたはお袋さんは――？」

「けっ、そんな質問をするんじゃねえよ。てめえのお袋の話をするようになったら、落ち目の証拠だぜ」

「あんた、なんでそうやって憎まれ口を叩くんだよ、馬鹿野郎」

第三章

1

比企カネの「カネ」はカタカナではなく、「嘉禰」と記録にあった。一々字の書き方を説明するのが面倒で、普段の生活では「カネ」とカタカナで押し通していた口だろう。

翌朝、法務省東京矯正《きょうせい》管区所属の栃木刑務所まで、車谷は比企カネに面会に行った。例によって車は若い沖修平に運転させ、自分は到着間際まで助手席で眠って過ごした。

捜査員の面会に対して、担当の刑務官は小会議室のひとつを提供してくれた。修平とふたり、長机の椅子に坐ってたばこをふかしていると、程なく刑務官に連れられて五十女が現われた。

痩《や》せてはいるが大柄な女だった。地黒で、首には青い血管が浮き出している。重力が大分ブラジャーを押し下げた位置に胸の膨らみがあり、撫《な》で肩の体形もその胸の膨らみを一層際立たせていた。ただ無造作に短く切った髪は、刑務所の規則によるものだ。

車谷はたばこを消して立つと、女性の刑務官に下がって貰《もら》い、

「比企カネさんだね。まあ、坐ってくれ」

と、向かいの椅子を手で指した。

カネは何も応《こた》えず、黙って向かいの椅子に腰を下ろし、挑むように正面を向いた。視線は車谷と修平のちょうど中間にあり、そのどちらも見ていない形だった。背筋をぴんと伸ばして真正面から視線を動かさないことは、刑務所で指導される通りの坐り方だったが、なんとなく訪問者を拒んでいる雰囲気は伝わって来た。カネは左目が充血し、その周辺に青痣《あおあざ》ができていた。

「その痣はどうした？　何があったんだ――？」

「何もありません」

感情を込めない声で答えた。

「何もなくて、目の周りに痣ができるのかい？」

「転んだだけです。先生にも、そう申し上げました」

「先生」とは、刑務官を指す。囚人たちは、刑務官をそう呼ぶように指導されている。

車谷は、掌《てのひら》で短髪をごしごしやりながら、黙って切り出し方を考えた。この女は、伊波照子を庇って捕まった。上手く切り出さないことには、何も聞き出せないだろう。

「私に何の御用でしょうか？」

カネのほうから訊《き》いて来たが、その口調には既に軽い苛立《いらだ》ちが滲《にじ》んでいた。

「まあ、そう焦《あせ》るなよ。一本どうだ？」

彼女が部屋に入って来た瞬間、たばこの臭いに反応して、物欲しそうな顔をしたことを見逃してはいなかった。

比企カネは意地を張りかけたようだが、欲求に抗しきれなかったらしい。

「頂戴します」

相変わらずの感情が籠《こも》らない声で言い、一本を抜き取って唇へ運んだ。

修平が気を利かせてマッチの火を差し出し、それからしばらくカネが上手そうにたばこを味わうのを、刑事たちふたりは黙って待ってやった。彼女は、煙が肺に染み渡り、頭がくらっとするのを楽しんでいた。

「実はな、ちょっと教えて欲しいことがあってやって来たんだ。伊波照子を知ってるね」

頃合いを見て尋ねたが、

「そんな人は知らないわよ」

と、カネは煙を吐いた。

「とぼけなくていい。なぜとぼけるのか、理由にも察しがついてる。だからこそ、あんたを訪ねて来たんだ。実はな、伊波照子が亡くなった」

カネは戸惑い、煙の向こうから車谷を見つめて来た。

「テルさんが……。どうして――?」

「体内に麻薬の袋を隠して羽田を抜けたあと、彼女の乗る車が事故を起こし、その袋が破れた。そして、麻薬の過剰摂取によって心臓発作を起こしたんだ」

「…………」

カネは何も言おうとはしなかったが、様々な言葉が体内に渦巻いているのが見て取れた。車谷は、もう少し先をつづけることにした。

「今度の取引きを取り持ったのは、犀川渡だ。犀川のことも知ってるな。やつが沖縄に繋《つな》ぎを取り、伊波照子を使って麻薬を国内に密輸しようとしてた」

「犀川の野郎……。殺してやる」

「おっと、誤解するな。犀川は、伊波照子から頼まれてお膳立てをしたんだ」

「嘘《うそ》よ……。それは、犀川の言い分でしょ」

「無論、野郎もそう証言したが、他の人間の証言からしても、伊波照子のほうから密輸の話を犀川に持ち込んだのさ。俺たちは、なぜ彼女がそんなことをしたのか、その理由を知りたいんだ」

カネは車谷の様子を窺《うかが》う顔つきになった。

「ほんとにそうだとしても、私には理由なんてわからないわよ……。パクられて以来、手紙のやりとりだってしたことないんだもの」

「わかってるよ。だが、あんたが彼女を庇《かば》って逮捕されたことを、伊波照子は非常に恩に着てる。犀川はそう言ってるんだが、間違いないね」

「だから何よ……」

「あんたには、ふたりの子供がいるね。息子と娘だ。おそらく息子は二十四、五で、娘は十七、八。そうだな?」

子供の話が出た途端、比企カネの顔つきが百八十度変わった。僅《わず》かに開いていた心の扉をぴたりと閉め、余計なことは何も喋《しゃべ》らないと決めたのだ。

「ちょっと待って……。なんで武たちの話が出て来るの……？」

「長男は武だな。娘の名は？」

「私の言うことに答えなさいよ。なんで武たちが関係してると思うのよ」

比企カネはちょっと前から敬語を振り捨てていたが、ついには刑務所で身につけたらしい従順さも振り捨て、車谷に食ってかかって来た。これが、この女の地なのだ。

「比企武らしき若者が、事件に関係する場所で複数回目撃されてる」

車谷は、淡々と情報を述べた。

「武は沖縄よ。こっちになんかいないわ……」

「いいや、何かの事情でやって来たのさ。入国記録を調べたから、それは間違いない」

「武が……」

「ああ。そして、昔馴染《なじ》みである伊波照子を頼ったんだ。我々はその可能性を考えてるんだが、どう思うね？」

「だから、そんなこと、私に訊かないでって……。私は、こうして塀の中にいるのよ……」

「ふたりの写真は持ってるか？」

「ないわよ……、そんなもの。十年……、いえ、十五年以上前に別れたっきり、会ってないもの……」

「っていうと、朝鮮戦争が終わった頃だな——。武が十歳ぐらいで、妹のほうはまだ二、三歳の赤ん坊か……」

車谷は、後半を口の中でつぶやくように言ったが、もちろん比企カネに聞かせるのが目的だった。記憶というより、感情を刺戟《しげき》するためにそうしたのだ。大概の母親は、別れた子供のことを思えば、何かぽろっと喋り出すものだ。

だが、比企カネは、じっと押し黙るだけだった。

「比企武の入出国記録を調べたら、およそ十日ほど前に入国してた。あんたの言った通り、子供時代に川崎を離れて以来、沖縄から日本に来るのはそれが初めてだった。ということは、頼る人間は伊波照子しかいなかったのかもしれない」

「そんなことを言われても、わからないって……」

「戦争に負けて三、四年経《た》った頃、あんたは息子の武を連れて沖縄に帰った。死んだとばかり思っていた亭主が生きていて、あんたたちを探し当てたんだ。そうだな?」

「そうだけど、それが何さ……」

「そして、あんたは、その数年後に長女を産んでる。ええと、長女の名は何だね?」

さり気なく訊くと、

「安奈よ。安心の安に、奈良の奈。祖父《じい》さんは、アメリカの名前みたいで嫌だって言ったけれど、可愛いでしょ。それに、奈良の奈は、実りが多い大きな木って意味があるんですって。安らかで、実りのある人生になりますようにって願いを込めて、つけたのよ」

「だが、その三年後、あんたはまだ二、三歳だった安奈と、当時十歳だった武のふたりを残して沖縄を出てる。何があったんだ？」

その点も、入出国記録によって確認済みだった。

「そんなこと、何も関係ないでしょ……」

「伊波照子は、比企武のために、危ない橋を渡ることにした。目的は、武にまとまった金を渡すためだったのではないか。俺はそう踏んでるんだが、どう思うね？」

「武がテルさんに金をねだったって言うの？」

「そういう言い方が適当かはわからないが、何らかの理由で金を必要としていて、あんたに恩義を感じていた伊波照子が、一肌脱ぐ気になったのさ」

「それで危ない橋を渡り、死んでしまったって言うのかい……。そんなことが……」

「伊波照子が一肌脱いで武を助けることにした理由は、あんたに恩義を感じていた以外にもあるのかもしれんが、いずれにしろ、金を渡すために、何年かぶりで密輸を行なったことは間違いないと思う。比企武がまとまった金を必要とする理由に、何か見当がつかないか？　事件には、沖縄の土地を盛んに買いあさっては本土の人間に仲立ちしていたブローカーも絡んでいるんだ。もしかして、あんたの別れた亭主は、向こうに土地を持っていたりしたのか？」

そこまで推し進めた推測をぶつけてみると、比企カネはハッとしたらしかった。

「サトウキビ畑よ……」

心をよぎったものが、そのまま言葉となったような感じがした。

「あんたたちは、サトウキビを作っていたのか？」

「そうよ。亭主と再会して向こうへ帰ってからは、私と舅《しゅうと》が主な働き手だった。亭主はさ、終戦間際に台湾で治療を受けたときに使った痛み止めがきっかけで、いつしかヤク中になっていたんだ。武は、私をよく助けてくれた。サトウキビって嵩《かさ》があるから、子供には大変なのよ。あの子は、それを両手一杯に抱えるから、まるでサトウキビが歩いてるみたいだった……。貧乏だったわ。亭主は段々厄介者になっていたけれど、途中からは安奈も生まれたし、今思い出すと、あの頃が一番幸せだったのかもしれない。刑事さん、幸せってのは、時間が経ったあとになってからわかるものなんだね……。ほんとに、しみじみそう思うわ……」

「だが、あんたは子供たちふたりを残して沖縄を離れ、またこっちに戻って来た。どうしてだったんだ？　ヤク中の亭主に愛想が尽きたのか？」

「そんなんじゃないよ。あの人だって、辛《つら》い思いをしたんだ。それに、必死になって私たちを探し、戦後三年も四年も経ってから見つけ出してくれた。あの人には、感謝しかないわよ……。でもさ、バレちゃったんだよ。亭主と舅にね。私が、戦後、こっちでどうやってお金を稼いでたかってことがさ……。偶然ってのは、恐ろしいね。川崎で取ってた客の誰かから、人づてに噂《うわさ》が伝わっちまったらしい……。もちろん武とふたりで必死に生きるためにやったことだったけれど、特に舅は、そんなことは絶対認めなかった。あの人は、そもそも本土の人間たちを憎んでたしね……。沖縄にやって来て、沖縄の人間を巻き添えに米軍と戦《いくさ》をやって、そして、沖縄を本土の身代わりにしたって言ってさ……。だって、そうじゃない。本土決戦とか言って、結局、戦場になったのは沖縄だけだった。そのあと、こうして長いこと、米軍に占領されつづけて来たのよ。亭主も亭主で、それまではろくろく働きもせずに私に頼っていたのに、そのことが知れたら急に怒り出して、武と安奈は自分が育てるから、だから、もう出て行けって……。娼婦《しょうふ》なんかと一緒にいるより、ここでふたりとも立派に育て上げるって……。舅と一緒になって、私を責め立てたんだ。私もこういう性格だからさ、ふざけるな、こっちから出てってやるってケツをまくっちゃったんだけれど、あのとき、もしも泣いて頼んだら、まだあの人と夫婦でいられたのかしらね……」

うつむきがちに、むしろ淡々と語る比企カネの話に修平は驚きを隠しきれていなかったが、車谷はまったく違った。伊波肇ははっきりは言わなかったが、終戦後のあの混乱の中で女がふたり、ただ客に酌をするだけで子供たちを養えたわけがないのだ。

「その後、亭主や子供たちとは？」

「いいえ。亭主なんかどうでもいいけれど、武と安奈ともそれっきり……。手紙一本やりとりしたことはないわよ。私はさ、恥ずかしかったんだよ……。もう、子供たちに合わせる顔がないってさ……。きっと、こんな母ちゃんを恨んでるんだろうね……」

「少し、あんたが知ってる伊波照子さんの話を聞かせてくれよ」

そう話を振ってみると、段々心を開き始めていたカネは拒む様子を見せなかった。

「テルさんには、本当に世話になったわ――。あの人が川崎にいたから、私は生きられたのよ。あの人と一緒じゃなかったなら、とっくに音を上げてたと思う。あの人は、私より三つ上なだけだったけれど、時にはなんだか自分の母親と話してるみたいだった……。だから、私、こっちに戻ってからすぐにテルさんを訪ねたのね。あの人の顔を見たら、なんだか泣けて来て……。沖縄であったことを何もかも話したわ。あの人、私を色々慰《なぐさ》めながらそれを聞いてくれて、その日はもうお客が来ないからとか言って、早々に暖簾《のれん》を下げちゃって、ふたりだけで一緒に飲んだの。それから、時々、ふたりで飲むようになったのよ」

「犀川から聞いたが、どうしても金が必要だと言う伊波照子に、運び屋の仕事を取り持ったのはあんただそうだな」

「そうよ、私。犀川とは、こっちに戻った翌年に、偶然飲み屋で知り合ったの。でも、ほんとは、あいつのほうでは、本籍が向こうにあって、時々こっちと沖縄を往復しても怪しまれない女を探して物色してたみたい。最初は船で行き来したわ。調べられるのは、向こうで乗るときと、こっちで降りるときだから、船の中では体の中のものを出して浴室の天井裏とかに隠しておくの。だけど、犀川が一度ぽろっと言ってた。私に話を持ちかけた理由は、私が商売ものに手を出して溺《おぼ》れるようなことがないと思ったからなんですって。あいつ、飲みながら私の身の上話を聞くものだから、私、亭主がヤク中だった話をしたのよ。そして、私は酒は飲むけれど、絶対にどんなクスリにも手を出さないって、何度もそう繰り返したのね。

テルさんには敵《かな》わないなって思ったけれど、あの人、私が何かしてることには、かなり前から薄々気づいてたみたい。だって、変よね。私はテルさんみたいに自分で店を仕切る才覚なんかなかったから、トウが立ったホステスでも雇ってくれる店を転々としてたのだけれど、そんな女が、何か理由をつけちゃ、毎年二度か三度沖縄に帰ってたんですもの……。で、ある日、頼み込まれたの。子供たちのために、どうしてもお金が必要だって。だから、あなたと同じ仕事を紹介して欲しいって……。私はもちろん、反対したわ。あの頃には、私はもうどこか人生を投げちゃってたのよ。だから、年にほんの数回危ない橋を渡れば、あとは好き勝手にやってられるのが一番いいって。でも、あの人は大事な子供の傍にいるんだもの。危ない橋を渡って、もしも捕まったら、子供たちが猛烈にショックを受けるじゃない。だから、そう言ってとめたんだけれど、その子供たちのためだからって言って聞かなかった。カネちゃんが捕まらないんだから、自分だって捕まるはずがないって……。何て言うのかしら、高《たか》を括《くく》るとかっていうんじゃなくて、度胸が据《す》わってたの。一緒にやってみて、わかったわ。あの人、最初から堂々としてて、おどおどした感じがちっともないの。店を経営して成功した女が、故郷に錦《にしき》を飾って沖縄に帰るみたいな、そういう雰囲気が身についてた。犀川みたいな男には、運び屋の特性を見抜く力があったんでしょ。テルさんを紹介したら、最初から大した反対はしなかった。ただし、捕まったときは自己責任だ。絶対に、自分の名前は出すなって、それだけはきつく念を押してたけれどね。ねえ、刑事さん、もう一本たばこを貰っていい?」

比企カネは、一通り話し終えてほっとしたのか、そう言って車谷にたばこをねだった。

「おっと、こりゃあ気づかず悪かったな。好きなだけ喫《す》ってくれ。なんなら、箱ごと持って行ってもいいぞ。差し入れってことで話を通しておいてやる」

車谷は自分の「いこい」をパックごと彼女の前に置いてやったが、比企カネは一本だけ抜き取って返して寄越した。

「ありがとう。でも、持ち込んだら、みんな部屋のやつに取られちまうよ。ここでもう少し喫わせてちょうだい」

火をつけてやる修平を、カネは目を細めて煙越しに見つめた。

「若いわね、刑事さんは……。たぶん、うちの武も、刑事さんぐらいよ。もう長いこと会ってないけれど、刑事さんみたいないい男になってると思うわ」

何と応じていいかわからない修平がしどろもどろに応対する横で、車谷は自分もたばこに火をつけた。カネが心置きなくゆっくりとたばこを喫っていられるように、つきあうことにしたのだ。


「えっ……、比企武は、母親との面会にここを訪れてるんですか？」

車谷は、驚いて問い返した。

比企カネとの面会を終え、庶務課の受付に戻ったところだった。

「ええ、一週間ほど前に面会に来ています」

刑務官は、そういって正確な日付を教えた。

比企カネへの面会を申請したとき、念のためにと思い、カネの服役中の記録で何か気になる点があれば教えて欲しいと頼んでいたのだ。それに応えて記録を確かめてくれたところ、面会記録に比企武の名があることが判明したのである。

「できれば、そのときの立ち合いの刑務官に話を聞きたいのですが」

だが、車谷がそう話を向けたところ、庶務課の刑務官はカウンターの向こうで首を振った。

「いえ……、それが、面会は許可されず、そのまま帰っています。入所時の記録に、家族として息子の名前がありませんでしたし、本籍が沖縄ということで、確認のしようがありませんでしたので」

刑務所への面会は、基本的に家族か弁護士に限られるのだ。

「そうでしたか……。そのことは、比企カネには？」

「私が直接担当したわけではないので、はっきりはわかりませんが、慣例に従えば伝えていないと思います」

面会不可とされた訪問者を、一々服役囚に報せる義務はないのだ。だが、車谷たちに応対した刑務官は、人情家だった。

「そうでしたか……。本当に息子でしたか……。そうしたら、処遇部に申し送りをして、本人に伝えるようにいたしましょうか？　それとも、刑事さんから直接伝えるのならば、すぐに本人を呼び戻しますが……」

車谷は、少し考えたが、

「そうしたら、本人に伝わるように申し送りをお願いします」

そう頼んで庶務課の部屋をあとにした。

「母親に会いたくて面会に来るなんて、やっぱり親子ですね」

駐車場に向けて渡り廊下を歩きながら修平が言ったが、車谷は何か考え込んでいた。

「なあ、沖縄からこっちに出て来た比企武に、いったい誰が母親の服役場所を教えたんだ？比企カネは、亭主とも、子供たちとも、手紙一本やりとりしたことはなかったと言ってたんだぞ」

「そうか……。そうですね……」

「それから、比企カネの話を聞いて『恩返し』って意味はわかったが、やっぱり『罪滅ぼし』っていうほうは、わからねえな。伊波照子が比企武のために一肌脱ぎ、運び屋に戻って危ない橋を渡ったのには、まだ俺たちの知らない理由が何かあるのかもしれねえ」

途中からは独りごちるようになって、しきりと何か考えていた車谷は、渡り廊下の途中でふっと足をとめた。

「おい、おまえは先に車へ行っとけ」

「チョウさんは、どちらへ？」

「なあに、別件さ。あの女の顔にゃ、痣ができてたろ。普通は服役囚同士でリンチする場合、外から見えないところをやるのさ。顔に痣ができてるのは、気の強いあの女がかなり抵抗したためだ。で、相手も必死にならざるを得なかった。ちょいと危ない状況ってことだ――」

「じゃあ、戻ってさっきの刑務官に――？」

「おいおい、ここは連中の聖域だぜ。デカ風情が何か言ったら、かえってカネが目の仇《かたき》にされちまうよ。ここにゃ、昔、俺が世話した組の姐御《あねご》が服役してる。その女に面会して、比企カネのことを頼んで来るのさ。そうすりゃ、誰もカネにひどい手出しはできなくなる……。おい、なんだよ、気持ち悪い顔をしやがって……」

「いえ……、チョウさんは、本当は優しいんだなと思いまして……」

「馬鹿野郎、気色の悪いことを言うと、張り倒すぞ。とにかく車に戻って、目を休めとけ。このあと、横浜に向かうからな」

2

終戦後、米軍に接収され、フェンスで日本人を締め出した中に将校たちの家族住宅が並んでいた山下公園は、十年ほど前に全面的な接収解除が済んだ。それに併せ、貨客船氷川丸を係留して宿泊もできる観光施設とし、また、公園近くに展望台と海洋科学博物館を備えたマリンタワーが完成した。

週末は多くの観光客や市民で賑わっているが、人が疎《まば》らな平日の昼前の今は、あちこちに身を横たえているルンペンたちが目立つ。公園内を横切る臨港線の高架下では、数人の傷痍《しょうい》軍人たちが、真夏の陽射しから身を隠すようにして立っていた。その中には、ハーモニカやアコーディオンを使い、物悲しい音楽を奏でている者もあった。

だが、海岸通りにバスが停まり、引率の教師に連れられた小学生たちのグループが降り立った。子供たちは、その物悲しい音色を掻《か》き消すような明るい笑顔を振りまきつつ、氷川丸のほうへと跳ねるような足取りで向かって行く。

ベンチに腰を下ろした車谷は、そんな子らの姿を遠目にしながらたばこをふかしていた。

十五分ほど待つと、大桟橋《おおさんばし》に近い入口のほうから、見覚えのある男が大股《おおまた》で近づいて来た。暑さのピークを迎える時間帯だ。男は上着を身に着けておらず、半袖《はんそで》のワイシャツ姿だった。県警本部は、ここから歩いて行ける距離にある。上着を職場に残して出て来たのだろう。

車谷は腰を上げ、自分のほうからも何歩か近づいて男を迎えた。前に会った時よりも太ったように思ったが、じきにその間違いに気がついた。男は筋肉で胸板が厚くなり、肩が盛り上がり、半袖から出た両腕が嘘のように太くなっていた。

「あんたから俺に用があるとは、珍しいじゃないか」

斉藤は車谷に冷ややかな視線を注ぎ、ほとんど表情を動かさずに言った。

フルネームは、確か斉藤等。植木等と一緒だが、それを言ったら本人は機嫌を損ねるにちがいない。スーダラ節を好むとは、到底思えない男だ。

当然ながら、歓迎されている様子もなかった。

以前、国枝大悟楼絡みの事件で出会ったとき、県警二課に属するこの男は、所轄の川崎署には何の断りもなく、事件の関係者に事情聴取をして回っていた。そのため、車谷たちの対応が後手に回り、証人となる事件関係者を殺されたことがあった。

それに激怒した車谷は、無人の取調べ室に斉藤を誘い込み、

「所轄を舐《な》めるなよ」

と怒鳴りつけながら、数えきれないほど何度もビンタを食らわせたのだった。

そして、反撃を食らわないための用心として、キャリアのエリートであるこの男がビンタに怯《おび》えて泣き出す様を写真に収めた。

だが、そんな保身を図った自分にじきに嫌気が差し、その写真は捨ててしまった。地位や人脈を笠《かさ》に何かやり返すのならば、受けて立つと思ったのだが、

「一発殴らせろ」

この男はそう言って車谷を殴りつけただけだった。

それはいかにも体を張ったことがないエリートのへなちょこパンチで、車谷には蚊《か》がとまったぐらいにしか感じられなかったが、一応、よろけて痛がって見せた。まさか、それが功を奏したのか、その後、この男からの報復はなかった、だが、いくらなんでも歓迎するわけはない。

こうして会う気になっただけ、マシというものだろう。

「忙しい中、時間を取って貰って感謝するぜ」

車谷は、とりあえずそう礼を述べた。

「実はな、あるブローカーの死体が大田区の山王で見つかったんだが、死体が見つかった部屋には、その男と国枝大悟楼が親しげに並んで写る写真が飾ってあった」

早速そう切り出したのは、言うまでもなく、「国枝大悟楼」の名前を出せばこの男が食いついてくると思ったからだ。

斉藤は、政治家の国枝大悟楼の逮捕に執念を燃やしていた。

あのときも、斉藤の理屈からすれば、所轄に情報を漏らせば国枝に動きを察知され、捜査を潰《つぶ》される危険があると判断したため、自分たちの動きを秘密にしていたのである。

だが、結局、国枝大悟楼の末っ子を逮捕し　それがスキャンダルとして大々的に報じられもしたが、父親の大悟楼の地位は微動だにせず、未だに各方面に強い影響力を持ったままだ。

「曽川徹の事件だな」

斉藤は、ベンチに腰を下ろそうとはせず、車谷と向かい合って立ったままで言った。いかにも億劫《おっくう》そうにしている。

「知ってたのか？」

車谷は訊き返してから、

「さすが、耳が早いな」

ちょっと考えて、そうつけ足した。何か訊き出せるものならば、おだてて機嫌を取っておくぐらいは安いものだ。

「まあな、沖縄の土地を買ってるブローカーだろ。大森署の管内でこの男の遺体が見つかったことは、とっくに耳に入ってる」

斉藤は、抑揚に乏しい声で車谷に告げた。

「曽川徹は、沖縄の土地を政治家や芸能人、スポーツ選手などに売る仲立ちをしていたらしい。川崎の沖縄郷友会の副会長をしていた男なども、この曽川と一緒に何度も沖縄に足を運んでいたことがわかっている。曽川の死体が見つかった部屋には金庫があったんだが、この金庫の扉が開いていて、中のものがなくなっていた。そこには、曽川の仲立ちで沖縄の土地を購入した連中のリストが入っていた可能性があるんだ」

車谷はそう説明する途中でベンチに坐り直し、手振りで隣に坐るように示したが、斉藤はまだ坐ろうとはしなかった。

「つまり、曽川徹を殺害した人間の目的は、金庫にあった土地購入者のリストだったわけだな」

何かを考えるようにしながら、両手を腹の前でこねまわす。その度に、二の腕の筋肉が浮き上がり、その形を際立たせた。

「容疑者はわかっているのか？　事件の概要を説明してくれ」

車谷はなんとなく居心地の悪い感じを抱きつつ、事件現場の様子及び、曽川徹と秘書の磯崎佳菜子、それに赤嶺伸介の動きなどを語った上で、沖縄の人間だと推測される若い男にも言及した。

「その男がリストを盗みに入ったのかもしれないし、まだ存在が判明していない誰かかもしれない」

「いずれにしろ、秘書の磯崎佳菜子と赤嶺伸介の浮気現場を押さえるつもりで、その書斎の地下室に隠れていた曽川と何者かが出くわし、殺害してしまった。そして、金庫の中身を盗んで逃げた。そう推測しているわけだな？」

「そうだ。曽川が斡旋《あっせん》した沖縄の土地売買には、国枝大悟楼も関わっている。その関係で、何かわかっていることがあるならば、教えてくれ」

車谷が頭を下げると、斉藤は顰《しか》めツラをしたが、どうやらそれは「してやったり」という表情を抑えつけたものらしかった。

やっと車谷の隣に坐り、顔を軽くこちらに向ける。

「そういう訊き方をするってことは、何も知らないのかもしれないが、そもそも本土の人間は、沖縄の土地を買えないんだぜ」

「買えないとは、どういうことだ……？」

「ええと、『立法第一一〇号』だったかな。『非琉球人による土地の恒久的権利の取得を規制する立法』によって、琉球政府と米国民政府に外資導入の申請を行ない、許可を得た場合でなくては、土地を買えないことになってるんだ。外国人による沖縄の乱開発を防ぐために作られた法律さ。ここに言う外国人には、もちろん日本人も入ってる」

「そうだったのか……」

車谷は、少し大げさに驚いて見せた。驚いたのは本当だったが、反応を少し大げさにしたのだ。気分よく話して貰ったほうがいい。

斉藤は、相変わらずの冷ややかな視線をチラッと車谷に向けた。

「ま、あんたが知らなくても当然さ。芸能人たちの中にだって、そんなことは何も知らずに土地を購入してる人間がいるはずだ。つい数週間前にも、ある大物俳優が沖縄のかなり広い土地を購入した話を、インタビューに答えて誇らしげにしていたよ。日本に復帰する沖縄の発展に協力したくて買ったのだとな。マスコミも無知だから、それをそのまま載せていたが、誰かつつくやつが出て来たら、大騒ぎになってしかるべきことだ。まあ、もっともそうなったらそうなったで、何も知らなかったとか言って終わりだろうがな。その男に土地を仲立ちしたのも、曽川徹だった」

車谷は、曽川の書斎に並ぶ写真に大物俳優の顔があったことを思い出した。

「だが、何事にも抜け道があるんだろ――？」

車谷の問いかけに、斉藤はニヤッとした。

「そういうことだ。沖縄の人間を焚《た》きつけ、仲間に引き入れればいい。法令では、非琉球人への売買は許さない、となってるんだ。沖縄の人間の名義を借りたり、沖縄の人間を代表者とする幽霊会社を噛《か》ませれば事足りる。そして、例によって土地転がしが始まる。名義を貸した琉球人にもそれなりの謝礼は入るが、本土の開発業者を名乗るブローカーたちが土地を右から左に動かして稼ぐ利益と比べりゃ、微々たるものだろうさ」

「名義貸しか……」

郷友会の副会長である赤嶺伸介が重宝されていた理由は、そんなところにあるのだろう。赤嶺伸介は、沖縄の人間を信用させて曽川のために土地売買を斡旋していただけではなく、「代理」といった形で土地購入を請け負う人間を見つけていたことも予想される。

斉藤がつづけた。

「何も曽川みたいなブローカーだけじゃない。今、沖縄には、俺たちが毎日テレビや新聞で広告を目にしてるような大手の不動産会社が、それこそ大量に入ってる。その裏には、有名商社や銀行がいる。こうした連中が所得した土地には、やがて本土資本のホテルやデパート等の商業施設が建つことになる。沖縄の本土復帰を前にして、日本の大企業がこぞって金儲《かねもう》けに走ってるんだ。領土が日本に帰るってのは、そういうことなんだろうさ」

「――――」

「曽川のような個人ブローカーは、大手が二の足を踏むような取引きに手を出すのが普通だ。もちろん、裏には直接的、間接的に銀行がいて、こっそり資金を提供しているんだが、それが大々的に表に出ることもない。それなりのリスクもあるが、その分うま味のある土地転がしになる。一部の芸能人や国枝のような国会議員が曽川のようなブローカーとつきあっていたのは、そのためさ」

「なるほど――」

じっと顔を伏せて考え込む車谷のことを、斉藤はどこか面白がるように眺めていたが、適当な間を置いてからさらにこうつづけた。

「しかしな、それはまだ話の前半で、むしろ問題はその先なんだ。沖縄の本土復帰後、『海洋博』と呼ばれるようなものが開催される予定だが、水面下では、既にその開催予定地となる土地の売買が始まっている」

「ちょっと待て……。『海洋博』って何だ……。そんな話、いったいどこにあるんだ……。そもそも、まだ復帰前じゃないか。それなのに、もう候補地は決まっているというのか？」

車谷が驚く様を、斉藤はどこか満足げに見ていた。

「ああ、実質的には決まっているはずだ。候補地は、復帰後、広く国民全体に意見を聞き、新たに県となる沖縄県と日本国政府の相談の下に決定することになっているが、そんなのはただのたてまえに過ぎない。そして、それが一部の政治家や財界人たちの金儲けの材料に使われるのさ」

「その中には、国枝大悟楼も含まれているんだな？」

「そういうことだ」

「開催される場所は、どこなんだ？」

「表沙汰《おもてざた》にはなっていないから、俺たちもまだ正確には摑《つか》んでいない。だが、どうやら噂では、沖縄本島の北部のどこからしい」

「伊波照子や比企武の故郷の村は、本島の北部だ」

「じゃ、曽川が斡旋しているのは、おそらくそれ絡みの土地だろうさ」

「あんたの狙いは、相変わらず国枝大悟楼だろ。この件を通じて、国枝に何らかの形で捜査の手が及ぶ可能性はあるのか？」

「逮捕できるか、という意味で訊いているならば、それはほぼ無理だ。そうでなけりゃ、所轄のデカに、こんなふうに話したりはしない」

嫌味な台詞《せりふ》は、健在だ。

「――――」

「公平な取引きを阻害していることは間違いないが、こういったことを禁じる法律はない。この件に絡んで収賄《しゅうわい》に当たるような金を国枝が自分のポケットに入れていたなら話は別だが、そんなことをしなくても、自然に金が懐に転がり込んで来るんだ。国の中枢《ちゅうすう》にいる人間が、みんなしてそれを企《たくら》んでるってことさ。海洋博ってのは、きっと沖縄復帰の象徴とか、これからの沖縄の発展を支えるための大イヴェントとか言われて持ち上げられるだろう。確かに、そうなる側面もあるのかもしれない。だが、裏で起こるのは、土地の価値を吊《つ》り上げ、値が上がる土地を次々と転売し、間で利ザヤをかすめ取っていくいつものやり方だ。この国にとって、土地ってのは、金の成る木なんだ」

「だが、もしもそれが表沙汰になれば、どうなる？」

「その沖縄の男が、そうするために金庫の中身を盗んだと言うのか？」

「まだわからんが、その可能性だってあるだろ」

斉藤は顔を前方に向けると、両腕を自分の膝に乗せ、少し前屈みになって考えた。そうするとともに二の腕の筋肉がまた盛り上がり、半袖シャツを内側から押し上げる。

横から見ると、体の分厚さが際立っていた。少し小さめのワイシャツを着ているせいもあるだろうが、シャツが筋肉で窮屈《きゅうくつ》そうで、胸には下着のランニングシャツの線がくっきり浮き出している。

もしかしたら……、こいつはこの筋肉を見せびらかしたいのか……。車谷はふとそう思い、なんとなく微笑《ほほえ》ましい気分になった。上着を着ずにやって来たのも、そのためかもしれない。

東大出のエリートであるキャリアの人間が、学歴や警察内での力などをひけらかすより、筋肉を見せびらかすほうがずっとマシだ。

ただし、これ見よがしな筋肉など、凶悪なホシを相手にしたときには大して役には立たないのだが、それをわざわざ告げて気分を損ねることもないだろう……。

「しかしな、『海洋博』自体が、まだ何も発表されていないのだから、そのリストを公にして、候補地の土地を買い漁《あさ》っている人間がいると騒ぎ立てたとしても、おそらく相手にされないだろう。どこかの週刊誌かトップ屋辺りならば飛びつくかもしれないが、そのリストが公になった途端、候補地は別に移動するだろうさ。そうなると、リストと候補地の関係が成立しなくなる」

「だが、それならば比企武の故郷の村は、土地買収から外れる」

「それでどうするんだ？　自分のサトウキビ畑が守れると言うのか？　候補地から外れれば、土地の値段が二束三文に下落するかもしれないのに、わざわざそんなことをする人間がいるとは思えんがね」

（損得で考えれば、確かにそうだ……）

「復帰してからでは遅い……」

「何だ……？」

「伊波照子は、店の常連客からなぜ復帰前に沖縄に帰るのかと訊かれて、復帰してからでは遅い、といった意味のことを答えたらしいんだ。それは、運び屋として入手した金を比企武に渡し、曽川の仲介で本土の誰かに買われた武の土地を買い戻すことを差していたのかもしれない」

「なるほど。復帰してからでは遅い、か……。しかしな、その女は間違っているぜ。もしもその女や比企武という男の目的が、土地を買い戻すことだったとしたら、そんなことをしたところでどうにもならない。もう、大きな流れができちまってるんだ」

「かもしれんな……。だが、いつでも、たとえ無力と思っても、抵抗する人間がいるものさ」

車谷は、礼を述べて腰を上げた。

「国枝について何か発見があれば、俺に一報しろ。それが、この話を聞かせたことへの見返りだ」

「わかったよ」

「おい、俺は今、一課への転属願いを出している」

「――――」

歩き出しかけた車谷は、驚いて斉藤に顔を向けた。

「俺はもう、青っちょろいキャリアじゃない。次に川崎に乗り込むときには、捜査一課の人間として行くぞ。そしたら、おまえを顎《あご》でこき使ってやる」

挑まれているのは確かだろうが、どうやらこの斉藤の顔つきからすると、それほど嫌われてはいないらしい。

「待ってるぜ。一課だろうが、二課だろうが、川崎じゃあ地元の裏まで知り尽くしてる所轄の協力がなけりゃあ、何もできないってことを教えてやるよ」

車谷は、ニヤリとして言い返した。

3

神代多津次の芸能事務所は、青山通りの裏道に建つ雑居ビルに入っていた。間口は蕎麦《そ ば》屋とか定食屋ぐらいの幅なのに、空に向かって七つも八つも階を重ねている。

受付で警察手帳を提示して神代に取次を頼むと、先客があるとのことで、二十分近く待たされた。簡単な打ち合わせ程度はできるようにと置かれているらしい安っぽい丸テーブルと椅子のひとつに、車谷たちは坐って待った。

大して広さがないロビーには、頻繁に人が出入りしていた。その多くはいかにも業界人らしいラフな会話を受付嬢と交わし、ほとんどフリーで中へと入って行った。

ロビーの壁には、額に入った芸能人の写真が並び、それは有名度や人気によって配置や額そのものにまで格付けがされているらしかった。車谷はそれを見回して時間を潰したが、端っこのほうに並ぶ若いタレントたちは誰も顔を知らなかった。

やがて、いかにもどこかの上役らしい背広姿の男たちを送って出て来る神代多津次を見つけて、椅子から立った。

神代は、受付嬢に耳打ちを受けて車谷たちを見ると、ゆったりとした社交的な動きで近づいて来た。

「どうも、お待たせしてすみませんでした。来客中だったものですからね。私が、神代です」

写真で見て感じたよりも小柄な男だったが、写真で見るよりずっとハンサムだった。しかも、低音のよく通る声をしている。いわゆる女性に持てるタイプというやつだ。

「こちらこそ、お忙しいところを恐縮です。曽川徹さんのことで、お話をうかがいたいのですが」

車谷がそう切り出すと、

「ああ、やはりそうでしたか。ニュースを見て、驚いていたんですよ。ただ、次の打ち合わせの約束がありまして、あまり時間は取れないのですが、ま、どうぞ」

神代はすらすらと言い、車谷たちに坐り直すようにと手で示し、そこには椅子がふたつしかないことに気づくと、自分は空いている隣のテーブルの椅子を引っ張って来た。ようするに、刑事はわざわざ奥に通す相手ではないと判断したのだ。

曽川徹が亡くなったことに驚いてはいても、悼《いた》んだり悲しんだりしている雰囲気は感じられなかった。

「そうすると、曽川さんが亡くなったことはニュースでお知りになった？」

車谷は、腰を下ろした神代に質問を繰り出した。

「ええ、そうです。お昼のテレビニュースだったかな……。新聞でも見ましたし、仲間内ですぐに話題になりましたからね。いや、びっくりしました……。犯人の目星は？」

「いや、それはまだなかなか」

車谷が言うと、神代はなぜだか「なるほど」とでも言いたげにニヤついた。

「何かおかしなことを言いましたか？」

「いや、失礼。ただ、先日撮影したドラマの演出家から、刑事さんというのは捜査の状況がどうであれ、みなそう答えるものだと聞いたものですから」

「なるほど。確かにそうかもしれませんな」

車谷は、いくらか冷ややかに応じた。こんなふうにして相手を煙《けむ》に巻き、自分のペースに巻き込んでいくタイプの男らしい。

「曽川さんが大田区の山王に持つ屋敷へは、行かれたことがありますか？」

「ええ、もちろん。何度か招かれたことがありますよ。曽川さんは、かなりのワイン愛好家で、あそこの応接室の地下にはワインセラーがあるんです。そこに保存してある取って置きのワインを御馳走《ごちそう》してもてなすのが、あの人のやり方だったんです」

「なるほど。そうすると、ここに写真が並んでいるような芸能人の方たちも、やはりあそこに招かれ、沖縄の土地を買う商談をなさったんでしょうね？」

車谷がそう切り出すと、神代が身構えるのが感じられた。多くの人間たちと会う中で、内面を押し隠す術《すべ》を身につけたのだろうが、刑事を仕事としている人間の目は敏感な変化を見逃さない。

「ええ、確かにそうですね。あそこで商談も行ないました」

神代はあっさりと認め、

「あそこには、うちの大御所たちの写真がずらっと並んでいたでしょ。宣伝用に並べても構わないかと訊かれたので、承諾したのは私ですよ。もちろん、本人たちの了解を取った上でのことです」

そう述べた上で、あそこに写真があった有名俳優の名前を上げた。

「もう、あの先生などは、来年、沖縄が日本に復帰したならば、自分が真っ先に飛んで行き、自家用の大型クルーザーを係留するんだと息巻いてますよ」

車谷は、その俳優は釣りが趣味で、巨大な魚を釣り上げて得意そうにポーズを取る写真が時たまスポーツ紙などにも載っているのを思い出した。そういえば、曽川の書斎にあった写真も、どこかのマリーナでクルーザーを背にして撮影したものだった。

「ところで、あの部屋に金庫があったのは御存じでしたか？」

「金庫ですか……。そうだったかな……。よく覚えてませんが、それが何か？」

「曽川さんの死体が発見されたとき、金庫の扉が開いていました。秘書の女性は、中には曽川さんを通じて沖縄の土地を購入した人間のリストが入っていたはずだと言うんです」

神代は、眉間《みけん》にしわを寄せた。

「そうすると、犯人はそのリストが目的で、曽川さんを殺害したということですか？」

「現在のところ、その可能性が高いと思っています」

「しかし、なぜ顧客のリストなど？」

「沖縄復帰前に沖縄の土地を購入することには、色々と問題もあるようですね」

車谷はそう話を振りつつ、神代から目を離さなかった。

「それは、何のことを言っているのでしょう……？」

「沖縄の土地は、沖縄の人間以外には売却できないと聞きました」

神代が微笑んだ。余裕たっぷり、と言っていい笑みだった。

「ああ、その件でしたら、曽川さんから説明を受けてます。しかし、沖縄の人間を代理に頼んで所有者になって貰っていますから、何も問題はないはずですよ」

「それは、法的にという意味ですね」

「ええ、もちろん」

「しかし、法的に問題はなくても、世間から批判される恐れはあるはずです。特に芸能人のような人気商売の人は、批判を恐れるのではないでしょうか？」

「まあ、大々的に言いふらすことではないですがね。しかし、今言ったように、あくまでも法的に問題はありませんから」

「曽川さんが紹介した大物俳優や歌手たちの中には、あとになってそのことを知って怒り出す人もいたのでは？　それとも、神代さん経由で曽川さんを知り、沖縄の土地を取得した方たちは皆、こういったことをすべて知っていたのでしょうか？」

「まあ、彼らには一々そんなことを報せてはいませんけれど……、しかしね、刑事さん、いったい何を仰《おっしゃ》りたいのでしょうか？　どんなビジネスにも、いわゆるグレーゾーンはあります。

これもそうしたことのひとつですよ。刑事さんは、なぜ根掘り葉掘りそんな質問をなさるんですか？」

「例えば、誰かあなたの商売敵で、あなたの事務所やそこに属する芸能人を貶《おとし》めようと考えた人間が、金庫からリストを盗み出したのかもしれません。あるいは、曽川さんがリストを盾に取り、あなたに何か無理難題を吹っ掛けていたとしたら、あなたにとっては厄介な問題になる」

ふたつ目の推測のほうは、たった今思いついたことに過ぎなかったが、車谷はぶつけてみることにした。目の前にいるのは、どうも食えないタイプの男であり、そういった男の反応を見るのには、揺さぶりを大きくするのが手だ。

「なるほど、そういうことですか」

神代はまた、余裕たっぷりにうなずいた。こうした態度が、段々と鼻について来る。

「しかし、それはないですよ。刑事さんには、ひとつ大きな視点が抜けています」

「何でしょう？」

「沖縄の土地を購入しているのは、何も私が仲立ちをした芸能人だけではないということです。他の事務所の芸能人の中にだって買った者はありますし、政財界の人間たちだって買っています。そもそも土地取引の仲立ちをしているのは、曽川さんのような個人の業者だけじゃなく、たくさんの大手デベロッパーが入ってますよ。そうした人たちを、一々告発するのですか。沖縄が本土に復帰することをみんなで歓迎し、投資を行なっているだけです」

なるほど、確かにそれはある。

「ふたつ目の質問については、どうです。曽川さんがリストを盾に取って、あなたに何か無理難題を吹っ掛けようとしたことはありませんか？」

「ありませんよ、そんなことは。私と彼とは、公私にわたって良好な関係をつづけていました。刑事さんが仰るように、曽川さんの顧客リストが金庫からなくなったのだとしたら、犯人には何か別の目的があったのではないでしょうか？　少なくとも、我々の業界の人間ではないように思いますがね。確かに我々の業界は、ある意味、生き馬の目を抜くようなところですが、しかし、芸能人ってのは人気商売です。評判に傷がついて売り物にならなくなったら、誰もが困るわけですよ。ですから、彼らの名があるリストを何か悪用しようと考えるような人間は、芸能界にはいないですよ」

神代がそう結論めいたことを強調し、

「まあ、私もよく考えてみて、何か思いついたらすぐに連絡しますよ」

話を切り上げようとしたときだった。

入口の外が何やら騒がしくなり、十六、七ぐらいの若い娘がロビーへと飛び込んで来た。舞台衣装と思われるミニスカートに、胸元と背中が大きく開いた服を着ていた。御丁寧にヘソまで剝《む》き出しになっている。

「社長に会わせてください。もう、私、我慢ができないわ」

受付に突進するように近づいて喚いた彼女は、受付嬢の視線から、社長の神代の居場所に気がついた。

「何かあったようだな……。すみません、これで失礼します」

車谷たちにそう言い置いて立った神代に走り寄り、彼女は強い視線をその顔に向けた。小柄なせいで、十六よりもっと下にも感じさせる外見だったが、両目の表情は大人びていた。大多数が習慣的に得た考え方より、自分が導き出した答えのほうを信じる人間の目だ。

「社長！　私、もう我慢できません。なんとかしてください!!　ひとりはいくらやってもダンスが下手だし、もうひとりは、全然やる気がありません。あんな人たちと一緒じゃ、デビューするのなんてきっと無理だわ」

かなり大きな声でそうまくし立てたとき、彼女と同じ舞台衣装を着た十代の娘がさらにふたり、入口から駆け込んで来た。今、話に出たのがこの子たちを指すとは、誰でも想像がつく。あの声の大きさでは、本人たちにも聞こえたはずだ。

「ちょっときみ、今は来客中なんだから」

マネージャーらしき三十代後半ぐらいの男が一緒に飛び込んできて、神代の前に立つ娘に走り寄る。

「さあ、僕がなんとかするから、だから一緒にスタジオに戻ろう」

と二の腕を摑むのを、彼女は身をよじって振りほどいた。

「やめてよ、来栖《くるす》さん。あなたはいつでも、そればっかりじゃないですか。二言めには、僕がなんとかする、僕がなんとかするって……。それで、なんとかなったことがないから、私、こうして社長に直接話すことにしたんでしょ」

「………」

来栖という男は彼女にやり込められ、喉元《のどもと》で言葉を立ち往生させた。

神代が苦笑して何か言おうとしたが、別の娘が声を上げるほうが早かった。

「社長、私の話も聞いてください。なんで私がセンターじゃないんですか。ずっと私が真ん中だったのに、急に並び順を替えてレッスンしろって言われても、混乱するだけです。それなのに、やる気がないなんてひどいわ。立ち位置を変えたのは、社長の考えですか!?」

その点については、もうひとりも不満があったようで、今の子に肩を持つような発言を始め、最初に飛び込んで来た子がそれに応戦し、すっかり喧《かまびす》しい状態になった。

「おい、ここは社のロビーだぞ！　きみらは、自分たちのみっともない姿を、お客様たちに見せるつもりか」

神代が、ついにはぴしゃりと叱《しか》りつけ、

「向こうで話を聞くから、三人して会議室で待っていてくれ。いいな、これ以上の口喧嘩《くちげんか》はなしだぞ」

そう言って聞かせたが、それだけでは気持ちが納まらなかったらしい。

「来栖君、きみがついてて、このザマはなんだ。いったい、何年マネージャーをやってるんだ!?　できないのならば、他の社員に替わって貰うぞ」

来栖というマネージャーを怒鳴りつけた。

そのまま、奥へ引っ込んでしまおうとするのを、車谷が冷ややかにとめた。

「おっと、神代さん。まだ質問は終わっていませんよ。一昨日の夜、どこにいたのか聞かせてください」

「アリバイ確認ですか?」

「関係者には訊くことにしているんですよ」

神代は一瞬不快そうな顔をしたが、慣れた所作ですぐに取り繕った。

「一昨日の夜ならば、新作ドラマの発表会があって、そこに出てましたよ。その後、局の人間やいくつかのプロダクションの関係者で銀座に流れました。ああ、それこそ、磯崎佳菜子の店にも顔を出しましたので、彼女に確かめてください」

4

「いやあ、やっぱりこっちは暑いですな」

大黒の興奮した声が、スピーカーから聞こえて来た。誘拐事件などのときに使う録音機材を、大仏のデスクの電話に設置していた。この機材にはスピーカーがついていて、こうして相手の声を大勢で聞ける。無論、必要なときには録音もするつもりで取りつけたものだった。

「こっちの捜査員の方たちがつきっきりで協力してくれたものですから、色々なことがわかりましたよ」

電話代だって馬鹿にはならない。大黒はそう前置きをすると、早速、報告を始めた。

「曽川徹の屋敷で採取した指紋のひとつが、一致しました。比企武は三年前からつい先月まで、こっちの刑務所で服役しておりまして、登録指紋があったんです。やはり例の若者は、比企武で間違いありません」

「どんな理由で服役してたんだ？」

大仏が訊く。

「傷害罪です。記録を取り寄せて読みました。コザにある米兵相手の店で働いていたのですが、そこの店主と喧嘩になり、かなりの怪我を負わせました。しかも、とめに入った客の米兵にも手を上げたらしいです。どうやら、だいぶ血の気の多い男のようですね」

「米兵にも手を上げるとは、血の気が多いにも程があるな……。あの屋敷の応接室で出くわした曽川徹を、出合い頭《がしら》に殺害してしまったのは、やっぱり比企かもしれませんよ」

一緒に話を聞いていた山嵜が、小声でつぶやくように言う。

「必要ならば、事件の詳細について箇条書きにしてまとめますので、それをあとでお送りします。それと、逮捕されたときの比企武の写真も一緒に入れます。航空会社の輸送サービスが便利だとわかりました。警察関係の荷物であることを断って載せると、できるだけ優先的に税関を通過させてくれるそうです。羽田の荷物受け取り所に人をやって貰えれば、そこで受け取れます」

「うむ、わかった」

「そうしたら、次に土地の件に移ってよろしいですか？」

「ああ、頼む」

「これも予想通りでした。比企武の土地は、曽川徹を介して売却されてました。比企武が服役中に、親戚が売ってしまっていたんです」

「おいおい、比企武の持ち物である土地を、親戚が勝手に売ったのか？」

「そういうことでした。謄本を当たって調べましたら、所謂《いわゆる》、地つづきで、一帯のサトウキビ畑を四人の親戚で持っていたんです。親戚のひとりに会って話を聞き、曽川の仲介で、その農地を一斉に売ったとわかりました。比企武の了解は取ったのかと尋ねましたら、最初は委任状があると言っていましたが、どうも、態度が怪しいので少し追及したら、今度は親戚の総意だと開き直っていました」

大黒は現在では交通課勤務とはいえ、その前には交番勤務もしていたし、捜査のポイントは心得ている。

「だとしたら、やはり武は自分の土地を買い戻すことを望んでいる可能性があるな。あるいは、弁護士を立てて裁判で争うつもりかもしれんが、いずれにしろまとまった金がいる。そのために伊波照子が一肌脱ぐことにして、金を作る目的で密輸を行なったという我々の推測と一致する」

大仏がそう応じ、同意を求めるように車谷を見る。

車谷は、大仏に頭を下げて受話器を自分に回して貰った。

「大黒さん、車谷です。一点確認したいんだが、比企武は、米兵相手のバーで働いていたんですね。そうすると、自分がサトウキビを作っていたわけではないのでは？　農地に、それほどこだわりがあるのだろうか？」

「すみません。言葉が足りませんでしたが、バーで働いていたのはアルバイトです。サトウキビの栽培ってのは、大変な割にはあまり儲からないそうでして、武の場合は、やむなく知り合いのバーで働いていたんです。これも親戚が言っていたのですが、武に限らず、畑仕事だけでは生活が成り立たず、働きに出る者が結構いるそうです。しかも、今は本土復帰を前にして、経済的に混乱が起こっていて、食料品も含むすべての物の値段が軒並み上がっているんです。それに加えて、去年の台風で、多くのサトウキビ畑がやられました。土地を売る決断をしたのには、そういった事情があるそうです。高値で買ってくれるのは、ありがたいと言っていました」

「なるほど――。わかりました」

「赤嶺伸介の名も、その親戚の口から出たのか？」

再び受話器を手にした大仏が、訊く。

「はい、出ました。比企武の土地を含む周辺一帯が曽川徹を介して売却されてまして、赤嶺伸介は、郷友会の副会長としてそれに立ち会ってました。曽川さんに任せれば安心だ、と太鼓判を押したのが赤嶺伸介です」

この辺りも車谷たちの予想した通りだったが、大黒はさらにこうもつづけた。

「それだけじゃありません。実はですね、赤嶺伸介はやはり郷友会の副会長として、本土で働きたい沖縄の若い子たちに対して、川崎周辺の職場を紹介してきたそうなんです。それで、地元に元々信頼があり、曽川の土地取引への口利き役を始めたんです」

「うむ、なるほど」

「で、ですね、比企武の妹の安奈は、この赤嶺伸介の紹介で出稼ぎに出ていました」

大仏が受話器を握り直す。

「じゃ、安奈も川崎にいるのか――」

「ええ。川崎か、そうでなくともその周辺だろうということです」

「妹がこっちに来たのは、いつだ？」

「二年前です」

「そうすると、兄の比企武は服役中だ……。比企武がこっちに来たのは、故郷の土地を買い戻すためとともに、妹に会うのが目的かもしれんな」

「はい、私もそんな気がします」

「比企安奈の出稼ぎ先について、何か情報は？」

「残念ながら、それはわかりません。引きつづき調べてみます。今日話を聞いた親戚は知りませんでしたが、親戚や友人で誰か知る者がいるかもしれません」

「そうだな。こっちでも早速当たってみるが、よろしく頼む」

「それとですね、係長。ちょっと嫌な噂も耳にしたんですが、もう少しよろしいでしょうか？」

「もちろんだ。教えてくれ」

「沖縄は元々出稼ぎが多かったそうでして、戦前から、日本のみならず、ハワイやブラジル、それに当時は日本の領土だったサイパンなどの南洋地域にも出ていたそうです。現在も、福岡、大阪、川崎などへの出稼ぎが多いようでして、その中には、今言った中卒の若い子たちもいます」

「こっちで言う、金の卵だな」

大仏が言った。東北や裏日本から、中学を卒業したばかりの子供たちが、集団就職で大都市へと働きに来る。こうした子供たちのことを「金の卵」と呼ぶ。生活が苦しくて高校に行かせられず、実家の食い扶持《ぶち》を減らす必要もあるため、まだ十五、六の若い子供たちが、親元を離れて働きに出るのだ。

かくいう大仏も、戦前に故郷の茨城を離れ、調布にあった飛行機の部品工場で働いた経験があった。大東亜戦争が始まってじきに徴兵され、四年ちょっとの軍隊生活を終えて戻ったときには、その工場があった辺りはすべて焼野原になっていた。

サイパン島から飛んで来たB29の編隊に最初に狙われたのが、零戦を製作していた中島飛行機株式会社とその関連工場のある武蔵野一帯であったことを、あとになってから知った。

「ところがですね、人材斡旋業者の中には悪質な者もいて、そうした連中は〝人買い〟とあだ名されてるそうです」

「人買いか……。まあ、本土にもある話だ」

斡旋する先が健全な勤め先ならばいいが、巧みに騙《だま》したり、あるいは親にそれなりの金を握らせたりして、「身売り」をさせてしまう。売春防止法が施行された現在でもなお、そうした女衒《ぜげん》的な行為が行なわれているのだ。

「はい。で、そうした評判の悪い業者のひとりに田中悦司という男がいるんですが、この田中が、どうやら曽川徹や赤嶺伸介とともに動いていたようなんです。悦司は、りっしんべんの悦《よろこ》びに司です」

「田中悦司か……。わかった。早速、前科者リストを当たってみるが、偽名の可能性もあるかもしれん。この男の顔写真が入手できたら、すぐに送ってくれ。ああ、それともちろん、比企安奈の写真もな」

「わかりました。え〜と、あと他には……」

とつぶやくように言いつつ、メモをめくっているのか、記憶をたどっているのか、少しして大黒はあとをつづけた。

「そうだ、なぜ伊波照子が一日滞在を延長したのかについては、まだわかりません。ただ、伊波照子はホテルの電話を使ってローカル通話もいくつか行なっていて、ホテルにその記録がありました。また、滞在を延長した翌日、つまり、滞在三日目にですね、ホテルからタクシーでどこかへ出かけて行ったのを、係の者が覚えていました。現在、こっちの捜査員が手分けして、照子が電話した先を当たり、彼女を乗せたタクシーの運転手を探してくれています。私も、これからそうした捜査に合流するつもりですので、何か新しいことがわかり次第、また御連絡します」

「よろしく頼む。だが、くれぐれも無理はせんでくれよ」

「わかっております」

電話の向こうで、また体の正中線をぴんと伸ばしたのが見えるようだ。車谷は、大仏との話が終わるのを待って口を開いた。

「大黒さん、もう少しだけすいません。ちょっと気になったんですが、比企武が逮捕されたとき、バーの店主と喧嘩になった理由は何なんでしょう?」

「理由ですか……。ええと……、ああ、ありました。バイト料を上げて貰えないことに腹を立て、口論になったとあります。これまでも勤務態度などについて、なんだかんだと難癖をつけられていたことを恨んでおり、ついに我慢の限界を超えてしまったと供述しています」

「比企は、それが初犯ですか?」

「はい。初犯ですが、それが何か――?」

「いや、米兵にまで殴りかかったってのが、俺にはちょっと引っかかるんですよ。前科をいくつも抱えてるようなヤクザ者ならばまだいざ知らず、いわゆる一般人が、米兵相手に、カッとなって手を上げるものなのか……。終戦後、俺はまだガキでしたが、この川崎でだって誰でも米兵を怖がってたのをよく覚えてます。沖縄は、今でもアメリカの統治下なんだから、やはり怖がって当然でしょう。とめに入った米兵にまで殴りかかったというのが、どうも今ひとつしっくり来ないんです。比企武の性格について、親戚から何かキレやすいとか、暴力的傾向があるといった話はありましたか?」

「いや、それはありません……。負けん気が強くて、言い出したらあとには引かないところがある、と言う人はありましたが――。しかし、そうすると車谷さんは、比企武が暴れて捕まったのには、何か別の理由があると?」

「わかりませんが、野郎がどんな人間なのかを知りたいもんですから。もしも可能ならば、当時の様子を知る人間に話を聞いてみて貰えますか?」

「わかりました。私も、警官の血が騒いできましたよ」

車谷は、ついいつもの調子で疑問を口にしたものの、意気込む大黒にハッとした。この男は、交通課勤務なのだ……。

「ただし、くれぐれも無理はしないでくださいよ」

「嫌だな、大仏さんも、谷チョウさんも。私を新米《しんまい》扱いするのは御勘弁ください。大丈夫です。私だって、警官のはしくれですからね。それに、右も左もわからない土地ですから、こっちの捜査員の方がずっとつき添ってくれてます」

「御苦労さん。じゃあ、引きつづき、よろしく頼む」

大仏が言い、話を締めくくった。

「はい、了解しました。いやあ、それにしても係長、当然といえば当然なんでしょうが、こっちは右側通行なんですな……。それがびっくりしました。関係ないことで恐縮ですが、私の立場からすると、来年、本土に復帰したとき、どうやって左側通行に直すのかが心配ですよ」

5

赤嶺伸介はマジックミラーの向こうで、しきりと頭の傷の辺《あた》りをいじっていた。

大仏の命を受けて連行しに出向いた山寄たちの前でも、しきりとこうした動きをし、「この傷なのに、本当に行かなければならないんですか……」と不満を訴えては、もう話すべきことはすべて話した、と繰り返し主張していたそうだった。

そんな言い逃れでは済まないことを身を以《もっ》てわからせるため、しばらく取調室に放置したのだが、それこそお茶も冷めないぐらいの間に早くもそわそわし出し、貧乏揺すりも始めていた。浮気相手である磯崎佳菜子が見せた落ち着きぶりとは、対照的だ。

「さて、そろそろ始めるか」

車谷は、一緒に並んで様子を窺っていた山嵜に言い、大仏に軽く頭を下げて廊下に出た。隣の部屋のドアをノックもせずに開けると、赤嶺はビクッと反応した。

「刑事さん、知ってることはもうすべて話しましたよ。浮気のことを隠していたのは悪かったですが、所帯持ちならばわかるでしょ。妻に知られたくなかっただけなんです。もう、勘弁して貰えませんか……」

腰を浮かせ、哀願する目を向けて来る赤嶺を、車谷たちは冷ややかに見つめ返した。

「俺たちゃ、生憎《あいにく》とふたりともチョンガーさ。腰を下ろしなさい。ここに呼ばれた理由が、わかってないようですな。浮気など、どうでもいい！　警察に、もっと色々と隠していることがあるはずだ」

車谷に言われ、赤嶺はあわてて坐り直した。落ち着かなげに頭の包帯を触りながら、あれこれと考え始めるのが見て取れた。

「山嵜さん、と仰いましたね……。あなたは、ただ署で話を訊くだけだと言ったはずです。でも、これじゃあまるで、容疑者扱いじゃないですか……？」

救いを求める目を山嵜へと移すが、

「そんなことを言ったかなあ……。しかしね、赤嶺さん。あなたの返答如何《いかん》じゃ、本当に容疑者になりますよ」

山嵜からも冷ややかに言われ、赤嶺は顔を引き攣《つ》らせて固まった。

取調べには、丸山とのコンビで臨むこと多かったが、今回は山嵜を選んだ理由がこれだった。

——とにかく冷たく突き放せ。

予《あらかじ》め、山嵜にはそう命じてあった。気が弱い男には、それで充分に効果的なはずだ。

「あんたは、曽川徹と組んで、沖縄の土地を本土資本に売り渡すことをして来た。いや、組んでというのは、言い方が上品過ぎるかもしれない。土地を斡旋することで曽川徹から貰える謝礼が、今のあんたにとっては大事な収入源になってるんだ。その意味じゃ、あんたは彼に雇われていたようなものだ。そうですね？」

車谷は言いつつ取調べデスクの横に回り、赤嶺の顔を覗《のぞ》き込んだ。

「――――」

「訊《き》いていることに、きちんと答えて貰いますよ。ここは、そういう場所なんだ」

山寄が、反対の横へと回って吐きつける。

「曽川さんを殺害したのは、私じゃありませんよ……。嘘をついていたことは謝りますが、私が殺していないことは、磯崎佳菜子が証言してくれます……。それから、曽川さんとともに行なっていた土地取引はあくまでも正当なもので、何ひとつ違法性などありません。我々は、沖縄の人たちのために、土地を売る手助けをしてるんです」

こうした返答だけは、予め用意していたのだろう。赤嶺は車谷たちに気圧《けお》されつつも必死で踏みとどまり、言い返した。

車谷は、取調べデスクの椅子を引いて坐った。

「土地取引のからくりは、もうわかっている。確かに、その件では、法の網を搔《か》い潜《くぐ》っているかもしれない。しかしね、赤嶺さん。人身売買に加担していたとなると、完全にアウトだよ。法の網を搔い潜るも何もない。売春斡旋の容疑もつけようか」

「ちょっと待ってください……。いったい、何の話です……。私には、いったい何のことだか……」

「とぼけるのは時間の無駄だぜ。田中悦司という男を知っているはずだ。沖縄で、あなたと一緒に動いている人間のひとりさ」

その点については、まだはっきりした確認が取れているわけではなかったが、この男の態度からしてはったりをかけたところ、手応えがあった。

赤嶺は、傷の周辺を撫《な》で回し、痛みを堪《こら》えているような顔をしつつ考えていたが、

「確かに田中さんのことは知っています……。しかし、あの人は、きちんとした人材斡旋業者ですよ。向こうの学校や役所を回って、こっちで働きたい若い人たちの面倒を見ているんです。そんな……、人身売買だとか、売春斡旋だとか……、急にそんなことを言われても信じられません。あの人が何かしていたのだとしても、私はまったく関係ありません。そうだ、そもそも、あの人を私に紹介したのは、曽川さんなんです。誰か曽川さんの関係者を当たってください」

車谷が黙って見つめると、赤嶺はうつむきがちになり、気まずげに斜め下へと視線を逸《そ》らした。

これがこの男の処世術なのだ。何も知らない……。自分には責任がない……。この男は、何かにつけては、そんなことを言って生き延びて来たにちがいない。

しかし、たとえ直接嚙《か》んだことはないにしろ、何かに薄々気づいている。そして、気づかぬ振りをしている。世の中とは、そうやって渡っていったほうが生きやすいと考える人間のひとりだ。

「あんたののらくらに、これ以上つきあっている暇はねえんだ。赤嶺さん、俺は今、あんたを市民として扱うか、それとも、犯罪予備軍として扱うか、迷ってるところだ。あんたがどう思ってるかは知らないが、犯罪者ってのはね、最初から犯罪者だったわけじゃない。これぐらいはいいだろう、これぐらいはいいだろうと思って生きているうちに、ある日ある時、ふっと一

線を越えちまうんだ。だが、越えればもう戻れない。戻るのはね、越えることの何倍も難しいんだよ。引き返せるとしたら、今だよ。さあ、知ってることを何もかも話してくれ」

車谷は、少し優しい声音になって一旦《いったん》言葉を閉じると、赤嶺の顔を見つめたまま、胸の中でゆっくり数を数えた。

赤嶺は、四まで数える手前で顔を上げた。

「私が知ってるのは、ただの噂だけです……。沖縄で、何度か彼とは同席しましたが、なんとなく近づかないほうがいいような気がしたので、深入りはしなかった。それが本当のことです。どうか信じてください」

こういう男には、無言が武器だ。車谷がまだ何も言わずに待っていると、少ししてさらにあとをつづけた。

「ただ、あの男にはどうも悪い噂があるといった話は、確かに聞いたことがありました。集団就職で出て来る若い娘さんの何人かを、今、刑事さんが言ったような、そうした世界に売りさばいているというんです。私はまさかと思い、信じませんでしたが……」

「弁解はもういい。田中のことを曽川徹から紹介されたと言ったが、ふたりはどんな関係だったんだ？　曽川は、なぜ田中をあんたに紹介したんだ？」

「理由はありません。ただ、向こうで何度か一緒に飲んだだけです。しかも、曽川さんは、本当は迷惑そうにしてました」

「つまり、田中悦司が曽川徹にまとわりついていたということか？」

「そうです。そういう感じです。曽川さんからすると、ふたりで飲むのも嫌なので、俺も誘って連れて行ったんじゃないかと、そんな感じがしました」

「田中悦司というのは偽名の可能性もあるんだが、パスポートなどを見たことはないか?」

「いいえ、ありません……。泊まりのホテルはいつも別でしたし――」

「曽川徹は、田中のことを何と呼んでいたかね?」

「それはまあ、田中さんとか……。あ、でも、酔ってきたりすると、『悦さん』と名前で呼んだりもしてました。悦司は、本名なんじゃないでしょうか……?」

　赤嶺の推測を、車谷は黙って聞き流した。

「田中について、他に何か耳にしたことは?」

「と言われても……、あ、そうだ。あの人、ヤクザじゃないんですか、と、別れたあとで曽川さんに訊いたことがあるんです。そしたら、『形的には、もうそうじゃない』と、なんだか意味深な返事をされたことがあります」

「ふうん、なるほどね。具体的に組の名前を聞いたことは?」

「いえ……、それはありません。ほんとです。曽川さんは何も言いませんでしたし、もちろん、本人もです」

「じゃ、その件はいいが、曽川が若い娘を斡旋していた先については何か聞いていないのか?」

「いやあ、そういったことは何も……。酒の席でだって、私になんかは漏らしませんでしたから……」

「比企安奈の名は聞いたことがあるだろ。あんたが仲立ちをして、曽川徹が土地を購入した家の娘だ」

「比企ですが……しかし、そう言われても、回った先はたくさんあるものですから……」

赤嶺は戸惑いを露わにした。

「よく考えてみろ」

「しかし、ほんとに私には……」

そう答える途中で、ふっと何か思いついたらしかった。

「あ、ただ、曽川は、鶴見のなんとかいう縫製工場の職場案内を持ち歩いていましたよ。ほら、百貨店なんかに卸す既製品を、ミシンで作る工場です。そこに比企安奈という娘が就職したのかどうかはわかりませんが……」

「何という縫製工場かわかるか？」

「名前ですか……。ええと、豊がついたな。ちょっと戦前っぽい名前で……、ああ、豊かな国と書いて『豊国縫製』です」

一応その名を書き留め、次の質問に移ろうとしたときのことだった。部屋のドアがノックされ、係長の大仏が顔を覗かせた。

取調べには流れがあり、相手の呼吸を読みながら牛耳《ぎゅうじ》ることが取調官の仕事だ。したがって、何かよほど重要なことがない限り、隣室で様子を窺う係長がこうして顔を覗かせることはないのだ。

車谷は大仏の目配せを受け、ドアの隙間《すきま》をすり抜けるようにして廊下に出た。

「何かありましたか？」

「ああ、大ありさ。チョウさん、ビンゴかもしれんぞ。鶴見署から連絡があり、比企武の残留指紋が見つかった。昨夜、鶴見駅前のスナックで乱闘騒ぎがあったんだが、そこに残った指紋のひとつが武のものと一致したんだ」

「昨夜ですか……。それにしても、随分早く手配ができましたね」

「なあに、おまえさんの手柄だよ。伊波照子が沖縄から国際電話をかけた仲町の木賃宿を調べたろ。そこに残る指紋のひとつが、曽川徹の屋敷の残留指紋と一致したので、これが比企武のものだと見当をつけ、大黒さんに沖縄で確認して貰う前から近隣署に手配を回していたんだ。それで、折り返し連絡が入ったわけさ」

「なるほど、まあちょっとしたビンゴですね――」

車谷がお愛想を言うと、大仏はムッとしたらしかった。

「おいおい、それだけで俺がおまえさんの取調べを中断させると思うか。まだ、つづきがあるんだよ。その乱闘騒ぎで聴取を受けたのは、《豊国縫製》の工場長をしている柏原って男だ。若い男がこの柏原が飲んでる席に乱入し、言い争いの末に乱闘騒ぎになったそうだ。男のほうは逃げちまったが、店が警察を呼び、この柏原が証言を求められたわけさ。これでもまだちょっとしたビンゴかい？」

「こりゃ失礼しました。大ビンゴですよ」

「赤嶺仲介の取調べは、こっちに任せろ。おまえさんは、早速、《豊国縫製》に飛んでくれ」

6

「どうもこうもありませんよ。私が気持ちよく飲んでいたら、いきなり突っかかって来たんです。やって来たおまわりさんにも言いましたが、あんな酒乱の酔っ払いは、一刻も早く捕まえて刑務所に入れてください」

工場の事務所で車谷を迎えた柏原大作は、太って脂ぎった男だった。年齢は五十前ぐらい。縫製工場の工場長をしているとのことだが、ふやけたような手の先に太くて不器用そうな指がついていて、自分でミシンに向かえば容易《たやす》く布地に縫いつけてしまいそうに見える。車谷たちが刑事と名乗り、昨夜の事件のことを訊きに来たと知ると、早速勢い込んでそうまくし立て始めた。

車谷は、それを両手で押しとどめた。

「柏原さん、ほんとのことを言ってくれないと困りますよ。若い男は、あんたのところで働く沖縄からの女性従業員について、何か話を聞こうとしたんじゃありませんか。それをあんたが無下に断り、しかも、荒っぽく追い返そうとした。それで、男との間で争いになってしまった。違いますか？」

柏原は、両目をせわしなくまたたいた。

「いや、そんなことは……」

と言いかけるのに押しかぶせるようにして、車谷はもうひと押しすることにした。

「現場に残った指紋から、男の身元が割れました。男は比企武といって、沖縄から妹を探してこっちに出て来たものと思われます。妹の名は、比企安奈と言います。あなたが工場長を務める工場に、そういった名の娘がいますね？　やつはそれを知り、あなたを問いつめに現われたんだ。そうでしょ？」

「比企安奈……。いやあ、そんな名の娘は知りませんが……」

「柏原さん、警官に嘘をつくのは罪になるんですよ」

軽く脅しつけてみると、柏原は、たった今何か思い出したような顔をした。本当は、対応を変えることを思いついたのだろう。

「ああ、思い出しました――。そういえば、確かにそんな名前の娘がいましたよ。二年前の春じゃなかったかな。中学を卒業して、うちに来ました。しかし、あの子ならば、二カ月かそこらでどこかへ行ってしまいました」

「名簿を見せて貰えますか？」

「構いませんとも」

車谷の求めにすぐに応じ、柏原は事務所の奥へと向かった。そこにあるファイル棚から一冊を抜き出し、指を舐《な》めてページを繰り、それを持ってそそくさと戻って来る。

「ほら、ここのページです。やはり、記憶通りでした。四月に入社してますが、五月の末には

『自主退社』となってます」

開いたページを差し出し、すらすらと言った。さて、「知らない」ととぼけた次は、「もういない」と来たわけだ。

車谷は名簿から目を上げ、冷ややかな視線を柏原に注いだ。

「彼女は、なぜここを辞めたんです?」

「さあ、それは個人の事情なのでわかりませんが……。おそらく、都会の誘惑ってやつですよ。こっちに出て来ると、あれこれ刺戟《しげき》が多いので、働くよりも遊ぶほうが楽しくなってしまう子も中にはいるんです。刑事さんだってわかるでしょ、そういう子がどこで働くようになるか。もっと手っ取り早く稼げて、遊ぶ時間が多く取れるところに移ってしまうんです。まあ、困りものですが、どうにもなりませんよ」

急に雄弁になったのは、こうした質問に出くわしたときのために、予め答えを用意していたということだ。車谷は、この男が何を言うのか、しばらくつきあってみることにした。

「どこに移ったのか、何か心当たりは?」

「いいえ、それはわかりませんって」

「しかし、支度金の類《たぐい》を出しているでしょ。ある種の縛りがあるんじゃないですか?」

「昔の女工哀史じゃないんですよ。そんな束縛などありません。確かにある程度の支度金は払いますが、それでこっちにやって来て適当に逃げられてしまったら、その損はすべてかぶることになりますよ。その意味じゃ、こうしたケースでは、うちが被害者ってことです。だけれど、真面目《まじめ》な子たちはよく働いてくれますからね。まあ、運任せと言うしかありません。それに、こう言ってはなんですが、うちで働くことは、あの子たちにとっても大きな財産になるんです。ただでミシンの使い方を習えて、一、二年すりゃあ立派な縫製工ですよ。ミシンを踏めれば、どこに行っても飯が食えます。給金だってそれなりに高いし、なんなら地元に帰って後輩たちに裁縫教室を開くことだってできるでしょう。刑事さん、私はね、ここの仕事が、沖縄の子たちの未来のためになっていると自負してるんです」

車谷は、柏原の演説を黙って聞いた。太った男は、話すうちに体温が上昇したらしく、鼻の頭にうっすらと汗をかいていた。

「そうしたら、これぐらいでよろしいでしょうか？」

「いや、せっかくですから、その沖縄からの出稼ぎのことをもう少し聞かせてください。お宅には、沖縄から働きに来ている子が多いんですね」

「ええ、まあ。他の地域からの子もいますけれど……」

「しかし、沖縄の出身者が圧倒的に多いと聞きましたよ。こっちの郷友会の協力なども得て、専門の斡旋業者も使い、人を集めてるんでしょうね？」

「ええ、まあ……。そうですけれど……」

柏原は、再び警戒を強くした。

「田中悦司という男を御存じですね？」

いきなりぶつけた。

「田中……。いいえ、知りませんが……」

「それはおかしいな。田中悦司は、沖縄から本土への就職者を斡旋している業者です。お宅の工場にも、人を斡旋しているはずなんですが」

「斡旋業者といっても、たくさんいますから……。私は知りません。そもそも、人材確保は人事部の仕事ですから、向こうで尋ねて貰えますか？」

「わかりました。お時間を取って貰って感謝します」

車谷は、一旦引き下がることにした。

この男が何か知っていることは間違いないが、一般の民間人を相手に、事務所で荒っぽいことをするわけにもいかない。

何か隠し事をする場合、こうした連中のほうが、暴力団よりもよっぽど扱い難かった。ヤクザ連中には脅しをかけ、時には飴《あめ》をしゃぶらせて口を割らせればいいが、〝一般市民〟の場合は、たとえ裏でいくらあくどいことをしていようと、バレない限りは善意の市民の振りをしていられる。そうした人間に対して警察が強引なことをしようものなら、すぐに「市民の敵」扱いされる。

だが、搦《から》め手から攻めるやり方は、いくらでもあるのだ。

「どうでしたか。工場長は何か話しましたか？」

車谷が表に出ると、物陰で待ち受けていた山嵜と渋井のふたりが寄って来て、小声でそっと問いかけた。

「いいや、のらくらした野郎さ。比企安奈がここにいたことは認めたが、二カ月ほどでどこかへ行ってしまい、その先のことは知らないそうだ」

「ほんとでしょうか？」

と、山嵜が疑問を呈す。

「いいや、あれは何か知ってるツラだったぜ。おまえらのほうは、どうだ？　同僚の工員たちから何か訊き出せたか？」

「いやあ、ダメでした。一応、何か知っていそうな感じの子はいたんですが、みんな口が重たいですね。もしかしたら、口止めをされているのかもしれません。いずれにしろ、工場の上司たちの目が光ってるところじゃ、何も話さないでしょ」

山嵜が言い、

「とはいえ、彼女たちはみんな寮暮らしで、食事も構内の食堂で済ませてるんです」

渋井がそうつけ足した。

《豊国縫製》はかなりの規模の町工場で、学校の体育館ぐらいはある作業用の建物に加え、車谷が今まで訪問していた事務棟と、さらには女工たちの暮らす寮が建っていた。食堂つきということは、朝から晩まで、四六時中会社の人間の目が光っているのだ。

敷地内の建物を改めて見渡しながら、車谷はふと思いついて訊いた。

「おい、だけどここの寮は、風呂はあったか？」

大手の鉄工所や火力発電所ならば、大きな湯舟のある風呂場を従業員専用に備えているが、中小の町工場ではそうはいかない。だから、街のあちこちの銭湯が、夕食前後の時間には芋《いも》を洗うような状況になるのだ。

7

風呂上がりの髪が、女っぽい色気よりも逆に幼さを際立てていた。全員が十六、七。甘味《あまみ》処《どころ》に入って来た三人の娘たちは嬉しそうに店を見渡したが、一方でどことなく緊張している様も見て取れた。

修平が彼女たちの傍を離れ、テーブルで待つ車谷へと小走りで近づいた。

「みんな比企安奈と同じ、沖縄本島北部の出身で、二年前に一緒にこっちに出て来たそうです」

小声で、そう耳打ちする。

渋井が三人を連れテーブルにやって来て、

「さあ、さあ。坐って、何でも好きなものを注文してくれ」

と椅子に坐るように促すが、三人は作り笑いを浮かべて迎える車谷と目が合うとあわてて逸らし、しきりとお互いの顔を見合わせた。

「怖い人じゃないんだ。きみらの胸の内をぶつけるだけでいいのさ。職場では、あれこれ言えないことをね。決して怖い人じゃないんだから、さあ坐って」

（念を押すみたいに、二度も言うことはねえじゃねえか……）

車谷はムカッと来たが、渋井を怒鳴りつけるわけにもいかなかった。それこそ「怖い人」だと思われてしまう。

「ま、坐ってくれ。きみらと一緒に沖縄を出て、こっちで働いていた比企安奈さんについて、ざっくばらんに話を聞きたくてね。しかし、それよりもまずは何でも好きなものを食べてくれ。ここは、おじさんの奢《おご》りだ」

そう言って、三人をテーブルに坐らせた。慣れない猫なで声を出していると、なんだか自分でも背中がむず痒《がゆ》くなってくる。

「ええと、左から順番に、永峰サチさん、目取真《めどるま》芳江さん、それに、宮城貴子さんです」

車谷の左隣に腰を下ろした渋井が、三人を順番に紹介する。修平は反対の右隣に坐った。

「さあ、メニューを見てごらん。お汁粉なんてどうだい。それとも、お風呂上がりだから、何か冷たい物がいいかな」

娘たちはもじもじしていたが、重ねて渋井に勧められ、

「じゃあ、私はお汁粉が……」

一番右側の子が、うつむきがちに言った。貴子という子だ。

「じゃあ、私も――」

と真ん中の子も同調したが、

「私はトコロテンがいいかな……」

と、一番左側は迷っていた。

「じゃあ、たまには両方食ったらどうだい？　人に御馳走になるときってのは、ちょっと贅沢《ぜいたく》をしてみるもんさ」

車谷はそう言って店員を呼び、

「ええと、トコロテンは、蜜《みつ》がいいかい？　それとも、口直しに酢醤油《すじょうゆ》にするか？」

三人のそれぞれ好みを訊いてやった。

「それと、俺にはお茶のお代わりを頼む。おまえらも、何か甘いものが食いてえなら頼みな」

渋井と修平にもそう勧めたが、さすがに強面《こわもて》のデカ長の前で汁粉をすする気になるほどの馬鹿ではなかった。

それからしばらくの間、歳が一番若い修平が中心になってあれこれと娘たちに会話のタネを振った。三人の子持ちである渋井は、今は父親らしい顔つきになっていた。

やがて頼んだものが運ばれて来ると、三人は嬉しそうに食べ始めた。横目でお互いの顔を見て、うなずき合ったりしている。

彼女たちのそうした表情を見ていると、ヤクザや情報屋に安酒を奢《おご》って情報を聞き出すときにはない温かいものが、車谷の胸をなごませた。

だが、心の片隅では、何か物悲しい感じもした。本当ならばまだ親元にいて、親に思う存分甘えたい年頃なのだ……。

緊張が解けて来たらしいタイミングを見計らい、

「さて、比企安奈さんのことを少し話して欲しいんだ。彼女の兄さんが、安奈さんに会いたがってるのさ」

と、切り出してみた。

「そしたら、刑事さんたちは、安奈ちゃんのお兄さんのためにあの子を探してるんですか？」

芳江が訊く。

「まあ、半分はそうさ。それに、彼女に会って、本人の口から聞きたいこともあってね。できるだけ早く安奈さんを見つけ出したいんだ」

「でも、私たち、安奈ちゃんのことは、あまりよく知らないんです……。なにしろ、一緒に働き出したと思ったら、二カ月ぐらいでいなくなってしまったので……」

「だけど、同じ本島の北部出身なんだろ」

「あら、やだ、刑事さん。北部と言ったって、広いのよ。あ、だけれど、貴ちゃんは同じ学校じゃなかったかしら？」

芳江から話を向けられた貴子が、うつむきがちに首を振った。

「同じ学校だったけれど、特に親しくしてたわけじゃないし……」

「とにかく、刑事さん。私たちみんな、親しくなったのは、こうして一緒に働き出してからなんです。だって、ほら、三度の御飯も一緒だし、同じ寮で暮らしてるし、ずっと一緒に働いてるんだから。でも、今、言ったでしょ、安奈ちゃんは二カ月ぐらいでいなくなっちゃったから

「……、だから、あまりよくわからなくてごめんなさい……」

芳江はそんなふうに言いながら、目の前の汁粉とトコロテンを見下ろした。食べてしまってよかったのかしら……、と思い始めたのかもしれない。

車谷が苦笑して声をかけようとすると、

「それに、ほら、あの子は別組だったから……、だから、どこか水商売で働いてるんじゃないかしら……」

彼女の口から、ぽろっとそんな言葉が飛び出した。

「どういうことだい？　別組って何なんだ？」

しかし、車谷が訊き返すと、熱いものにでも触れたような顔で黙り込んでしまった。

「きみらがここで話したことは、決して外に漏れることはないから、だから、何か知っているのならば話してくれないか？」

「でも、私が聞いているのは、ただの噂だから……」

「噂だって構わないさ。その中に何か真実が隠れてることもあるし、隠れてないこともある。それを確かめるのは、俺たちの仕事さ」

車谷はそう言って先を促してみたが、彼女はぽろっと漏らしたことを悔やんでいるようで、硬く唇を引き結んで固まった。それに連れて、他のふたりも手をとめてうつむいてしまう。

「おいおい、食べてくれよ。別に食べ物で釣ろうってわけじゃないんだから、気にしないで食べてくれて構わないんだ」

車谷が三人を促したときだった。一番言葉少なだった右側の貴子が、何かを訴えるような目で口を開いた。

「でも、安奈が別組だったのは、本当です。私、あの子と同じ中学だったから、知ってるんです。あの子、家に借金があったから……、だから、別組に入ったんです……」

「そういう子は、最初からここでは働かないことになってるのかい？」

「この工場で働くことにしてこっちへ来るけれど、ちょっとしたらいなくなっちゃうんです。安奈だけじゃないわ。そういう子が、他にも何人かいたもの――」

「で、どこで働くんだ？」

「知りません……。でも、もっと素早く、たくさんお金が稼げるところを紹介するって……」

貴子の声には押し込められた怒りが感じられたが、そこには、そういった場所で働くことになった同郷の人間たちへの嫌悪も交っているらしかった。

「それは、もしかして田中悦司という男が言っていたんじゃないかい？　この名前に、聞き覚えがある人はいないかな？」

車谷の問いかけに、三人はまた顔を見合わせ、

「私、知ってます、その男。〝人買い〟だって。父ちゃんたちが言ってるのを聞いたこともあります……」

今度は左側に坐るサチが言った。

「私も噂は聞いたことがあるけれど、でも、そんなことが本当にあるのかしら……」

芳江が疑問を呈すると、

「あるのよ、よっちゃんはまだ子供だからわからないでしょうけれど」

「何よ、自分だけ大人ぶって。一歳しか違わないじゃない」

「あなたは早生まれで私は遅生まれだから、二歳違うわ」

と、強弁する仕草が子供じみていた。

「実際にいなくなった人も、何人かいるんだね？」

車谷はサチという娘に質問を向けてみたが、

「いますけど、でも、それは、自分たちで勝手にいなくなったのであって、〝人買い〟の噂とは無関係だと思います」

答えたのは芳江だった。サチから年下扱いされたことが、カチンと来たのだろう、いくらか口を尖《とが》らせている。

「根気がつづかない人って、やっぱりいるし……。そういう人にとっては、ここはいくらでも遊ぶ場所があるし……。そうでしょ、刑事さん？」

と、車谷を見つめて来る。

「だが、きみは違うのかい――？」

「違うわ、私は……。私は、今の仕事に不満はありません。あのまま故郷にいたって、仕事はなかったし……。私、覚悟して出て来たんですから……。ここで頑張ってミシンが踏めるようになれば、もっと他の場所で働けるかもしれないし。頑張ってミシンの腕を上げれば、この先、食べるのに困らないでしょ……。結婚してからだって、ミシンができれば、内職で稼げます」

確かに業務用のミシンを踏めるのは、まだまだ「高級技術」だ。大概は、まだ手縫いをしている。

「しっかりしてるんだな」

渋井が感心した様子で目を細める。

「おじさんにも娘がいるんだ。まだ小学生だけどね、将来、少しはきみらを見習って欲しいよ」

「でも、刑事さんは公務員だから。それに、こうして大都会で暮らしてるんだから……。だから、その子は大丈夫よ。私たちみたいに、遠くに働きに出る必要はないわ」

芳江の話を黙って聞いていたサチが、渋井の言葉に割り込むようにして、妙に大人っぽい口調で言った。

「――――」

面食らった様子で黙る渋井を尻目《しりめ》に、今度は貴子が口を開いた。

「それに、私たち、簡単には辞められないんです。働き出すとき、パスポートは会社に預けなければならない規則なんです」

「そしたら、きみらのパスポートは、工場が持ってるのかい？」

「そうです。だから、会社に内緒でいなくなった子たちは、沖縄に帰るときに困っちゃいます。私たちは、何年かしたら帰るつもりだから……。だから、ここで頑張らないと……」

「でも、来年からは、もうパスポートなんかなくなるんだ。そしたら、いくらでも自由に帰れるじゃないか」

修平が励ますように言ったが、娘たちは三人とも曖昧《あいまい》にうなずくだけで、何も答えようとはしなかった。

車谷が改めて口を開いた。

「さっき工場長の柏原さんにも話を聞いたんだが、あそこで働くみんなのことを褒《ほ》めていたよ。手に職さえつければ、どこでだって生きていける。なんなら、沖縄に帰ってから、きみらが裁縫教室を開くこともできると、そんなふうに言ってたっけ」

「柏原」の名前が出ると、三人とも硬くなるのがわかった。それを確かめたくて、わざと名前を出したのだ。

少し待ってみると、

「刑事さん、あんな人の話なんか、真に受けちゃダメです。あんな人に、私たちのことがわかるわけがないわ」

真ん中の芳江が言い、

「あの人、気持ち悪いんです。仕事を教える振りをして、すぐに自分の体を押しつけて来たり、私たちの体を触ったり……。それに、どこかに若い愛人を囲ってるのかもしれません。何カ月か前に一度、奥さんが工場まで乗り込んできて、すごい夫婦喧嘩になったことがあるんです」

右側の貴子が言い、サチもそれに同調し、しばらく工場長の悪口を言い合っていた。

「ところで、さっきの話に戻るんだが、誰か田中悦司の顔を知ってる人はいないかな？　それらしい人間を見かけたって話でもいいんだが。例えば、工場長の柏原さんを訪ねて来たりしてないだろうか？」

頃合いを見計らってそう質問を振ってみたが、三人とも静かになってしまった。

「ごめんなさい。わかりません」

顔を見合わせ、永峰サチが、代表するように言った。


店を出て、永峰サチ、目取真芳江、宮城貴子の三人と別れると、刑事たちは人の流れの端に身を寄せた。

国鉄と京浜急行に挟まれた鶴見駅近くの裏道には、酔っ払いが彷徨《ほうこう》し、酒と汗の臭いが充満していた。冷房などつける気もない店の開け放たれた窓から、酔客たちのざわめきとともに流れ出て来るテレビの音を、パチンコ屋の軍艦マーチが掻き消している。

「《豊国縫製》で就職することにして、グループで沖縄から本土に渡ったにもかかわらず、実際には彼女たちが言っていた通り、そのうちの何人かは最初から別ルートで働くことになっていたのだとしたら、《豊国縫製》は田中悦司と名乗る斡旋人とグルってことだ。少なくとも、会社の何人かは、事情を知った上で田中と関係を持ってるにちがいない」

車谷が三人の話から割り出した推論を述べ、

「ええ、俺もそう思います」

と、渋井が同意を示した。「特に工場長の柏原って男は、田中と直接関わりがあるんじゃないでしょうか」

「ああ、俺もそんな気がするぜ。やつの交友関係の中に、〝人買い〟の男がいるにちがいない」

そんなやりとりをしているところに、人の流れを縫って丸山と山嵜のふたりが近づいて来た。

「どうも、チョウさん。どうですか、女子工員たちから、上手く話を聞けましたか？」

汗を拭《ふ》き拭き、丸山が訊く。

「ポケットマネーで甘いものを奢ってやったら、結構参考になる話をしてくれたよ」

車谷が彼女たちから聞いた話を掻い摘んで聞かせ、もう一度今の推論を語ったところ、

「こりゃあ、丸さん。俺たちの大手柄かもしれませんね」

話の途中からなんとなくそわそわし出した山嵜が、嬉しそうに丸山に笑いかけた。このふたりは、昨夜、柏原大作が比企武に襲われたと証言した店へと裏取りに行っていたのだ。

「何か出たんですね？」

車谷が、丸山に訊いた。

「ええ、店主が面白い話をしてくれましたよ。昨夜、柏原は、ひとりで飲んでいたわけではなく、実はその田中と名乗る男と一緒だったんです。比企武は、柏原と田中のテーブルに押しかけ、押し問答の挙句に大立ち回りになったんですよ。店としては当然、通報したんですが、それを田中にひどく怒られたそうでして、自分のことは警察に話すな、柏原がひとりで飲んでいたことにしろと脅され、駆けつけた警官には仕方なくそう証言したそうです。田中は店主を脅

すと素早く逃げてしまい、あとは柏原がひとりで警官に証言したわけです」

「よし、柏原のやつを締め上げよう。今度は、偽証による捜査妨害で引っ張り、取調室で叩くぞ」

　意気込む車谷を、山嵜がニヤニヤしてとめた。

「チョウさん、待ってください。まだ、つづきがあるんです。自称、田中悦司は、店主を脅しつけたときに、自分は曙興業の者だと言ってすごんでたんです。鶴見の辺りも、曙の勢力が伸びてますからね。脅し文句として名乗ったんでしょう」

「だが、曙興業にゃ、そんな名前の構成員がいないことはもう確認済みですよ」

　一緒に話を聞いていた渋井が言う。

「ああ、しかし、『田中悦司』は偽名じゃないかと疑ってたろ」

　丸山が言った。車谷へと顔の向きを戻し
「柏原と田中のふたりは、時々、その店で女の子を侍《はべ》らせちゃあ飲んでたらしいんですが、支払いはいつも田中と名乗る男のほうで、ボトルもやっぱり田中が入れてたそうです。ジョニ黒ですよ。で、念のためにボトルの指紋を採取して、曙興業の構成員と照合しましたら、該当者が出ました。工藤悦矢。悦の字だけはそのままでした。矢は、弓矢の矢です。形の上では、五年前に曙興業から抜けたことになってます。足を洗わせ、表世界でシノギを持たせ、その実、裏では組と繋がってる口でしょう」

　警察の追及を逃れるため、ヤクザはそういったことをよく行なう。

「これが工藤悦矢です。前科が三つありました」

丸山が言い、前科リストの写真を見せた。頬《ほお》のこけた、目つきの鋭い四十男だ。

「やりましたね、丸さん」

車谷は丸山を賞賛してから、物欲しげな顔をしている山嵜の肩をぽんと叩いた。

「ザキ山ちゃん、おまえもだよ。クリーンヒットだぜ。事件が解決したら、ジョニ黒ぐらい、たっぷりと飲ましてやるぜ」

「そりゃあ、御馳走さまです——」

「その前に、まだまだやることがあるぜ。すぐに工藤悦矢のアジトの場所を調べるぞ。マル暴のリストにあるかもしれねえが、足を使えよ。全員で、手分けして情報屋に当たるんだ」

第四章

1

パトカーが二台、折り重なるようにして、京急川崎に程近いラブホテルの正面に停まった。前のパトカーからは車谷と渋井、それに少し遅れて沖修平の三人が、後ろのパトカーからは丸山と山嵜のふたりが飛び降りた。五人そろって、ホテルの入口へと駆け込んだ。

それほど広さのないエントランスロビーは、偽の大理石で飾り立てられていた。向かって左側の壁には、各部屋を撮影した写真と料金を書いたパネルが並んでいる。最近、こうして客に部屋を選ばせるサービスをするところが増えて来たのだ。

正面の受付カウンターは、仕切り板によって利用客がホテルの人間と顔を合わせなくて済むようにできており、カウンターの高さに郵便受けぐらいの穴が空いていた。

車谷が体を折ってその穴から覗《のぞ》くと、中は六畳ぐらいの広さの事務所で、穴のすぐ前に目つきの険《けわ》しい四十女が坐っていた。

「川崎署のもんだ。工藤真理子は、あんたか？　弟の工藤悦矢を探してる。居場所を教えろ」

「いきなりやって来て、いったい何です？　弟のことなんか知りませんよ」

女はとげとげしい口調で言い、屈《かが》んで覗いている車谷を冷ややかに見下ろした。

車谷は腰を伸ばすと、近くにある出入り口のドアへと歩いてノブをがたがた言わせた。

「すぐにドアを開けろ。開けねえと、蹴破《けやぶ》るぞ。曙興業の工藤悦矢が、ここをアジトとして使ってることはネタが割れてるんだ。届け出は姉の名前でしてるが、実質的なオーナーが弟の悦矢だってこともな」

車谷がわざと大声を出すと、女はあわててドアを開けた。

「やめてくださいよ。お客さんがいるんですよ。営業妨害じゃないか」

「あんたが姉の真理子だな。悦矢はどこだ？」

「そんなこと、知りませんよ。最近、会ってませんから……」

「嘘をつけ。ちゃんと答えねえと、いつまでもここに居坐ることになるぞ。本人がここを、シノギの事務所代わりに使ってることまでわかってるんだ。すぐに工藤の居場所を言え。それとも、現在使用中の部屋を順に確かめて回ろうか。客は、二度とここを使う気にならないだろうぜ」

「弱い者いじめはやめておくれよ。ほんとに弟の居場所はわからないんだ。何か連絡が来たら報せるから、それでいいだろ」

工藤真理子が、金切り声で抗議をしたときだった……。

突如、女の悲鳴が聞こえ、車谷はハッと周囲に顔を巡らせた。すぐに右の掌《てのひら》を耳に添えて、やはり顔を巡らせる。そうすることで、声の方向を判断しているのだ。おそらくはこの建物内からだと思われたが、はっきりしない。ロビーにいる刑事たちも同様にきょろきょろし、

「チョウさん、上の階からですよ」

渋井が言って、昇降口の方向を指差した。それほど広さのないロビーの奥に、エレベーターと昇降口が並んでいる。

「おい、工藤が今、女とここいるのか？　野郎はどこだ？」

「いませんよ……。いないと言ってるでしょ」

ここでこれ以上問いつめていても埒《らち》が明かない。車谷はロビーに出て、昇降口へと走りかけたが、山嵜を振り向いて命じた。

「おい、ザキ山。事務所のどこかにマスターキーがあるはずだ。女にそれを出させて、持って来い。行くぞ！」

「ちょっと、勝手なことはやめてくださいよ。どこに行くんです」

事務所の女があわててとめる声など無視し、階段を駆け上る。

一段抜かしで上がり、二階の廊下を覗くと、ドアが細く開いた少し先の部屋から若いカップルがこっちを見ていた。悲鳴の出所は、この階じゃない。

さらにもう一階上がる途中で、女の悲鳴がくぐもって弱くなった。押さえつけられ、口を塞《ふさ》がれたにちがいない……。

三階に着いてもなお、悲鳴は途絶えたままだった。

「丸さんは、修平と四階を頼みます」

車谷は後ろを来る丸山に告げ、渋井を連れて廊下を進んだ。耳に神経を集めつつ、歩みを進める。廊下の左右に、四つ五つのドアが並んでいる。

女は押さえつけられたままなのか、悲鳴の声はもう聞こえないままだ……。いっそのこと、警察だ、と大声を上げてみようか。だが、刃物でも突きつけられていて、トチ狂った野郎が、それで女に斬《き》りつけないとも限らない……。

耳に神経を集めつつ、ジリ、ジリ、と進んだ。このどれかのドアの向こうに、なんとか助かりたいと必死になっている女がいるのが感じられる。

物音がした。

そして、女のくぐもった呻《うめ》き声が……。

車谷は、左右を見渡した。

「チョウさん……」

声をかけて来る渋井を手で制し、ドアに耳を押し当てた。そして、また、次のドアに……。

三つ目のドアで確信した。

「ここだ——」

車谷は渋井に告げ、

「警察だ！　ドアを開けろ!!」

ドアを拳《こぶし》で激しく叩き始めた。

女を押さえつけていた者が驚き、その拍子に手を緩めたのかもしれない。「助けて！　助けてください！」と、ドアの中から必死で助けを求める女の声が聞こえて来た。

昇降口に山嵜が現われ、
車谷にせかされて飛んで来た。

「ザキ山！　マスターキーを寄越せ。この部屋だ！」

山嵜の手からキーを受け取り、ドアを開けて部屋に飛び込むと、全裸の女に男たちがふたりがかりでのしかかっていた。暴れる女を力任せにベッドに押さえつけ、四肢の動きを封じ、手で口を塞《ふさ》いでいる。

男たちはふたりとも、異様な格好をしていた。パンツ一丁しか身に着けておらず、黒マスクで顔を隠している。部屋にはさらにもうひとり、八ミリカメラを手にした男がいた。こいつらは、ここで強姦フィルムの撮影をしていたのだ。

黒マスクのひとりには、その太った体形に見覚えがあった。茹《ゆ》で上げでもしたように柔らかく弛《たる》んだ肉が、骨格をだらしなく覆っている。

「すぐに女から離れろ！」

車谷はもうひとりをベッドから蹴落とし、このデブのほうは頭部を摑《つか》んで床へと引きずり下ろした。

女はあわててシーツで体を隠し、壁に背中をつけて丸まった。

「おい、彼女にすぐ何か掛けてやれ」

八ミリカメラを操っていた男を捕えて手錠《てじょう》をはめる山嵜と渋井に命じつつ、車谷はデブの頭部をぐらぐらと揺すって引きずり回してやったあと、手荒にマスクを引き剝《は》がした。

「柏原！　つい数時間前にゃ、結構な御託を並べてたのに、このザマはなんだ！　おまえ、〝人買い〟の工藤とつるんで、若い娘にいたずらをつづけてたんだな!?」

柏原大作は、酸欠の魚みたいに口をぱくぱくとさせた。今までマスクをしていた顔の皮膚が、汚らしく赤らんでいる。頭髪が、みっともなく立っていた。

「これはつまり……、何というか……。私は、ただ脅かされて、アクターをやってただけなんです……。これは映画の撮影で、それで、つまり……、刑事さん、お願いします……。どうか、妻や子にはこのことは……」

「馬鹿野郎、何が妻や子だ。てめえは、婦女暴行の現行犯だ！」

怒鳴りつける車谷の目の前で、柏原の横ツラに拳が飛んだ。女性の体を毛布ですっぽりと包んでやった渋井が、弾丸みたいに飛んで来て、柏原を殴りつけたのだ。

「おまえって男は……。おまえにだって、妻子があるんだろ。いったい、この子は誰なんだ……。まさか、おまえのところで働いていた女子工員なのか……。親元を離れて必死に働いている娘たちにこんな仕打ちをして、貴様、それでも人間か!?」

渋井はそんなことを喚《わめ》きながら、繰り返し柏原の顔を殴りつづけた。柏原の瞼《まぶた》が切れ、唇が切れ、段々と顔がいびつに腫《は》れ上がって来る。

柏原が両手で頭部を庇《かば》い、低いすすり泣きとともに「助けてくれ……」と懇願を始めてもなお、車谷はしばらく黙ってなすがままにしていたが、

「おい、それぐらいでいいだろ」

ついにはぽんと渋井に言葉を投げつけるように言い、山嵜に向けて顎《あご》をしゃくった。合図を待ち構えていた山嵜が、渋井に駆け寄り、羽交《はが》い絞《じ》めにして引き離す。

「渋チン、もう充分だろ。これぐらいにしておけ」

「しかし、ヤマさん。この野郎は……」

「そいつはこれから、充分に罰を受けることになるよ」

車谷が言った。

「家族も仕事も何もかも失い、凶悪犯たちと一緒に、ムショで延々と長いお勤めを受けるのさ。一年でも長くこいつをぶち込んでおくためには、余罪を残らず見つけ出すことだ。こんなところで、この弛んだ体を殴りつけてる暇なんぞねえぞ。わっぱをかけておけ。そっちのふたりからも目を離すなよ」

共犯のふたりは、部屋の隅に逃げ、すっかり怯《おび》え切った様子で壁に背中をつけていた。だが、既に手錠をされているにもかかわらず、本能的に逃げ道を探す動物のように、油断なく様子を窺《うかが》っている。ふたりとも、残念ながら工藤悦矢ではなかった。

駆けつけて来て戸口に現われた丸山と修平が、この男たちに走り寄る。

「連行はまだだぞ。マスターキーがあるから、ちょうどいい。この柏原も含めて、三人とも別

の部屋に連れて行き、そこで工藤の居場所を吐かせろ。俺もじきに行く。それから、修平、すぐ婦警の手配だ。若い女じゃねえぞ。ヴェテランがいい。おっと、下の受付の女もパクっとけ」

車谷は手早く命じてベッドサイドに歩み寄り、毛布を巻きつけて震えている女性に顔を寄せた。

「大変だったたな。だけど、もう大丈夫だ。何の心配も要らない。すぐに婦警もやって来る」

どう見てもまだ二十歳前の若い女性は、そうして話しかける車谷のほうを見ようとはせず、手錠をされて部屋から連れ出されて行く柏原たちにぼんやりと視線をやっていた。恐怖で両眼が落ちくぼんでおり、眼窩《がんか》と頬骨の形が浮き立ってしまっている。

「名前を聞かせてくれるか?」

「聡子《さとこ》……。宮城聡子です……」

どこか上の空で答える。まだ、ショックが抜けないのだ。あるいは何かクスリを打たれた可能性もある……。

「《豊国縫製》で働く宮城貴子さんと親戚か何かかい?」

車谷は、そう訊いてみた。小麦色の皮膚や話すときのアクセントから、この娘も沖縄出身らしいと想像がついた。〝人買い〟と呼ばれる工藤に連れられて、本土へ来たひとりかもしれない。

「違います。貴子ちゃんとは、ただ苗字が同じだけ……。宮城って名前は、沖縄には多いんです」

「なるほど。しかし、彼女を知ってるってことは、きみも《豊国縫製》にいたのか？」

車谷が質問を重ねると、聡子は急にうつむいてしまった。

「そうですけれど……、でも、私はすぐに辞めてしまったから……」

この子は、おそらく「別組」の子なのだ……。

「比企安奈さんのことも知ってるのかい？　宮城貴子さんと比企安奈さんは、学校が同じだと言ってた。もしかして、きみも一緒なのか……？」

「ふたりは、私の一年後輩です……。本土に来たのも、私のほうが一年早いんです……」

「こっちで、比企安奈さんと会ったことは？　兄貴が、彼女を探してこっちに出て来てるんだ」

「ごめんなさい……。私、安奈さんのことはわかりません……」

宮城聡子は、答える途中でハッとした様子で視線を持ち上げ、車谷を見つめて来た。

「刑事さん……、それより、もっと他にいるんです……。その子たちを、すぐに助けてください……」

喉《のど》から絞り出すような声だった。

「どこかに囚《とら》われてるんだな……？」

「そうです……。どこか、倉庫みたいな場所に……。このままじゃ、みんな売られてしまいます……。私も、このあと、そこに戻されることになってたんです……」

「チョウさん、本格的な人身売買組織ですよ……。こりゃあ……、とんでもないものに繋がって来ましたよ……」

かすれ声を出す山嵜を手で制し、車谷は彼女の目を見つめた。

「いいね、落ち着いて、知っていることを話してくれ。そこには、何人ぐらいの女性が囚われているんだ？」

「私を入れて、十人です……。お願い、刑事さん、早くみんなを助けて」

「任せておけ。場所はわかるか――？」

「ごめんなさい……。海の近くということしか……」

「しかし、きみは今日、そこからここへ連れて来られたのか？」

「はい、そうです……。車で連れて来られました……。でも、途中は目隠しをされていたから……」

「車で、どれぐらい走ったか思い出してくれ」

「十五分か二十分……。たぶん、それぐらいだと思います」

川崎、鶴見、あるいは羽田のどこかか……。

「何でもいいんだ。その倉庫の場所について、何か手がかりになるものを覚えてないか――？」

「そう言われても……。あ、でも、運河沿いでした……。そんなに広い運河じゃありません……」

羽田だとしたら、海老取川《えびとりかわ》とその周辺か……。鶴見川よりも西の横浜寄りでは、十五分とか二十分ではここまで着かないだろう。彼女の記憶が確かならば、やはり川崎のどこかということか……。

「あ……、それから、つい最近、近くで人の死体が見つかったって、車の中で男たちが話してました」

「それは、この部屋にいた男たちのことか？」

「はい……、工場長の柏原はここで待ってましたけれど、他のふたりがそこから私をここまで連れて来たんです」

「ザキ山、彼女を頼む。婦警が来たら、服を着せ、病院へ連れて行ってやってくれ」

車谷は山嵜に宮城聡子を託して、部屋から飛び出した。

隣室のドアが開いていて、部屋の中で丸山を中心に渋井、修平の三人が、捕えた男たちを問い質《ただ》しているところだった。

「何か吐きましたか……？」

車谷が、丸山に顔を寄せて訊く。

「そっちのふたりは、ふたりとも曙興業の構成員でした」

丸山も小声で答え、男たちから没収した曙興業のバッジを車谷に見せた。

「こいつらは、川崎のどこか運河沿いの倉庫に、女を十人近く監禁してます。隣室の女性は、そこから連れて来られたんです」

「人身売買組織ですか……」

丸山が、眉間《みけん》にしわを寄せる。

車谷は、冷ややかに柏原たち三人を見渡し、

「修平、こいつを先に連れて行け」

沖修平に命じて、柏原ひとりを立たせた。

「おい、余計なことは喋《しゃべ》るんじゃねえぞ」

連行されて行く柏原の背中に、残ったふたり組の片方が、ドスを利かせた声を浴びせかける。

車谷たちが隣室に突入したとき、柏原と一緒に宮城聡子にのしかかっていたほうで、四十過ぎの中年だった。

「馬鹿野郎、おまえらが話すんだよ。情状酌量を望むなら、どっちが先に話すかだぞ。さあ、どっちが話す。二等賞はねえんだ」

「ふん、何も喋らねえよ」

と、中年男がそっぽを向く。

さっきカメラを扱っていた男のほうは、三十過ぎぐらい。水を浴びせかけられた犬みたいに、シュンとしている。さっき、逮捕のときには必死で暴れ回っていた男だった。ヤクザに憧《あこが》れてなってはみたが、大した度胸もない口だ。

「ここじゃ埒が明かねえな。おい、おまえだ。おまえだけ、一緒に来い」

車谷は三十男のほうを引きずり上げた。そっと丸山に目配せして、部屋を出る。

出口を出る前には、ちょっと前と同様に、

「おい、余計なことは喋るんじゃねえぞ」

という言葉が追って来た。

車谷は、怯えた男を引きずって廊下を進み、山嵜にその男を託した。

「制服警官に言って、川崎署に連行させろ。それから、おまえから親爺さんに連絡をして、人員の手配だ。若い女が十人近く、運河沿いの倉庫に監禁されてると言って、人手を集めて貰うんだ。それと、念のために防弾服を要請しろ。場所はすぐに割れる」

「わかりました……。チョウさん、思ったよりも根が深いものにぶち当たりましたね」

「ああ、一網打尽《いちもうだじん》にするぞ。それに、妹の行方を捜している比企武がこんな連中のところにまで首を突っ込んでるとなると、やつの身も危ないかもしれねえ。一刻も早く身柄を押さえる必要がある。気を引き締めてかかれよ」

車谷がひとりだけ廊下をUターンして部屋へ戻ると、いつも通りに車谷の意を汲《く》んだ丸山が、四十男の耳元でぼそぼそと何かささやいていた。

部屋に入って来た車谷に気づいて持ち上げた男の目は、短い間にすっかり毒気を抜かれていた。切羽詰まった獣が、思わぬ抜け道を見つけてほっとしたのだ。

獣と人の違いは、どうすればメンツを保てたまま、少しでも自分に有利になるかを考えることだ。

車谷は、男の前で屈み込み、顔を寄せて甘いささやきを口にした。

「こっちの刑事から説明されたろ。俺が請け合う。悪いようにはしねえから、さあ、案内しろよ。今、連行されたあの野郎が喋っちまったことにすりゃあいい。俺たちは、それで通すつもりさ。だから、おまえもそうするんだ。組の連中だって、あの気の弱い舎弟が喋ったってことで信じるさ。そうだろ？」

2

あと数日で満月となる明るい月が、ヘドロのたまった黒い運河に光の影を落していた。それを揺らしながら疾走《しっそう》して来た複数台のパトカーが、暗い倉庫を遠巻きにする形で停止した。

先頭車両から、川崎署刑事課捜査一係のデカ長である車谷一人が降り立った。

同じ車両からは、いつも車谷を補佐する懐刀的な存在の丸山昇と、運転手としてハンドルを握って来た沖修平がやはり車を降りる。

山嵜昭一と渋井実は無論のこと、係長の大仏庄吉の判断によって、同じ一係に属する別のデカ長とその部下たちも出張って来ていた。さらには、今回捜査協力体制を取っている臨港署のデカ長である石津もまた、部下たちを引き連れて出動している。

全員が、防弾服を身に着けていた。

「おまえはここに隠れてろ」

ここまで道案内をして来た四十男のヤクザに命じ、パトカーの後部ドアを閉めた車谷は、

「よし、行くぞ」

同じ一係のデカ長である溝端と、臨港署デカ長の石津に告げ、倉庫に向かって駆けた。予《あらかじ》め、車谷と溝端の班が左右に散開しつつ正面から突入し、石津たちが背後をフォローする打ち合わせになっていた。

突入は、石津班が背後に回り込むのを待って、一斉に行なう申し合わせまで出来ていたが――。

パン。

パン。

パン。

サッカーはおろか、ラグビーチームすら組めそうな人数の捜査員たちが、倉庫を取り囲む目的で足音を忍ばせるようにして走り出した矢先、乾いた破裂音が立てつづけに聞こえて来た。

銃声だ！

マズルフラッシュの微《かす》かな光が、倉庫の薄汚れたガラス窓の奥で点滅するのも見えた。

（くそ！　何が起こったのだ……）

状況は何もわからないが、ただひとつ……、ほんの一歩違いで、中の連中が誰かに向かって銃を撃ち出したことだけは、見誤りようのない出来事だった。

その一歩の違いが、途轍《とてつ》もなく大きく状況を変えた！　警察官は、当然ながら全員が犯人逮捕の訓練を受けており、その中には拳銃等の武器を所持した相手を逮捕するケースも想定されている。だが、それはすべて、こちらが配置についた上で、相手を制圧する訓練なのだ。

配置についていなければ……、それはただの撃ち合いになる。

車谷は、一瞬の間に判断を下した。デカ長が三人……。予め打ち合わせた通りに相手を制圧して逮捕するのならば、それで命令系統に混乱はないが、既に目と鼻の先で発砲が起こっている以上、細かい打ち合わせなど無意味となった。一本、太い筋を通すだけだ。

「石さん」と、まずは臨港署の石津に呼びかけた。

「あんたは予定通り、部下を連れて裏へ回ってくれ。だが、逃げ出て来た野郎をパクるのに専念し、中へは入るな。入れば、警官同士の相討ちになる危険がある」

「わかった。わかりましたよ。来い！」

石津が部下たちを引き連れ、走る速度を上げる。

「溝チョウ」と、次には同じ署の溝端へ。「俺とおまえんとこで正面から入るぞ。いいか、全員よく聞け！　銃口を向けて来る野郎がいたら、ためらわずに撃て！」

単純な命令以外は、混乱を招く。車谷はそれだけのことを告げると、ホルスターから拳銃を引き抜いて倉庫の入口へと駆けた。

デカ長の溝端は、密《ひそ》かに車谷に対抗意識を燃やしている節があるが、こうした状況で異を唱えるほどのバカではなかった。デカ長同士が対立すれば、部下たちの安全を守れないのだ。

開口部には重たく厚い木の扉が立ち塞《ふさ》がっていたが、その横には、別にくぐり戸がある。鍵が締まっているのを確認した車谷に、「おい」と命じられ、山嵜が装備入れを地面に拡《ひろ》げた。

そこから抜き出した巨大なゲンノウでノブを破壊し、チョウナを打ち込んで扉を引き開ける。

これだけの作業を手早く終えると、中から撃たれることを避けて扉の陰に身を隠した山寄に代わり、車谷がぴたりと戸枠に身を寄せた。

そっと顔を出して中を覗くが、人影はなかった……。

がらんとした倉庫内には、身を隠すような物はない。どこにも、人影が見当たらないのだ。

唯一、裏口から表へ駆け出していく人影が、ちらっとだけ見えた……。

（くそ……、いったい、何が起こったのだ……）

舌打ち交じりに、そう思った瞬間、倉庫の裏側から再び、パン、パン、パンと折り重なって銃声が聞こえて来た。しかも、今度はちょっと前よりもずっと長く、たくさんの銃声が重なっている。

しまった！

石津たちが危ない!!

「裏手だ。溝チョウ、おまえたちは外から回ってくれ！」

「よし、わかった。中にゃまだ、誰か残ってるかもしれん。気をつけていけよ！」

溝端は力強く応じると、部下を引き連れて倉庫の外壁沿いを走り出した。

車谷も自分の部下たちを連れ、裏口を目指して倉庫内を駆ける。裏口横の一角に、事務所などに使う様子の小部屋があった。その内部や向こう側は、様子のわからない死角となっている。

「注意しろ！　誰かいるぞ！」

死角から注意を逸《そ》らさずにいた車谷が、そこに男の影を発見した。事務所風の小部屋の中ではなく、その向こう側を、ちらっと人影が過《よ》ぎったのだ。

しかも、この男は飛び切りの馬鹿で、警官に向かって発砲して来た。

一方、裏口の外の撃ち合いは一層激しさを増し、応援を必要としていることが明らかだ。

「丸さん、あの野郎を頼みます。修平も丸さんと残れ」

それだけ告げ、車谷は走りつづけて裏口に取りついた。

外の様子を窺うと、銃を持った男たちと捜査員たちが撃ち合いをしていた。この一帯は倉庫が建ち並ぶエリアで、裏手にも別の倉庫が連なり、その間にはパレットが積み重なったり、フォークリフトが駐《と》まっていたりする。拳銃を構えた者同士が、そうしたあちこちに身を隠して撃ち合いを行なっているのだ。

向かって右側には、部下を引き連れた溝端が既にたどり着いていた。左側に目をやり、どきっとした。防弾服を着た捜査員がひとり、地面に仰向けに倒れ、苦しげに胸を上下させている。臨港署の石津だった。裏手へと回ったところで、出合い頭に被弾したにちがいない……。

車谷は身を低くして、石津の元へ駆け寄った。

「おい、大丈夫か――?」

石津は車谷に気がつくと、苦し気に呼吸しつつ不敵な笑みを浮かべた。

「なあに、大丈夫ですよ……。肋骨《ろっこつ》が何本か折れたようだが、防弾服は貫通してません。くそ、いきなり撃って来やがって……。谷チョウさん、それより、男がひとり、別のひとりを人質に取って逃げて行きました。他の連中は、それを追って裏へ出て来たんです。おそらく、野郎がカギだ。あの野郎を追ってください」

石津が指差すほうを見ると、男が別の男を引きずって逃げていた。首筋に、何か刃物を押し当てているように見える。

車谷は、状況を把握した。現在逃げているあの男が、警察よりも僅《わず》かに早くこの倉庫に到着し、そして、おそらくは侵入したにちがいない。それが見つかり、銃撃を受け、人身売買組織の誰かを人質にして逃げ出した。突然に始まった発砲は、あの男を狙ってのものなのだ。

「わかった。動くなよ。このまま、動かずに救急を待て」

肋骨が折れている場合、折れた先端が内臓を傷つける危険がある。車谷は石津にそう言い置き、上半身を低く保ったままで走り出した。

倉庫の間を抜けて行く。月が明るさを増していた。周囲に灯《あか》りはなかったが、懐中電灯がなくとも周囲が見えた。

裏手に建ち並ぶ倉庫の先まで駆けると、そこに車が一台ひっそりと身を隠すように停まっており、ドアを開けた運転席横に男がふたりいた。片方の男が、出刃包丁を持った右手をもうひとりの男の首筋に巻きつけ、刃物の先端を喉元《のどもと》に突きつけた格好で、イグニッションキーを回したところだった。

月明かりで、その男の顔が確認できた。

「動くな！　比企武だな」

男は名前を呼ばれ、反射的に動きをとめた。

人質の首筋に刃を当てたままで、車谷を睨みつけた。

車谷は、警察官の支給拳銃であるニューナンブの狙いをぴたりと定めた。

「俺は川崎署の車谷だ。伊波照子の事件を担当している。比企武、大人しく武器を捨てろ！」

（やっと会えた……）

名乗り、命じた瞬間、不思議なことにそんな感慨が胸を占めた。

写真で見るよりもずっと、精悍《せいかん》な感じの若者だった。胸元が伸びてよれたTシャツに納まっているのは、スポーツ選手や格闘家の筋肉とは違う、肉体労働をしてきた男の体であることが見て取れた。

無精ひげが伸び、頭髪も硬い毛がイガグリのように立っていた。

「比企武！　大人しく凶器を置け。おまえのためにドラッグの密輸を買って出た伊波照子が、その結果として命を落としたことはわかっている。彼女はおまえの抱えた様々な事情を理解し、おまえのために一役買ったんだ。そうだろ？　悪いようにはしねえから、凶器を置いて自首しろ。そして、何があったのか、知ってることをすべて話すんだ」

「嫌だ……。俺は、妹と一緒に沖縄へ帰るんだ。こいつのような男が、妹を食いものにしてた。妹だけじゃない。沖縄の娘が、たくさん本土に売られてる。あんたら、警察なら、まずはそいつらを捕まえろよ」

「もちろん、全員、一網打尽にするさ。それに手を貸してくれ。おまえが話してくれれば、捜査が大きく進展するぞ。だが、このままじゃあ、おまえにも、妹にも、危険が迫る、だから、そいつを放して自首しろ！」

「俺が妹を守る。そして、一緒に沖縄に帰ると言ってるだろ。倉庫の中を調べてくれ。中にゃ、十人近い娘たちがいた。みんな売られて行くんだ。この野郎が、あの子たちを売ろうとしてたんだ」

出刃包丁の刃が喉元に深く食い込み、男は身をのけぞらせて呼吸を荒くした。月明かりで、その男の顔も確認できていた。「田中悦司」と名乗っていた工藤悦矢だ。

「そいつが工藤だな。その野郎の裁きは、俺たちに任せろ。余罪も含めて何もかも吐かせ、ムショへぶち込んでやる。そんな薄汚れた男のために、おまえが罪を重ねるのはやめろ」

車谷が言うのを聞き、比企武は苦笑した。

「刑事さん……、俺は正義の味方じゃねえし、正義のためにこいつのアジトを襲ったわけでもねえ。なんとか、妹の居場所を知りたくて、ここにたどり着いただけさ。畑がなくなり、サトウキビも作れねえ……、妹もいねえ……。それで沖縄が日本になったところで、どうなるっていうんだ……。こんな連中が、これから山のように沖縄に押し寄せて来る。そして、俺たちから何もかも奪っていくんだ。この野郎、乗りやがれ！　助手席へ行け！　変な動きをしたら、すぐに刺すからな」

「ムショのお袋さんに会ったぞ。おまえのことを心配していた。それに、詫《わ》びたいと言っていたぞ」

工藤の体を車に押し込もうとする比企に、咄嗟《とっさ》に車谷はそう言葉をぶつけた。

「おまえ、お袋さんに会いに行ったんだろ。お袋に会いたかったんだろ。これ以上、無茶をするな、比企」

比企武は、動きをとめた。

肩が揺れ、悲し気に車谷を見つめて来た。溢《あふ》れて来るものを抑えているのがわかる。おそらくはそれを吹き飛ばすために、きつい目になって睨《にら》んで来た。

「俺があの女に会いに行ったのは、妹の行方を知らないかと思ったからだ……。だが、会えなかったし、もう、あんな女に未練なんかねえよ……」

「嘘をつくな！　お袋に未練のない人間などいない。お袋に会いたくない人間などいねえんだ。おまえのお袋は、終戦後、必死になっておまえを育てた。そのことは、傍にいたおまえが一番よくわかってるはずだ。人にゃ、色んなことがある。綺麗《きれい》ごとで終わることなど、この世にゃ何ひとつない。お袋を悲しませるな」

「うるせえな！　しょうがねえだろ……。安奈にゃ、俺しかいねえんだ。お袋が沖縄を去る日、俺はお袋から頼まれたんだよ……、安奈のことを守ってやってくれと……。それなのに、なんでこんなことに……。可哀《かわい》そうに、どこかでひとりで、怯えているにちがいない……。俺が、妹を沖縄に連れて帰るんだ」

「比企――」

「刑事さん……。お袋に……、何も恨んでなどいないと伝えてくれ」

（くそ……、この男は、我が身を捨てる覚悟で本土へ渡って来たのだ……）

「待て！　教えてくれ。曽川徹を殺害したのは、おまえなのか？」

「違う。俺じゃねえ」

「それなら、いったいあの屋敷で何があったんだ？　おまえじゃないなら、やったのは誰だ？

おまえは、あそこで何を見たんだ？」

「――――」

比企武は、考え込むように顔を伏せた。どう答えるかを迷っている。何か、言えない事情が
あるのか……。それとも……。

そのとき――。

鳥のような妙な声を上げて、工藤悦矢が比企武を押しやった。そして、地面を転がるように
して逃げ出した。

「くそ――」

比企武は舌打ちしたが、もう遅い。工藤は一目散に逃げて行く。その方向から山嵜と渋井が
駆けて来て、工藤のことを取り押さえる。

「比企、待て！」

銃を構えた車谷に一瞬、視線を投げた比企武は、さっと運転席に飛び込んで車を発進させた。

車谷は咄嗟《とっさ》に体を回転させ、車体に巻き込まれるのを逃れた上で、素早くナンバープレート
を読み取った。

あとを追おうとするが、もう遅い。車はあっという間に見えなくなってしまった。

ナンバーと車種、それに車の色を素早く無線で告げ、緊急手配を行なってから、車谷は工藤悦矢を取り押さえている山嵜たちへと近づいた。

「この野郎を引きずって一緒に来い。倉庫内に、女たちが監禁されてるはずだ」


元の倉庫の裏手では銃撃戦が終わっていて、デカ長の溝端を中心に工藤の部下たちを連行しているところだった。

臨港署の石津は、救急車へと担架で運ばれていた。

「おう、こっちは済んだぞ。そっちはどうなった？」

部下たちに指示を出していた溝端が車谷の姿に気づき、自分のほうから寄って来た。

得意なとき、すぐに鼻息が荒くなるのがこの男の癖だった。鼻孔が大きく広がっている。

「比企武は逃がした。車両の手配は終わってる」

「うむ、そうか。残念だったな」

とうなずくも、どこかほくほくしているように見える。自分の持ち分は、何の抜かりもなくやり遂げたと思っているのだろう。

「この男が何を比企に喋ったのか、それをこれから訊いてみるさ」

車谷が工藤を顎で指して答えたとき、倉庫の中から沖修平が駆け出して来た。

「救急車の追加と、それから婦警の手配をお願いします……。冷凍庫の中に、女たちが閉じ込められていました」

「冷凍庫だと――？　冷凍保存かよ!?」

得意な気分が抜けないのだろう。溝端が声を高めて言い、ひとりで笑った。車谷は、この男のこういうところが嫌いなのだ。

「ええと、つまり……、冷凍は切ってあり、ただ換気のみが動いてました」

修平が生真面目《きまじめ》に言い直したが、車谷に顔を向けたままで、溝端を見ようとはしなかった。

「なるほど、音が外に漏れねえし、格好の監禁場所ってわけか。案内しろ」

車谷は無線で救急車と婦警を要請し、修平の案内で倉庫の中に入った。

さっき、物陰に隠れて発砲して来たやつがいた場所のさらに奥だった。あいつは、女たちを隠す冷凍庫を守っていたのだ。

金属製の重たい扉が、今は大きく開け放たれ、中にいる女たちが見えた。救急隊員数名に加え、丸山や他の警官たちも一緒になって、彼女たちを甲斐甲斐《かいがい》しく世話していた。

ちょっと前に修平が言った通り、冷凍装置は切ってあるため、中は蒸し風呂のように暑かった。

車谷は、彼女たちの足下に鎖が落ちていることに気がついた。あれで動きを封じられていたのだ。加えて、逃がさないための方策として、女たちはみな下着しか身に着けさせて貰っていなかった。誰もが膝を抱え、体を縮込め、必死で自身を抱き締めるような姿勢を取っている。

救急隊から借りたらしい毛布を身にまとっている女もいたが、到底数が足りない。

「ひでえな、これは……」

一緒について来ていた溝端が小声でつぶやき、渋井が肺に穴でもあけたような大きな溜息を吐いた。

「救急車を急がせろ！　渋チン、修平、パトの中に、俺たちが脱いだ上着がある。構わねえから、あれを片っ端から持って来い。ポケットの中身は全部出して、車の助手席にでもまとめておけ！」

くそ、女たちのこういう状態を予想し、予め婦警を待機させておくべきだったのだ。それなのに、人身売買組織に突入するための手配りばかりに意識が向いていたことが悔まれた。

車谷は、彼女たちに歩み寄った。

「もう大丈夫だ。すぐに救急隊員がやって来る。もう、誰かに何かを強要されることなどねえんだ。全員が望む場所へ帰れるぞ。だから、安心してくれ」

ひとり、またひとりとすすり泣きが起こり、それが伝染した。

「こんなときに悪いんだが、ひとつだけ訊きたいことがあるんだ。誰か、比企安奈という女性に心当たりはないか？」

そう質問を発したが、全員が顔を伏せてむせび泣くばかりで、その名前に何らかの反応を示す者はいなかった。

こうなると、あとは工藤悦矢に訊くことだ。比企武もそれをし、そして、答えを得てどこかに向かった可能性がある。

到着した救急隊員たちに彼女たちを託し、ひとり、またひとりと救急車で搬送されて行くのを見守ったのち、車谷は工藤のところへ引き返した。

工藤悦矢は手錠につながれた腰紐《こしひも》を捜査員に握られ、ふて腐れて立っていた。

「おい、いつまでこんなところに立たせてるんだ。警察へでもどこへでも早く連れて行けよ」

車谷たちが近づくと、気だるげに体を揺らしながら吐き捨てるように言う工藤に向け、再び渋井実の怒りが爆発した。

「貴様――！　おまえ、女性たちにあんなことをして、それでも人間か!!」

胸倉を摑んで揺さぶり、右手の拳を振り上げる。

だが、素早く駆け寄った車谷が力任せに渋井を工藤から引き剝《は》がし、強く押しやるほうが早かった。

「馬鹿野郎！　頭に血が昇るのも、いい加減にしやがれ！　おい、渋チン。怒りを抱くなとは言わねえ。だけどな、一々カッカしてたんじゃあ、デカは務まらねえんだ。そんなこともわからねえのか!?」

「しかし、チョウさん……」

「しかしも案山子《かかし》もねえ。おまえにゃ、可愛い娘がいる。息子たちもだ。俺たちチョンガーにゃあ理解できねえ怒りが、こういった連中に涌《わ》くのはもっともさ。だがな、おまえだって、昨日今日デカになったわけじゃねえんだ。カッカしてるばっかりで、修平たち若いやつらに示しがつくのかよ」

「…………」

「いいか、よく聞けよ。容疑者をどう扱うかは、俺が決めるんだ。この先、勝手な手出しをするようなら、俺の下から出てって貰うぞ」

「そんな、チョウさん……」

「わかったな?」

「はい……、すみません……。わかりました……」

青くなってうつむく渋井の肩を、車谷はぽんぽんと叩いた。

「頼りにしてるんだぜ。おまえがいなくなったら、困るんだ。よろしく頼むぜ、渋チンよ」

「はあ……」

車谷は渋井から離れ、工藤悦矢に向き直った。

「通称田中悦司、本名は工藤悦矢で、曙興業の構成員だな」

「組とは、とっくの昔に切れてるよ。俺は、足を洗ったんだ」

「見え透いたことを言ってるんじゃねえよ。人身売買組織についちゃ、これからゆっくりと署で話を聞いてやるが、まずは比企安奈という娘のことを教えろ。おまえが二年前に沖縄から連れて来た娘だ。《豊国縫製》でひと月ちょっと働いたあとは、おまえが別の職場に連れて行った娘だよ。『別組』の話も何もかもわかってるぞ」

「ふん、よしてくれよ。俺はただ斡旋《あっせん》してるだけだぜ。人助けさ。沖縄は、本土と比べて貧しいんだ。彼女たちだってみな、納得してこっちに働きに来てる。だが、役人も政治家も、こういうことにゃ見向きもしねえ。俺は、出稼ぎの子たちの橋渡し役を務めてきたんだ」

「もう一度訊くぞ、比企安奈のことを話せ。彼女は今どこだ？　比企武は、おまえから何を聞き出し、そして、どこへ向かったんだ？」

「弁護士を呼べよ。話すにしろ、話さないにしろ、すべては弁護士が来てからの話だ。俺は馬鹿じゃねえんだぞ。こんなところで、長々と取調べをする権利は、デカにだってねえはずだ。さっさと連れて行けよ。あとは取調室でじっくりやろうぜ。ただし、弁護士立ち合いのもとでな」

「おい、この野郎を、女性たちが監禁されてた冷凍庫へ連れて行け」

車谷は渋井に命じた。

「はい」

渋井が、怒りを込めて腰縄の先端を摑み、工藤の体を押しやった。腰縄は、その名の通り腰につないでいる縄だが、その一方は手錠へと結ばれているので、強く引かれると手錠でとめられた両手が腰のほうへと引っ張られる。そのまま蹴躓《けつまず》けば、顔を直接地面に殴打することになる。

車谷が工藤を冷蔵庫の床に蹴倒し、工藤は頭から床に倒れた。

「おまえは表で待ってろ」

「――――」

渋井が何か言いかけたが、デカ長の目に刺されて素直に従った。

「おい、谷チョウよ……。何をする気か知らねえが、おまえ、いつでも無理をし過ぎだぜ。お偉方の心証をあんまり損ねるなよな」

まだ一緒にいた溝端が、一言声をかけるが、

「心配しくれてありがとうよ」

車谷は背中を向けたままで言い、「閉めろ」と渋井に命じた。

「俺が中から合図するまで、開けるんじゃねえぞ」

重たい扉が閉まると、

「おい、あんた、何をするつもりだ……。民主警察が、勝手に容疑者を拷問したら大問題だからな……。戦前と違うんだぞ。今は民主主義の時代だ。あとで証言してやる。やってみろよ、この野郎……、傷ができたら、それが動かぬ証拠だ。おまえ自身がムショ行きだぜ……」

床に坐り込んだ工藤が、怯えを必死に押し隠して喚くが、車谷はその下顎《したあご》を黙って蹴り上げた。

工藤の体がひっくり返り、後頭部をコンクリートの床にぶつけて大きな音を立てた。

「なあに、おまえが簡単な質問に答えりゃ終わるさ。比企安奈はどこだ？」

「痛《い》ってえな……、この野郎……。知らねえよ……。そんな女など……」

顔を歪《ゆが》めた工藤が呻《うめ》くように言うと、

「そうか、知らねえか。それは残念だったな」

車谷は、今度は工藤の脇腹を狙って二度三度と蹴り始めた。

「こんなことをしてどうなるか……。弁護士に……、何もかも話してやるぞ……」

靴の先を何とかかわそうと、床の上でのたうちながら抗弁する工藤を、車谷は冷ややかに見

下ろした。

「弁護士だと――？　聞いたようなことを抜かすんじゃねえ！　いかにも役場や学校まで巻き込んで貧しい家をたぶらかし、娘を身売りさせるような野郎が言いそうなセリフだぜ。おまえ、さんざん御託を並べて、それで頭がいいつもりか。いいか、よく聞けよ。おまえらは、警察官相手にチャカをぶっ放したんだ。それで警察官にも負傷者が出てる。おまえの体に少々痣《あざ》があったところで、銃撃戦でできたんだろうってことで話は終わりなんだよ」

「――――」

「何が民主警察だ、馬鹿野郎！　警察官ってのは、おまえらのような野郎から弱い人間を守るためにいるんだ。金のない家の娘を引っ張ってきて、さんざん稼がせた挙句、まとめてどこかへ売り払うだと。ふざけるんじゃねえ、この野郎！　そんな野郎に人権なんかねえんだよ」

「女だって、納得ずくだったと言ってるだろ……。しょうがねえんだよ、金のない女が、他に売るものがあるのかよ……」

　車谷は工藤の腹の真ん中に膝を乗せて動けなくすると、手錠につながれた右手の小指を摑んで力を込めた。

「てめの御託は聞き飽きた。俺が訊いてること以外のことを喋ったら、指をへし折るぞ。簡単な質問に答えるだけだと言ってるだろ。比企安奈はどこだ？　どこの店に出してるんだ？　それとも、今夜やったみたいにして、もうどこかよそへ売り払ったのか？　言え、この野郎！」

「知らねえよ……。知るもんか……」

ポキッと小枝が折れるような音がして、工藤が悲鳴を上げる。

「くそ……。ほんとにやりやがった……。おまえ、この野郎……」

「二本目も行くぞ」

車谷は、工藤の薬指を握った。

「知らねえって言ってるだろ……。もう、やめろ……。やめてくれ……」

「比企安奈の居所を思い出したか？」

「ああ、思い出した。言うから、やめてくれ……。安奈はな、別扱いになったんだよ……。特別に綺麗で、頭も回る。十代でまだ何も知らねえが、それでも擦れてる大人たちと対等にやり合える。そんな娘は、なかなかいねえだろ……。安奈は、正にそうだったんだ……」

「だから何なんだ？　結論を言え」

「そういう女には、そういう女の使い道があるだろ。同じ男の相手をするにせよ、別の世界がさ……」

「ホステスか……」

「ああ、目星をつけた娘を、そっちの世界に売り込むんだ」

車谷の頭に、ひとつの名前が浮かんだ。

（さんざっぱらシラを切ろうとしていたのは、そういうわけか……）

「曽川徹の秘書をしてた、磯崎佳菜子だな……」

「そうだよ……。あの女が、曽川さんも納得の上で、比企安奈の身柄を預かったのさ」

どうやら一周した挙句、またあの女に関わることになったわけだ。

「おまえと曽川が、沖縄で時々会ってたことはわかってる。だが、女を銀座に斡旋するだけなら、曽川が一枚噛《か》む必要はないはずだ。曽川の役割は何だ？　おまえと曽川は、どういう損得勘定で結びついてたんだ?」

「あんた、その辺にしとけよ……。デカだって、足を踏み入れねえほうがいいことがあるんだぜ」

「聞いたような口を叩くなよ。またつづけるぞ」

脅すと工藤は怯えたが、虚勢を張った。

「先に言っておくがな。この件は曽川の爺さんが墓まで持って行っちまったんで、たとえあんたが話を聞いたところで、ここから先へはたどれないぞ」

「御託はいいから、何なんだ？」

「ホステスとして選ばれた女の中から、またほんの一部だけが、さらに特別な職場を与えられる。曽川さんが仲立ちをして、この国の特別な人たちのための女になるのさ。今流のオンリーっていうやつだよ」

工藤は言い、小馬鹿にしたような笑みを浮かべた。

車谷よりも何歳か上の男だった。車谷同様、終戦後に身を投げ出して米兵の相手をしていた女たちの姿を見て育った世代なのだ。その女たちの中には、不特定多数の相手をするのではなく、誰か特定の米兵の「オンリー」になる女もいた。

「その言葉を使うな」

「ふん、おまえさんも、あの時代を思い出すと胸が塞《ふさ》がるタチか。案外と感傷的じゃねえか」

車谷はカッとして工藤の薬指を折りかけ、やめた。自分の流儀に徹するのが、車谷のやり方だった。ただカッとして痛めつけるのは、流儀に反する。

「山王の応接室に立っていた写真の政治家が、そうした娘を曽川から提供されていたわけか？特別な人間とは、そういう連中のことだな？」

「――――」

工藤が無言で顔をそむける。

それが、答えだった。国枝大悟楼も、そのひとりなのだ……。

沖縄から出稼ぎに来た十六、七の娘を提供され、その娘を自由にしているのならば、それはゲスな犯罪者以外の何者でもない。

異常な性癖を持つあの男の三男をパクったとき、その三男をあの手この手で庇《かば》いつづけていた父親にまでは逮捕の手を伸ばせなかったが、父親は父親で、三男にも負けない異常性犯罪者だったのだ。

「あの応接室の金庫には、曽川から若い娘を提供されていた人間のリストもあったのか？」

車谷の問いかけを、工藤は鼻でせせら笑った。

「曽川の爺さんが、墓場まで持って行ったと言っただろ。そんなリストなど、存在しねえよ。ただ、あの爺さんの頭にあっただけだ」

3

もう終電の時間は過ぎていたが、銀座にはまだたくさんのタクシー族が遊んでいた。最近は新宿や渋谷といった街に人の流れが変わったと言う者もあるが、それは若い人間や主婦連中、それに会社でタクシーチケットを切れないような労働者たちの話であり、夜の接待の盛り場という意味からすれば、銀座が絶対的な地位を保っている。

みゆき通りに路駐して車を降りた。運転手役には、沖修平ではなく渋井実を選んでいた。叱りつけた部下のことは、その後、できるだけ傍に置いておくのが車谷のやり方だった。

ふたりして歩き出したとき、黒服がひとり寄って来た。深夜になってもまだまだ暑いのに、ワイシャツの上からきちっと服を着込んでネクタイを締めている。

店への案内を口実にチップをせしめる口だが、連中は一目で覆面《ふくめん》パトカーを見分ける。もちろん、デカのこともだ。

「御苦労様です」

と低い声では告げたものの、関わらないのが賢明だと判断し、頭を下げて遠ざかりかけた。

「ちょっと待て。《カナ》って店はどこだ？」

車谷は、その男を呼びとめて訊いた。磯崎佳菜子は、自分の名前の佳菜子から二文字をとり、みずからの店を「カナ」と名づけていた。

「ああ、《カナ》だったら、そこの先を――」

と言いかけたものの、男はすぐに思い直し、「御案内します」と先に立って歩き出した。すずらん通りを少し入ったところのビルの袖《そで》看板に、店の名があった。

「ありがとうよ。これでたばこでも買ってくれ」

黒服に五百円札を握らせ、車谷たちはそのビルに入った。ビルの奥にはエレヴェーターが設置されていたが、二階との間をつなぐ折り返し階段がエントランス脇にあって、そこを昇った。《カナ》はビルの二階フロアを、大きく占めていた。二階には《カナ》以外の店もあったが、とっつきで目立っているのが《カナ》であり、この折り返し階段はまるで《カナ》専用に見える。こういった立地の差だけでも、賃貸料に大きな差が出るのが銀座という街だ。

車谷が店のドアを開けて入ると、

「いらっしゃいませ」

と、黒服が礼儀正しく頭を下げたものの、ここまで車谷たちを案内した男と同様、一目で刑事と見抜いたらしかった。

車谷は、表情を硬くしている男の前に、警察手帳を突きつけた。御名答、と言ってやりたいくらいだ。

「川崎署のもんだ。ママの磯崎佳菜子を呼んでくれ」

黒服は、慇懃《いんぎん》な態度を崩さなかった。

「今、接客中ですので、ちょっとここでお待ちを」

と背中を向ける男の後ろにさり気なくつき、車谷たちはそれほど長さのない廊下を移動してフロアの端に立った。

かなりの大箱で、おそらく銀座でもトップクラスだろう。ピークの時間は過ぎていたが、まだかなりの客がテーブルを占め、それぞれがホステス相手に盛り上がっていた。

ネクタイを締めた人間が多いが、中にはテレビや出版、広告等のギョーカイ人、あるいは小説家や画家など文化人っぽい雰囲気の酔客も交っている。

普段の憂さを晴らすように飲むのは、むしろ硬い業界の人間に多い。そういったことは、川崎の安キャバレーだろうと銀座のクラブだろうと変わらないはずだ。乱れ気味に騒いでいるネクタイ族は、案外とどこかの官公庁の役人かもしれない。

テーブルのひとつで客たちの相手をしていた磯崎佳菜子が、さっきの黒服の耳打ちを受け、こちらにチラッと顔を向けた。手慣れた感じで客に挨拶《あいさつ》して立った。

車谷たちのほうへと近づいて来る間も、彼女は周囲の客たちに愛想を振りまくことを忘れなかった。

「あら、今夜はあのシブい刑事さんは一緒じゃないの？」

車谷の前に立つと、軽く首を傾《かし》げて訊いて来た。店用のドレス姿では、昨日、事情聴取で会ったときよりも一層胸や腰の膨らみが強調され、目のやり場に困るほどだ。もともと大柄なほうだし、ヒールの高い靴を履いているため、外国人の女性のような高さに目の位置があった。

「ああ、他でてんてこ舞いでな」

「まあ、どうぞ、坐ってください」

佳菜子が近くのテーブルを勧めた。車谷たちがそこに坐ると、よく手なずけられた黒服が水割りのグラスを運んで来た。

「おっと、酒はいいよ。刑事の安月給で飲める店じゃねえ。それにな、話し如何《いかん》じゃ、あんたにはこのまま警察まで来て貰うことになる」

酒を断りつつ、軽く脅しをかけてみたが、そんなことではビクともしない女だ。

「あら、でもこういうところに坐ったのだから、どうぞ、軽く喉を潤《うるお》してくださいな。もちろん、お仕事中の刑事さんに、勘定を請求したりはしませんから」

「じきにあんたの耳にも入るだろうが、人身売買組織の連中を逮捕し、これから売られる間際の娘たちを保護した。あんたも知ってる、工藤悦矢のやつが仕切ってた組織さ」

つづけて二の矢を放つも、磯崎佳菜子の職業的な微笑みは崩れなかった。

「工藤を知ってるね？」

「ええ、曽川さん絡みで御挨拶をしたことはあります。でも、それだけの関係ですよ」

「かもな。工藤から聞いたよ。野郎がこういう言い方をしたわけじゃないが、いわばあんたは川の上流にいて、下流は野郎に任せてる。沖縄から連れて来た娘の中で、上流で掬《すく》い上げられる女はあんたが手を差し伸べる。だが、そこから漏れた娘たちは下流へと流され、工藤のような男の食いものになるしかねえんだ」

「上手《うま》い喩《たと》えをするんですね。刑事さんは、詩人の素質があるかも。だけど、そうした喩えをするならば、上流と下流の間に、真ん中があることをきちんと言ってくれないと困るわ。大半の娘は、その真ん中で掬い上げられて、豊国縫製のような職場で働ける。悪いことじゃないでしょ。それに、どういう道を選ぶかは、その子本人や、その子の家族が決めること。私たちは、ただその先で待ってるだけ。これって、世の中の仕組みそのものだと思わないかしら？」

「それが世の中の仕組みなのは、あんたのように考えて、その仕組みのために動く人間がいるからだ。だがな、確かにあんたの言う通りさ。俺たちゃ誰も聖人じゃねえし、どうすりゃあ世の中の仕組みってやつが変わるのかなんてわからねえ。俺の仕事は、あんたが言うその仕組みの中で、法律に違反するやつをパクることさ。工藤から聞いたぜ、あんたが目をつけた娘は、ホステスとしてあんたのもとで働いてるとな。こうした店で未成年を雇えば、児童福祉法違反だ。そんな容疑で経営者がパクられれば、あんたの店はたちまち潰《つぶ》れる」

「刑事さんがあの男から聞いた話は、どうやら不正確ね。私は、曽川さんから頼まれて、ホステスの素質がある子を選ぶのにただ助言をしただけ。私の店には、そんな尻の青い娘は置かないわ。店には、ランクというものがあるもの。ここは、政財界の偉い方や文化人の先生たちが、休息を求めて飲みにおいでになる店よ。そこには、未成年者などそぐいません。曽川さんから薦《すす》められたけれど、はっきり断ったわ。ここは私の城だもの。でも、ほら、私、あの人の秘書でもあったから、だから、女の子たちを見極める手助けをしたの。私、自慢じゃないけれど、女の子を見る目があるから。そうでなけりゃ、こうしてここで店を張れないでしょ。曽川さんや私から選ばれることは、その子にとって、悪いコースではないと思うわ。ホステスだって体を売るときはあるけれど、それは自分で考えた上での損得ずく。誰にでも体を売らなければならない仕事とは違う。損得ずくって、いいことよ。どんな相手とでも対等になれる。そうでしょ、刑事さん。そして、人って誰も、勝負できるものを使って勝負するのよ。曽川さんと気が合ったのは、そういうところで同じ考え方をしてたから。あの人、善人じゃあなかったわ。でも、自分のやってることがどういう意味を持ち、この日本の社会の中でどういう影響を与えるかがわかってた。私、男の仕事って、そういうふうであって欲しいの」

　酒が入っているためだろう、今夜の佳菜子は、昨日以上に雄弁だった。

　車谷は、にんまりとした。

「あんたの哲学はわかったよ。それに、そういう考え方は嫌いじゃねえ。世の中、綺麗ごとで納まることなんか何にもねえからな。だが、俺にゃ俺の仕事があるんだ。比企安奈の居所を教えてくれ。今、彼女の兄貴が妹の居場所を探し回ってるが、やつはその過程で、工藤悦矢が絡んでる人身売買組織のアジトに侵入した。クマンバチの巣に手を突っ込んだわけだ。連中が比企武を見つけるよりも先に、俺たちでやつを見つけ出す必要がある」

「そして、逮捕するんでしょ……」

　大して興味もなさそうに訊いて来たが、磯崎佳菜子はヘマをやった。気にしている心の内が垣間《かいま》見《み》えたのだ。この女は、比企武と安奈の兄妹に肩入れしている。

「殺されるよりはマシだろ。あんたなら、わかるはずだ。やつは、既に深入りし過ぎてる。俺たちがあいつをパクらなければ、消されるのは時間の問題だ」

「でも、兄貴と会ったところで、本人が沖縄に帰る気になるかどうかはわからないでしょ」

「それならそれで、そう主張すりゃあいいだけの話だ。兄妹なんだからな」

磯崎佳菜子は考えたが、それは決して長い時間ではなかった。

「本人の口から聞いたらいいわ」

「まさか、本人が、ここに来てるのか……？」

車谷は、思わず訊き返した。

「ええ。怯えて、私に相談に来たのよ。私の部屋で休ませてる。こっちよ。奥へどうぞ」

佳菜子はすっと席を立つと、フロアを横切り、車谷たちを奥へと案内した。移動する彼女に笑いかけてくる酔客もあるが、一緒にいる車谷たちの雰囲気に警戒するためか、誰もが比較的行儀がよかった。

フロアの最奥の壁の手前で、右手の壁が垂直に曲がってもう一枚の壁を作っており、その間が短い通路になっていた。

「車谷さんは、もう会ってるんじゃないかしら」

その突き当りのドアの前で立ちどまると、車谷のほうに体を向けて、佳菜子は言った。

「――？」

「ここでちょっとだけ待ってて。私が先にふたりだけで話す。時間は取らせないわ」

彼女はさらにそう告げてから、部屋のドアをノックした。

ドアの前で待っていると、約束通り、磯崎佳菜子はじきに刑事たちを部屋へと招き入れた。

「どうぞ、ちゃんと落ち着いてるわ。入ってちょうだい」

そこは十畳ぐらいの広さの正方形の部屋で、壁紙や調度品などに質素な品のよさが感じられた。店に漂う、これ見よがしな高級感は、あくまでも客の自尊心や選民意識を満足させるために彼女が仕立てたものなのだ。

その部屋のソファに、ピンと背筋を伸ばして坐る娘を見た瞬間、自分たちがこの数十時間、確信の周辺をうろつき回っていたことを知った。比企武がどんなふうに動き回っていたのかについても、おぼろげながら答えが見え始めた。

彼女は入口を向いて坐っており、車谷たちから視線を逸らさなかった。険しい顔つきをしているわけではなかった。むしろ、静謐《せいひつ》な湖面を思わせる表情をしていたが、それにもかかわらず挑まれていることがひしひしと感じられた。

小柄だが、芯《しん》の強そうな娘だった。ちょっと前に磯崎佳菜子から言われた通り、確かにもう会っている。神代多津次に聴取しているときに、メンバーの他のふたりが気に入らないことを、社長の神代に直訴してきた娘だった。

「きみが比企安奈か？」

車谷の問いかけに、彼女は首を振った。

「いいえ、その名前はもう捨てました。私は比企カンナよ。カタカナでカンナ」

「神代さんから、兄さんの話を聞いたんですって。それで、気持ちの整理をつけたくなって、さっき、ここに訪ねて来たのよ。しばらく身の上相談に乗ってたんだけれどね、そのうちにお店が忙しくなってしまったので、落ち着くまではここにいていいってことにしたの」

佳菜子が言った。

「わかった。そうしたら、彼女とだけで話させてくれ」

「この子のほうも、そうしたいと言ってる。じゃ、私は、お得意様がそろそろ引き上げる時間だから、お相手をして来るわね」

最後のほうは安奈に向かって言い、磯崎佳菜子は部屋を出て行った。

「刑事さん、最初に私のほうからひとつ訊きたいことがあるのだけれど、いいですか？」

車谷と渋井が並んで向かいに坐るなり、安奈のほうから訊いて来た。

「何だい？　何でも訊いてくれ」

「曽川さんを殺したのは、兄なんですか？」

「それはまだわからんよ。その件でも、本人を問い質《ただ》す必要がある。一昨日から昨日の夜にかけて、あの屋敷で何があったのかが、まだ正確にわかっちゃいないんだ」

安奈の目の光が強くなった。じっと車谷の顔を見つめている。大人が口から出任せでその場しのぎを言うことに、繰り返し出くわしてきた者の目だった。

「嘘をついちゃいないぜ」

その目が、車谷にそんな台詞《せりふ》を吐かせた。

「屋敷の中にゃ、あんたの兄さんの指紋が残っていたし、近所の主婦が、屋敷の裏口から逃げ出して来る兄さんの姿を目撃してる。比企武が、曽川さんの屋敷に侵入したことは確かなんだ。だが、そこで曽川さんと出くわし、突発的に殺害してしまったのが武なのかどうかは、まだわからない」

そして、そう説明をつづけた。特にこの年齢の相手から信頼を勝ち取るのには、正直さが武器なのだ。

比企安奈は、顎《あご》を引いて考えていたが、

「刑事さん、兄は、いったい何のために、曽川さんの屋敷に忍び込んだんですか？　兄は、私を探しにこっちへ来たんでしょ？　それで、曽川さんの屋敷で、いったい何を……？」

「きみを見つけることは目的のひとつで、もうひとつは、親戚が曽川徹を介して勝手に売ってしまったサトウキビ畑を取り戻すことだと思う。そのために、曽川徹が持つ土地購入者のリストを必要とした。それが、屋敷にあったんだ」

デカ長が捜査上の情報をぺらぺらと外部の人間に話すのは珍しい。渋井がちらちらと視線を送って来ることに気づいたが、車谷はそ知らぬ振りをした。

「バカな人……」

比企安奈が、つぶやくように言った。冷たく言い放とうとしたのかもしれないが、そこに滲《にじ》む悲しみが色濃く伝わった。

「兄ちゃんは、バカなのよ……。ありもしない未来を夢見てるんだわ。そして、そこに、無理やり自分たちをはめ込もうとしてるのよ。でも、私はそんなのは嫌……。このまま沖縄に帰ったところで、それでいったいどうなるの？　畑を取り戻して、兄ちゃんと私でやっていくなんて、バカみたい……。親戚たちはみんな、土地が高く売れたって大喜びをしてるらしいわ。本土の資本が入って来て、そこにホテルとかレストランが出来たら、雇って貰えて仕事先もできる。今までアメリカ人にこき使われてた人だって、たくさんいるのよ。でも、本土から資本が入ってくれれば、少なくとも同じ日本人の下で働けるようになるでしょ。刑務所に入ってた兄ちゃんには、そういうことがわからないのよ」

「かもな……」

「だから、私は絶対に帰らないいし、心配しないで大丈夫よ、刑事さん。もしも兄ちゃんが現われたら、私、すぐに刑事さんに連絡します。もう少しなのよ。もう少しで、デビューできるの。神代って社長は、芸能界の裏側までよく知り抜いてる人よ。あの人の下で頑張ってれば、きっと成功できるわ。あの事務所に飾ってあった写真を見たでしょ。私も、やがて、あそこに大きく飾られるようになるの。でも、兄さんは、ただ過去にすがってるだけ。サトウキビ畑を守ってたって、どうにもならないわ……。それを買って取り戻そうなんて、バカみたい……。私、そんなバカなことには、つきあえません。私は自分の未来を自分で切り開くの。それは、悪いことじゃないはずよ。そうでしょ、刑事さん？」

話すうちに、段々と自分で興奮し、比企安奈は顔を上気させていた。

この娘は、ナイフの刃のような危うい場所に爪先《つまさき》で立ち、必死に均衡を保って生きている。ややもすれば切れてしまいそうな緊張の糸を必死につなぎとめながら、明日に希望を託している。

おそらくは、故郷を離れた瞬間から、ずっとそうして生き抜いて来たのだ。

「ああ、そうだな」

相槌《あいづち》を打つ車谷に反発し、比企安奈は斬るような視線を向けて来たが、車谷の目に出くわして戸惑ったらしかった。

(俺の目に、この子は何を見たのだろう……)

男にも、女にも、思春期の一時期、世界中の人間を敵に回して生き抜こうとする時がある。

そうした中から、自分の生きる道を探していくしかない時が——。

親や周囲の人間たちに守られて済む者もいるが、だからといってそれが幸せだとは限らない。

同じく、ひとりで生き抜くしかない者が、不幸だとは限らないのだ。

「刑事さんって、こっちの人でしょ……?」

安奈は目を伏せたままで、訊いて来た。

「ああ、川崎生まれで、川崎育ちさ」

「それじゃ、サトウキビなんか見たことないでしょうけれど、サトウキビってね、三メートルぐらいに育つのよ。でも、そんなに高く育って穂をつけても、イネとかススキみたいに頭が下がっちゃうことがないの。不思議でしょ。お日様に向かって、すくって真っ直ぐに立ってる。風にさわさわ揺れてるサトウキビ畑って、とっても綺麗。体の中でお砂糖になる糖分を作りながら、ゆっくりと成長するのよ。収穫するときには、一本で一キロぐらいになるわ。それを刈って、束にして運ぶから、私、すっかり腕が太くなっちゃった。それに、ほら、手が大きいの……。おまえの手は、到底、アイドルの手じゃないなって、神代さんからよくからかわれます。私、それが嫌だったけれど、私の手が大きくなったのも、子供の頃からずっとサトウキビの収穫を手伝って来たからかも……。父ちゃんはヤク中で役に立たなかったし、母ちゃんは私が小さいときに家を出ていなくなってた。祖父ちゃんと兄ちゃんが、働き手。私も小さいときから、ふたりを手伝わされたわ。みんな戦争が悪かったっていうのが、死んだ祖父ちゃんの口癖だった。戦争さえなければ、おまえの父親も母親も、あんなふうにはならなかったって……。でも、私は戦争を知らないけれど、何もかも戦争のせいにするのは間違いだと思う。そんなふうに思ったら、私の人生も、一生このままになってしまう気がする。だって、そうでしょ、私が生まれる前に終わった戦争が、私の人生に影響を与えているのならば、到底、それを変えることなんかできないもの……。でも、違うと思うのよ。だから、私、沖縄を出る決心をしたし、私、ここで必死に頑張ってるの。私、お金を稼がなくちゃ。そして、自分の思う通りに生きていかなくちゃ。兄ちゃんには、そういうことがわからないのよ」

　車谷は、目を細めて彼女を見つめた。本人はわかっていないのだろうが、「兄ちゃん」と口にするとき、頑なに身に着けている大人ぶった鎧《よろい》の隙間から、比企安奈の幼い素顔が覗いたような気がした。

「そうなのかな……。俺にゃ、あの男もやっぱり自分の手で、自分の未来を切り開きたいのだという気がするがな。そのために、妹であるおまえさんを必死で守りたいと思ってるんじゃねえかってな」

「そんな勝手な思い込み、迷惑よ……」

「そうだな。だがな、迷惑をかけ合うのも、家族かもしれねえぜ」

「……………」

「きみの考えはわかった。しかし、今、兄さんは危険な状態にあるんだ。悪い連中も、兄さんの行方を捜してる。だから、兄さんから何か連絡があったら、すぐに警察に知らせてくれ」

車谷は、そろそろ話を切り上げることにして、比企安奈に名刺を握らせた。

「それから、きみの前に兄さんが現われるかもしれないから、うちの者が交代できみを見張ることにするが、構わないね？」

「わかりました……。構いません」

「きみは今は、どこで暮らしてるんだ？」

「神代さんが用意してくれた、麻布のマンションよ。部屋をひとつ借りてくれて、刑事さんが今日会った他のふたりと一緒にそこで暮らしてるの」

「そしたら、もう遅いから送ってやるよ」

車谷がそう言ったとき、部屋にノックの音がして、磯崎佳菜子が姿を現した。

その斜め後ろに、神代の事務所で会った痩身《そうしん》の三十男がいた。比企安奈たちについているマネージャーで、確か来栖という名だったはずだ。

「私が報せたんじゃないわよ。来栖さんのほうから、心配して訪ねて来たの。あなたが立ち回りそうな先に片っ端から電話をして、飛び回り、探し回っていたんですって」

「カンナちゃん……」

佳菜子がそう話すのを待ちきれないように呼びかけた来栖は、彼女の横をすり抜けるようにして、比企安奈のもとに走り寄った。

「困るよ。明日も早くからレッスンじゃないか。神代社長は、きみたちにすごく期待してるんだ。こういう勝手な行動をされると、僕が社長から叱られるんだよ――」

「ごめんなさい、来栖さん。でも、どうしても私、佳菜子ママに相談に乗って欲しくって。それに、私、睡眠時間が少なくても大丈夫なのよ。一休みして、すぐにレッスンに行くわ」

比企安奈は、軽やかに立って来栖に詫びた。

「それじゃ、ママ、もう帰ります。色々話を聞いてくれてありがとう。刑事さん、兄から連絡があったら知らせますから、だから、安心して待っててください。私から兄に言い聞かせます。バカなことを考えてないで、ひとりで沖縄に帰ったほうがいいって」

比企安奈は鎧《よろい》をつけ直し、すっかり大人びた口調に戻っていた。

4

渋井実が家族五人で暮らす家は、東急東横線の日吉にあった。警察官は専用の寮に入ることができ、その中には夫婦用のものもあるが、渋井は三人目が生まれたときに一念発起し、本人いわく「気が遠くなるほどの長いローン」を組んでここを買ったのだ。

銀座からならば高輪台を抜け、中原街道と綱島街道を使い、深夜の車の少ない時間帯だったので小一時間で着いた。

車谷のほうは、署の傍に部屋を借りて住んでいる。渋井は車谷をそこに落としてから、自分は署で眠ると主張したが、

「いいから、今夜は帰んな。こういう日は母ちゃんの尻でも撫でて、子供たちの寝顔を眺めるのが一番さ」

車谷が渋井を先に落とすことにしたのである。

そこは日吉とはいっても、日吉駅まではバスで二十分近く乗らなければならない不便な場所で、農家と、その農家が耕す田圃《たんぼ》の中に、何かの間違いで紛れ込んで来たように建つ小さな一戸建てが渋井の家だった。

覆面パトカーをその前に停めると、エンジン音とヘッドライトに驚いたカエルがすっと鳴きやんだが、すぐにまた闇を埋める勢いで鳴き始めた。

「今日は色々御迷惑をかけて、すみませんでした」

車を降りた渋井が、神妙な顔で頭を下げた。

「何のことだい？　じゃ、行くぜ」

車谷は、そのほうに軽く指先を上げて、車を出した。バックミラーの中に、遠ざかる車を見送って動かない渋井が見え、苦笑した。少し先輩の山嵜昭一ならば、多少怒鳴りつけたところで、ほんの五分もすればしゃあしゃあとしているが、あの男は違うのだ。

車谷は、たばこを取り出してくわえ、火をつけた。眠気覚ましの一服だ。一日ひと箱に留めたいが、こうして遅くまで動き回っていた日には、どうしてもそれ以上喫《す》うことになる。既に煙で喉はすっかりいがらっぽくなっており、たばこは少しも美味《うま》くなかった。

ふと、自分でもよくわからない衝動に駆られ、田圃の傍らで車を停めた。エンジンをとめ、ヘッドライトを消し、騒がしいカエルの声に四方八方から撃たれるような気分を味わいながら、フロントガラスの先の闇をぼんやりと眺めた。

車谷には、トルコ嬢の美沙子という恋人がいる。いい女だった。だが、誰か他人から見れば、都合のいい女、ということになるのかもしれない。例えば、これから部屋をふらっと訪ねたとしても、あの女ならば温かく迎えてくれるだろう。現に、そうしたことが何度かある。

親がおらず、これから新たに自分が親になることも考えられない車谷にとって、美沙子のような女は唯一の慰めなのだ。

家族を持ちたいと思ったことはなかった。家族を持つ自分の姿を想像できないのだ。

家族を思うと、母の姿が浮かんで来る。それはいつでも最後には、あの記憶につながる。封印しようにも封印できないあの記憶に……。焼け焦《こ》げた母の姿が、脳裏に焼きついて離れない。

一旦焼きついた記憶を、決してなかったことにはできないのだ。唯一できることは、その記憶に至る道筋を丹念に潰して回り、できるだけ考えないようにすることだ。

犯罪者の多くが、そんなふうにしているし、犯罪で家族を失った被害者たちもだ。そして、戦争で失った者たちも……。

（俺にゃ、渋井のような生き方はできやしない……）

美味くもないたばこを灰皿に擦りつけて消し、エンジンを入れ直した。車をスタートさせかけたときのことだった……。

車載無線機が眠りから目覚め、ブザーが鳴った。警察官は、このブザー音を耳にした瞬間、反射的に意識が切り替わる。県警本部から、広域にわたって発せられる緊急無線の合図だ。

――川崎競馬場の観客席裏で、発砲事件。負傷者あり。犯人グループは五人から六人。そのうちのひとりが、人質を取って逃走中。車は白のセダン。車種およびナンバーは現在、不明。大師道を、産業道路方面へ逃げています。他に、銃を携帯した人間が複数名、逃走した模様。

機械的で、要点のみを明確に、できるだけ短く伝えようとする指令は、本部の指令センターからのものだ。状況説明ののち、担当管轄への出動要請があって、無線が切れる。

この直後には、今度は各々割り当てられた周波数を使い、担当所轄の責任者から部下たちへの具体的な指示が飛ぶ。

川崎競馬場裏で発砲事件があり、そこには複数の人間が関係している……。そう理解した時点で生じた嫌な予感は、すぐその直後に入った係長の大仏からの連絡で本物になった。

「チョウさん、今、どこだ？」

大仏は、何の前置きもなく訊いて来た。

「東京から戻り、たった今、渋井を家に落としたとこですよ。すぐに野郎を拾い直して向かいます」

車谷もまた、余計なことを訊き返すことはなく、そう答えた。大仏が連絡して来た以上、これは、うち絡みの事件なのだ。

「そうしてくれ。攫《さら》われたのは、あんたらが少し前に聴取した比企安奈だ」

だが、大仏がそう口にするのを聞いた瞬間、さすがに耳を疑った。

「しかし、彼女ならば、麻布のマンションまで送り届け、そこにザキ山と修平が張りつきましたよ……」

「わかってるさ。俺がさっき手配したんだからな」

兄の比企武が現われる可能性があると踏み、銀座の佳菜子の店で安奈本人にも告げた上で、大仏に手配を依頼したのだ。

「今、ザキ山とも話したところさ。どうやら、裏口からこっそり抜け出したらしい」

「くそ、兄貴に会いに行ったのか。そうすると……」

「ああ、川崎競馬場から比企安奈を攫って逃げたのは、兄の武だ」

「それにしても、なんでそんな場所へ……？　そもそも、どうやって兄貴と連絡を取ったんでしょう……？」

「おまえさんに、その辺りを追及して欲しいのさ。彼女のマネージャーの来栖《くるす》晃《あきら》って男が、怪我をして病院に運び込まれてる。来栖晃だ。軽傷とのことなので、聴取に支障はないはずだ」

「マネージャーが一枚嚙み、表で見張ってるザキ山たちの目をくらまし、裏から比企安奈を連れ出したってことですか？」

そう訊き返したとき、車谷の脳裏に、ぼんやりと絵図が浮かび始めた。

（そうか……。そういうことなのか……）

「ああ、野郎が連れ出したのさ。それにな、競馬場にゃ、拳銃を持った連中がわんさかと待ち構えていたらしい。この状況を、どう思うね、チョウさん」

さすが大仏の親爺だけあって、たった今、車谷がぼんやりと思い描き始めたのと同じことを、一歩早く想像していたらしい。

「どうやら、ぼんやりと全貌が見えてきましたよ。俺はこれからすぐに病院に向かいます。競馬場裏であったドンパチの模様を詳しく知りたいので、誰か人をやって確かめさせた上で、来栖がいる病院に合流させてくれませんか？」

「了解だ。丸さんがもう現場に向かってるから、そこから病院に行かせよう」

5

治療を終えてベッドで休んでいた来栖晃は、部屋の戸口に立った車谷と丸山に気づくなり、あわてて上半身を起こした。

「ああ、刑事さん、どうも……。えらい目に遭いましたよ……。カンナちゃんはどうなりましたか……？」

切羽詰まった気持ちを両眼一杯にたたえ、急《せ》いた口調で訊いて来る。

「現在もまだ、兄が彼女を連れて逃げているところで、居場所はわかりません。それで、あなたから詳しく話をお聞きする必要があってやって来ました」

車谷が言った。やけに四角四面で、それに加えてやや冷ややかな雰囲気まで匂わせていることに何かを感じたのか、来栖は一瞬、戸惑ったようだが、

「そうですか……、それでは何でもお訊きになってください。カンナちゃんを見つけるためならば、なんでも協力しますよ」

すぐに熱心に言った。

「それじゃ、お訊きしますが、あなたが比企安奈をあそこまで連れて行ったんですね。彼女が暮らす麻布のマンション前には、うちの者がふたり張り込んでいた。あなたたちは、その目を盗んで、裏からそっと出て行った。そういうことですね？」

「そうです……。御迷惑をおかけして、申し訳ありませんでした。しかし、カンナちゃんが、どうしても兄に会いたいと言って頼み込むものですから……、私も迷ったんですが、担当するタレントの望みを聞いてやるのがマネージャーの務めだと判断したんです」

「なるほど。それで、川崎競馬場の観客席裏へと、比企安奈を連れて行った？」

「そうです」

「しかし、そもそも、そこで兄の比企武が待っていると、どうやって彼女は知ったんです？　俺が聴取をしていたときには、そんなことはおくびにも出さなかった。俺も、長年、この仕事をやってるんでね。あの年頃の娘さんが何か隠し事をしてるのならば、大概はそう気づくはず

なんですよ」

車谷がそう言って答えを促すと、来栖は愛想笑いを浮かべたままで視線を泳がせた。用意していた嘘のどれをどう披露しようかと、考えているらしい。

「いや……、説明が足りませんでした。マンションの郵便受けに、メモが入っていたんです。そして、川崎競馬場の観客席裏で待っているので、何時でも構わないから来て欲しいと書かれてありました。それを見て、カンナはすっかり動揺してしまったんです。そして、どうしても兄さんに会いたい。社長には内緒で、来栖さん、助けて欲しいって、そうせがまれました」

「そのメモを見せていただけますか？」

「いえ、私は持ってませんよ。彼女が持って行きました」

「なるほど」

と、車谷は繰り返した。

「それで川崎競馬場で、いったい何が起こったんです？　なぜそこで発砲事件になったのかが、どうもわからんのですよ。拳銃を持っていた男たちは、いったい何者です？」

「いや……、私にも、そういったことはちょっと……。とにかく、人目のない場所で、兄妹の再会を果たしたんです。そうしたら、どこか物陰から、突然四、五人の男たちが一斉に出て来まして……。そして、比企武を狙って発砲を始めたんです。武は、私からキーを奪うと、カンナちゃんを引きずって車に向かいました。その間も、男たちはためらいなく撃って来ます。カンナちゃんに危険が及んではならないと思い、私は必死で飛び出しました。それで、こんなことに……」

来栖はそう説明し、包帯を巻いた自分の二の腕に目をやった。撃たれて倒れたときに頭部を切ったために、そこも手当てして絆創膏《ばんそうこう》を貼ってあったが、幸い、ともに軽傷で済んだとの診断を、車谷は既に医者から受けていた。

「ほんとは、こうなんじゃないんですか？　あなたから比企武に連絡を取り、妹の安奈を連れて川崎競馬場で会うことを約束した。あなたが提示した条件は、妹と交換に、比企武が持っている沖縄の土地購入者のリストを渡すことだった」

ぽんとぶつけて、様子を見る。ぶつける材料は、短いほうがいいのだ。長く話せば、相手はそれを聞きながら、何と答えるべきかを考える。

案の定、黙って見つめる車谷と丸山の前で、来栖は目を泳がせた。

「嫌だな……、それは何の話です……？　どうして私が、比企武と連絡を取るんですか……。私は、あの男の居場所も連絡先も知りませんよ」

「だが、あなたと比企武は、大田区山王にある曽川徹の屋敷で出くわしたはずだ。あなたが、曽川徹を殺害した前後にね」

「何を言ってるんです……」

と、来栖は動揺を大きくした。

「とぼけても無駄ですよ、来栖さん。曽川徹を殺害したのは、あんただ」

「言いがかりはやめてください……。なぜ私が、曽川さんを……」

「もちろん、殺害するつもりなどなかった。それは、状況からわかっています。あなたはただ、曽川さんの留守宅を狙い、金庫にあった沖縄の土地購入者のリストを盗み出すつもりだったんでしょ。あの夜は、曽川さんは大阪の自宅のはずだった。それなのに、盗みに入ったあなたは、応接室の地下に隠れていた曽川さんと出くわしてしまったんだ。さぞや、驚いたことでしょう。そして、何か詰《なじ》られるのに反応し、彼を強く押しやった。曽川さんはよろけ、地下室へと転落し、後頭部を強く打って死んでしまった。細かいことについては、これからあなたにじっくり話を聞かなけりゃならねえが、大まかなことは、これで間違いないはずだ。どうですね？」

「知らない……。私は知りませんよ……。あの夜、私があそこにいた証拠でもあるんですか？」

「比企武が証言しますよ。それにね、鑑識が何か見つけるはずだ」

「言いがかりはやめてくれ。そもそも、なぜ私が曽川さんのリストなど必要とするんです。私は、芸能事務所のマネージャーですよ。そんなものを手に入れたところで、何の得もありません」

「いいや、それは嘘だな。理由には見当がついてる。神代多津次は、かつて大手の芸能プロダクションにいたが、そこに所属する大物芸能人たちをごそっと引き抜いて、今の事務所を立ち上げたそうですね。磯崎佳菜子がそう話してくれましたが、そのとき、神代と一緒にその芸能プロダクションを離れ、新事務所に移ったスタッフがいたとも聞きました。さっき、本人に電話をして確かめましたよ。幸い、彼女も宵っ張りの仕事なので、連絡がつき答えてくれました。あなたは、そのときに神代について、神代の事務所に移ったスタッフのひとりでしたね」

「――――」

「あなたからすると、幹部のひとりぐらいに取り立てて貰うつもりだったのかもしれない。しかし、神代の思惑は違い、あなたは今でも一介のマネージャーに過ぎない。あなたが、今の自分の待遇に不満を持っていることも、磯崎佳菜子が話してくれましたよ」

「あの女に、何がわかるんだ……。それに、たとえ私が不満を持ってたとしても、だから何だというんです……？」

「曽川徹が保管していた沖縄の土地購入リストは、あなたが元の芸能プロダクションに戻るのに格好の手土産になると言ってるんだ」

「――――」

「神代社長が言ってましたよ。たとえ他の芸能事務所があのリストを入手したところで、利用価値はないと。リストに名前がある芸能人を公表したら、その芸能人に傷がつく。そんなことは、どこの事務所も望んでいないとね。しかし、神代に大物芸能人たちを引き抜かれて独立された芸能プロダクションは、いささか事情が違う。そのリストがあれば、神代多津次がごそっと連れて行った芸能人たちを、元のさやに呼び戻すことができる。表沙汰にすることはないから戻って来てくれ、と本人たちを説得し、さらには神代と曽川のふたりが、スキャンダルのタネになりかねないと知っていながら、沖縄の土地購入を持ちかけていたことを説明して聞かせ、彼らの翻意を促すんです。無論、そのときには、神代の傍でずっと仕えていたあなたが、色々活躍して回ることになっていたんでしょう」

来栖は脂汗を浮かべたが、まだ踏ん張ることにしたらしい。

「全部、刑事さんの想像でしょ。証拠は何もない……。私は……。私は……」

丸山が、車谷に代わって口を開いた。ここがとどめを刺すタイミングだ、と見て取ったのだ。

「来栖さん、何もかも明らかになり、他の人間が証言してから答えるよりも、あなたが先に証言したほうがいいですよ。私ゃ、ここに来るまで、ドンパチがあった川崎競馬場の観客席裏にいた。比企武は妹の安奈を連れて逃亡したが、襲って来た人間のひとりをそこで逮捕しました。胸にバッジをつけてやがったんでね、身元は、尋ねるまでもなくはっきりしましたよ。曙興業の人間だった。ひとりパクれば、あとは芋づる式だ。全員、逮捕するまで、それほど時間はかからんでしょうな。連中は、あんたから連絡を受け、比企武を始末する目的で、あそこで待ち構えてたことを白状しますよ。あんたは知らんかもしれんが、ヤクザってやつは、警察に逮捕されると、カタギの人間を道連れにしたがるもんなんだ。ぺらぺらとゲロし、俺たち警官の心証をよくし、少しでもてめえに情状酌量を加えて貰おうってわけさ。来栖さん、悪いことは言わねえから、今ここで観念したほうが身のためですよ。さっきチョウさんが言ったように、曽川徹を殺してしまったのは、出合い頭の咄嗟《とっさ》の事故で、殺意なんかなかったんでしょう。そうですね？　それなら、傷害致死ってことで納まるはずだ。そうなると、あんたが曙興業の連中に頼んで、比企武を殺させようとしたことが問題になって来る。だがね、俺の見立てからすると、どうも頭にかっかと血が昇っていた曙興業の連中が、あんたの望みとは違うことをやらかしたように思うんだがね……。どうだね、話すのならば今だよ。連中がゲロし始めれば、あんたに頼まれてあそこで待ち伏せ、あんたの指示通り、比企武に向けて発砲したと言いますよ。そうなると、あんたは殺人未遂の共犯ってことになる」

「違います……。私は……、俺はつまり、ただ、彼らに連絡し、あの場所で比企武が妹と会うと教えただけだ……。それだけなんです……」

車谷と丸山は、チラッと目を見交わした。

この男は、自白に向けて、最初の一歩を踏み出したのだ。まだなんとか隠し通しておけるものについては隠しておきたいと願い、往生際《おうじょうぎわ》が悪いのが見て取れるが、どんな形であれ、端緒となる部分を認めれば、あとは質問を重ねて行く中ですべてを話すことになる。それが、警察の聴取というものだ。

「よかったぜ、来栖さん。そうやって話す気になってくれて」

車谷が、そう言って話を引き取った。

「じゃあ、最初から順番に整理しようじゃないか。あんたは曽川徹の屋敷で、比企武とばったり出くわしたんだね。しかし、どうもこの辺りの細かい経緯が、我々の捜査でも曖昧《あいまい》でね。あんた自身の口から、話してくれ。いったい、何があったんだ?」

「殺すつもりなんかなかった……。ほんとです……。それだけは信じてください……。刑事さんたちも言ったように、大阪にいるはずのあの老人が、いきなり地下室のハッチから現われたので、びっくりしてパニックになってしまったんです。おまえ、ここで何をしていると詰られ、怖くて体を押し返した。あの人は、自分から地下に落ちて亡くなりました……。茫然《ぼうぜん》としているところに、今度は裏口の鍵を開けて、赤嶺伸介と磯崎佳菜子のふたりが入って来ました。話し声が近づいて来て、どうしていいかわからず、ハッチを閉めて物陰に隠れました。幸い、ふたりが応接室に来ることはなく二階に直行したのですが、俺は怖くてならず、そのままそっと裏口から逃げました」

「そのとき、金庫を開けて、中の書類を盗まなかったのか？」

「盗みませんでした……。そうでなくとも曽川さんと出くわしたことでパニックになっていたのに、そこに赤嶺たちが裏口から入って来て、頭が真っ白になり、ただ、逃げることしか考えられなかったんです……」

「来栖さん、あんた、ラッキーだったんだぜ。もしも盗んで逃げていたら、強盗致死で、罪が一層重くなっていたところだ」

「………」

「もう一点確認したいんだが、あんたは裏口と金庫の鍵を、予め用意して忍び込んだんじゃないのか？」

「そうです……」

「鍵は、どうやって入手したんだ？」

「曽川さんの大阪の女からです。あの人は、大阪にも、奥さん以外に女が何人かいたんですが、その中のひとりが役者志望でした。それで東京に連れて来て、うちの事務所を紹介したんです」

「その女に取り入り、デビューさせてやるとか何とか持ちかけて、合鍵を作らせたのか？」

「はい、考えナシの女で、曽川徹と神代多津次の関係など理解しておらず、デビューを約束して口車に乗せるのは簡単でした」

「で、そのあとは？　鍵まで調達したんだ。一旦はそのまま逃げ出したとはいえ、金庫の中身を諦めきれなかったんだろ？」

「ええ、そうです……。しばらく物陰に隠れてどうするか考えたのですが、しけ込んだ佳菜子たちが、おいそれと出て来るとは思えません。しかし、死体は地下室にあるので、このまま見つからないかもしれない。それならば、ふたりが出て行ったあとになって、もう一度こっそりと忍び込めばいい。そう判断して、翌朝、あの屋敷に戻ったんです」

「戻ったのは、何時頃だ？」

「十時頃でした。それぐらいには、ふたりがいなくなってると思ったんです。だが、呆《あき》れたことに、まだ中にいる様子でした。仕方なく付近をふらふらしながら様子を窺っていたら、昼近くになって、妙な男が裏口の鍵を壊して忍び込んだんです。しばらくすると、屋敷の中が騒がしくなり、さっきの男が逃げ出して来ました。この辺りは、もう捜査なさっていると思うんですが……」

「いいから、あんたの言葉で話してくれ。そのあと、どうなったんだ？」

「赤嶺伸介が男を追って駆け出して来ました。泥棒、待て、とか、大声で叫んでましたよ。で、裏木戸の辺りで取っ組み合いになり、赤嶺は男に押されて倒れて、庭石か何かに頭をぶつけたんです。俺は、あの男が金庫にあったリストを盗んだものと思い、あとを追いました」

そして、比企武が泊まる木賃宿を突きとめたと、来栖は語った。その木賃宿とは、伊波照子が沖縄のホテルから国際電話をかけた先だった。

車谷たちは、その後の武の足取りを摑めずにいたわけだが、来栖晃は、そこからさらにあとを尾《つ》け、武が木賃宿のあった仲通から程近い潮田町のアパートを訪ねたことまで探り当てていた。おそらくは、同郷の友人を訪ね、一夜の宿を願い出たものだろう。

「で、その後は？」

車谷がそう促したとき、足早に近づいて来た看護婦が、ノックして治療室のドアを開けた。

「刑事さんに、上司の方から、緊急の用件だと電話が入っていますが――」

いくらか緊張した面持ちで告げるのを聞き、

「ありがとうございます。御案内ください」

車谷は、聴取のつづきを丸山に託し、事務所の電話へと向かった。

電話は、係長の大仏からだった。

「チョウさん、比企武の足取りがわかったんだが、野郎は、大怪我をしてるぞ。追分にある薬屋から通報があった。ちょっと前にふたりの若い男女に叩き起こされ、脅されて、痛み止めや包帯などを売ったが、男のほうは、Tシャツの脇腹が血で真っ赤だったと言うんだ。病院へ行けと薦めたが、ふたりは取り合わずに逃げたらしい」

「馬鹿野郎が……。川崎競馬場で撃たれてたんですね」

「ああ、腹じゃ、一刻も早く手当を受けさせる必要があるぞ」

「追分ですね。わかりました。来栖への聴取はこのまま丸さんに任せ、俺が向かいます」

車谷は電話を切り、深夜の人けのない病院を小走りで元の治療室へ戻った。

「比企武のやつが、腹を撃たれてました。薬局を叩き起こして、痛み止めや包帯などを買ったそうです。俺は、やつの行方を追うので、来栖への聴取をお願いします」

戸口で、丸山に告げる。

「腹をですか……。自首する覚悟で、病院へ行ってくれりゃいいんですがね……。チョウさん、来栖に協力した大阪の女と、それから比企武を泊めたアパートの住人の身元がこれです。手配をお願いします」

丸山は、ふたりの身元を記したメモを、車谷に握らせ、

「それから、これが、曽川徹の金庫にあった、沖縄の土地を購入した人間のリストです」

事務封筒を手渡した。封筒には玉紐《たまひも》がついているが、既にほどいてあるのは、丸山がもう中を確かめたのだ。

「やっぱり、野郎が持ってましたね」

「ええ。ベッドの足下に大事そうに置いていた鞄に入ってました。野郎は川崎競馬場の発砲現場からここへ直接搬送されて来たので、どこかに隠してる暇はなかったはずだと踏んで鞄の中を見せろと命じたところ、案の定、入ってたんです。このリストと引き換えに、妹と会わせると言って、比企武を川崎競馬場の観戦席裏に呼び出したそうです」

「連絡は、どうやって？」

「公衆電話を使って潮田町にある武の友人のアパートにかけ、武への伝言を頼んだと白状しました」

住所と住人の名前さえ控えてあれば、あとは電電公社の番号案内ですぐに電話番号が調べられる。もしも個人の電話を持っていない場合には、アパート名で、呼び出し電話の番号を訊けば事足りる。

車谷はメモに目をやった。友人は「富樫《とがし》」という苗字だった。詳細は、この友人に確かめることだ。

メモを仕舞い、代わって封筒から出したリストにざっと目を走らせる。個人で活動していた曽川徹の顧客はそれほどの数ではなく、リストはＡ４判の紙が三枚程度だった。一枚に、十人ちょっとの氏名が並び、住所、仕事の詳しい役職などとともに、購入した土地の広さと値段が記してある。さらには、名義貸しをしたと思《おぼ》しき沖縄名前もだ。

大物芸能人や、企業の社長職・会長職などにある人間に交じって、政治家の国枝大悟楼の名前も確認した。

「じゃ、このリストとメモは親爺に届けさせます」

そう言い置き、リストを封筒に戻しかけた車谷は、そこに並んだ名前のひとつにハッと目をとめた。

「丸さん、こいつは……」

「ええ、そういうことでしょう……。伊波照子が『罪滅ぼし』と言っていた理由が、おそらくこれですよ」

いつものぼそぼそっとした喋り方に確信を込めて、丸山が言う。

車谷は、うなずき返した。

「なるほど……、そうか。これで、すべてがつながって来ましたよ」

捜査とは、取りちらかった事件のピースを、辛抱強く丹念に集めて回る作業なのだ。それがあるとき、何かの小さなピースがひとつはまることで、まるで霧が晴れるようにして事件の全貌が見えて来る瞬間がある。

それが、今だった。

6

追分の交差点から鋼管通りを少し入ったところに、その薬局はあった。普通の二階屋の一階部分を店にしている小さな個人商店を、数年前に夫が亡くなってからは、還暦過ぎの老婆がひとりで守っていた。

駆けつけた車谷に店頭で応対した彼女は、パジャマに薄いカーディガンを羽織っていた。二階で寝ていたところを叩き起こされて比企武たちの相手をしたときも、この姿だったにちがいない。

「すみません……。でも、男の人のほうは血まみれで、今にも死にそうでした。それに、妹さんだと思うんですが、女のほうが、兄ちゃんを助けてくれ、兄ちゃんを助けてくれ、と泣きながら何度も頼むものですから……、見ていられなくなってしまって……、それで、痛み止めや包帯などをお売りしたんです……。私、何か罪に問われるのでしょうか……？」

物凄《ものすご》い数のパトカーと警察官たちが押し寄せたことに、すっかり恐れをなしたのだろう、彼女は夏の夜風に肩をすくめ、不安そうに周囲を見回すことをやめなかった。

「いいえ、そんなことにはなりませんから、安心してください。ただ、私がこれからいくつか質問しますので、よく思い出して、できるだけ正確に答えて欲しいんです」

車谷は穏やかにそう告げてから、天井灯がついていて明るい店内に目をやった。お客のために用意されたものらしい、坐る部分がドーナッツ形をした丸椅子を見つけ、

「まあ、あそこに坐りましょうか」

彼女を店内へと入れて、その丸椅子に坐らせた。

椅子がひとつしかなかったので、自分は彼女が視線をやりやすいような位置に立ったまま、最初の質問を繰り出した。

「ふたりは、車でここに来たんですね？」

「はい、そうです。店の前に停まってる白い車を見ました」

比企武が乗って逃げた来栖晃の車は、白のセダンだったとの確認が取れていた。ナンバーもわかっていたが、薬屋の老婆は、ナンバープレートまでは見ていなかった。

無論、来栖の車は、既に川崎全域及び、隣接するエリアにも手配がなされている。

「車は、どっちに走り去りましたか？」

との質問には、

「向こうです」

と、彼女は追分交差点と反対方向、鋼管通りの先を指差した。

鋼管通りは、数キロ先で産業道路に接する。産業道路を西に向かえば鶴見で、鶴見には、仲通や潮田といった沖縄の出身者が多く暮らす町がある。比企武が宿泊した木賃宿《きちんやど》や、その後、頼った友人のアパートなどもこのエリアだが、警察がそういったところを重点的に探ることは比企武のほうでも気づくはずだ。

「他に、ふたりから何か聞いた話はありませんか？」

「いいえ……」

老婆はそう答えて首を振ったが、ちょっと前に言われた通り、よく思い出すことにしたのだろう。何か考えつづけていた。

「特にはありません。ただ……」

「ただ、何です？」

「私、包帯を巻くぐらいじゃどうにもならないから、早くお医者さんに行かなければダメだと言ったんです。そしたら、沖縄に帰るんだって……、ふたりとも、思いつめた目でそう言ってました……」

「ふたりともですか？」

「はい、ふたり一緒に、沖縄に帰るって……。刑事さん、沖縄って、あの沖縄ですよね。あんなに遠いところまで、あんな怪我した体で、いったいどうやって帰るつもりなのか……。私、あの若い人たちが心配なんです……。なんとか、早く見つけ出して、病院へ連れて行って上げてください」

「任せてください。お時間を取っていただき、ありがとうございます」

車谷は老婆に丁寧に礼を述べて、店を出た。

ここは湾岸部と川崎駅をつなぐバスの通り道でもあるし、鋼管病院なども近いため、かなり交通量が多い場所だが、さすがにこの時間の通行車は皆無だった。

東京と横浜などのベッドタウンを結び、物流のルートともなっている第一京浜、第二京浜、それに産業道路なども、車の通行はまばらになる時間帯だ。

手配の車が走っていれば、すぐに見つかるはずなのだ。タクシー会社にも、当然手配が回っているので、それらしいふたり連れが乗って来た場合にはすぐに連絡が来る。

それとも、このあとどこかで車を盗み、乗り換えたのか……。

そう考えていた、正にそのとき……、

「チョウさん、親爺さんからです。鶴見署から連絡があって、鶴見川の河口付近に、該当ナンバーのセダンが乗り捨てられていたそうです」

車載無線で応答していた山嵜が、そのマイクを握った右手を振って車谷を呼んだ。

「鶴見川の河口だと……」

車谷はパトカーへ走り寄り、山嵜の手からマイクをむしり取るようにした。

「親爺さん、鶴見川河口ですか……？　ってことは……」

車谷の言葉に押しかぶせるようにして、

「ああ、海だよ。チョウさん、盲点だったぜ。鶴見川河口にゃ、沖仲仕《おきなかし》の連中が使うエンジンつきの艀船《はしけぶね》が大量に係留されてる。比企武は、その艀のどれかを使って逃げるつもりにちがいないぞ。沖合にゃ、普段から艀船を利用してる貨物船が停泊してる。その中で、西に行く船と話がついてるのかもしれん」

だが、勢い込んでそう言う傍から、大仏はさらにこう疑問を提示した。

「しかし、そんなことまで、比企武だけの力で手配できるとは思えんが……」

大仏のつぶやきを聞きながら、車谷の脳裏にひとりの男の顔が思い浮かんだ。

「ああ、くそ……。どいつもこいつも、馬鹿ばかりだ……。親爺さん、伊波肇ですよ。あの野郎が、一役買ってるにちがいない」

「伊波だと……」

「ええ、そうです。俺の勘に間違いないですよ」

「しかし、それはどうかな……。伊波にゃ、そこまで比企武を助ける義理はないだろ。むしろ自分の母親が武のために一肌脱ぎ、その挙句に死んでしまったことからすれば怒りを覚えているはずだ。それに、鶴見川の河口は、伊波肇の属する竜神会と対抗する曙興業の縄張りだぞ。そんなところの沖仲仕に話をつけ、誰かを逃がそうとしたら、伊波肇自身が消されるぞ」

「わかってますよ。野郎は、そういったことを何もかも呑《の》み込んだ上で、比企武を逃がすのに一役買うことにしたんでしょう。親爺さん、来栖晃から押収した曽川徹の土地購入リストに、伊波満の名前がありました」

「伊波肇の弟か……」

「ええ、伊波照子の次男です。伊波南子に聴取したとき、言ってたんですよ。比企カネの息子である武と照子の次男の満は歳が近く、よく一緒に遊んでいたと。そして、まるで兄弟のようだったと。今度の事件の発端は、出所し、親戚が自分の土地を売り払ってしまっていたことを知った比企武が、なんらかの形で伊波満と再会したことにあると思います。伊波満は、おそらく義理の兄に当たる赤嶺伸介から話を持ちかけられ、沖縄の土地を買ったのでしょう」

「そうか……。伊波照子が言ってた『罪滅ぼし』とは、そのことだな――」

「ええ、そう思います。詳しい事情については、伊波満本人を呼んで話を聞く必要がありますが、そう考えて間違いないのではないでしょうか。伊波照子は、息子の満がやったことを帳消しにするため、比企武の求めに応じ、体を張って密輸で一稼ぎすることにしたんです。その金を武に渡し、土地を買い戻させることが、彼女にとっての『罪滅ぼし』だった」

「そして、満の兄の伊波肇も、今やそうした事情を知って比企武の逃亡を助けようとしているんだな。よし、チョウさん、つながって来たぞ。とにかく、比企武を死なせてはならん。臨港署に連絡し、巡視船を出して貰った。既に艀船が沖に出ていれば、海上で押さえられる。救急車も手配済みだ。俺もこれからすぐに向かう」

「こっちも急行します。武だけじゃない。伊波肇も、死なすわけにはいかないですよ」

比企武が奪って逃げた来栖晃の車は、堤防沿いの道に乗り捨てられていた。車が見つかれば、艀で沖に逃げようとしていることが、誰でも想像がつく場所だった。車を隠すだけの余裕もなかったということか……。運転席とその周辺には、大量の血が付着していた。

車谷は堤防に昇り、鶴見川を見渡した。

鶴見川の河口には、数えきれない数の艀船が係留されている。ヘドロの臭いに混じって重油の臭いがするのは、エンジンつきの艀船や、「ダルマ船」と呼ばれる動力なしの艀を曳《ひ》く曳航《えいこう》船のものだ。

この場所に立つのは、政治家の国枝大悟楼も絡んでいたあの事件の捜査以来のことだった。大悟楼の三男である和摩が殺害した女性の死体を、元漁師の男がここに係留された艀船を使って沖に捨てていたのだ。

その時は竜神会がここの艀の沖仲仕たちを裏で仕切っていたが、車谷が捜査の中で竜神会をつつき、勢力を削ぐことで、曙興業が縄張りを手に入れた。

つまり、この鶴見川河口については、車谷自身が竜神会と曙興業の縄張り争いに一役買ったことになる。係長の大仏はそれを心得ているが、腹ひとつに仕舞って他に漏らすことはないし、ちょっと前の通信でわざわざその点に触れることもなかった。車谷が泥沼に足を突っ込むのは、捜査のためだと理解を示してくれる上司なのだ。

しかし、この鶴見川河口を巡る縄張り争いの結果として、竜神会の曙興業に対する遺恨が増したのは、れっきとした事実だし、曙興業のほうも、いつまた竜神会から巻き返しを喰らわないかとピリピリしている。

ましてや、昨日、伊波肇のやつは、曙興業の幹部のひとりを狙ってカチコミをかけようとしていたのだ。それは未遂に終わったわけだが、カチコミの標的となった幹部は警察の取調べを受け、痛くもない腹を探られ、伊波に怒りを覚えている。

こんな状況の中で、伊波肇が鶴見川河口の沖仲仕たちに勝手な依頼をしていることが耳に入れば、曙興業が肇を排除してもおかしくない状況なのだ。

（やつは、それをわかっていて比企武を助けようとしている……）

母親と同様、「罪滅ぼし」ということなのか……。

「馬鹿野郎め……」

車谷は、口の中で小さくつぶやいた。

「ダルマ船以外は、シラミ潰しにするぞ。どこかに隠れてるはずだ。これだけ盛大にサイレンが集まって来たんだ。船に暮らしてる連中だって、全員、何事かと、息を殺してるにちがいねえ。片っ端から当たれ！」

荷が載っていない船舶には人を隠せる場所などないが、動力つきの艀の船尾には、二畳ほどの広さの船室がある。

水上生活の人間は、そこに暮らしているのだ。

沖に出ている船があれば、巡視船が見つける。まだ連絡がないということは、このどこかに隠れているのだ。車谷はそう号令を発し、艀が係留されている河岸へと下った。

だが、正にその直後のことだった——。

銃声がし、係留された艀の甲板で人が倒れるのが見えた。

別の男がふたり、月明かりに照らされ、黒い影になって浮かび上がっている。

さらに二発、三発と銃声がつづいた。その男たちが、倒れた男に向かって発砲しているのだ。

車谷はホルスターからニューナンブを抜いた。

「警察だ！　動くな。銃を捨てろ！」

狙いを定め、大声で命じたが、ひとりが銃口をこっちに向けて撃って来た。

車谷は、ためらいなくその男を狙い撃った。

腕を狙うなんて器用な芸当は、映画やドラマの中だけのものだ。こうした場合、標的として最も大きい部分、すなわち相手の胴体を狙うことになる。

男が悲鳴を上げてよろけ、もんどり打って海へと落ちた。

「銃を捨てろ。最後の警告だぞ！」

残ったもうひとりを脅しつけると、そいつは銃を足下に捨てて両手を上げた。

山嵜と渋井が、念のために銃を構えたままで艀船への渡り板を渡り、男をねじ伏せてわっぱをかける。

「手間をかけさせやがって。流されねえうちに引き上げろ」

車谷は、海へ落ちた男の死体に冷たい一瞥《いちべつ》をくれて命じ、自分も艀に渡った。

甲板に立った車谷は、嫌な予感が的中したことを知った。

艀は、沖に停泊した貨物船等から、大量の荷を載せて陸へと運ぶためのものである。その用途上、甲板の大半は、荷積み用になっている。

船べりから一段低い船艙の平らな床に、伊波肇が仰向けで倒れていた。

車谷は船べりから跳《は》ね降り、伊波肇に駆け寄った。

「しっかりしろ、伊波。すぐに救急車が来る。だから、気をしっかり持て！」

伊波は着衣がぐっしょりと血で濡《ぬ》れ、苦し気に呼吸を繰り返していた。体に二カ所か三カ所、被弾している。

「馬鹿なことをしやがって……。ここは、曙興業の縄張りだぞ」

「はは、わかってら。しくじっちまったよ、チョウさん……。どうやら、俺は終わりだな……」

「気弱になるんじゃねえ。気をしっかり持て」

車谷は伊波肇の手を取り、強く握った。伊波は、そのことに驚いたらしい。

「チョウさん、この船は無関係です。中には、船で暮らす家族がいるだけでした」

艀の後部甲板にある船室の入口から中を確認していた山嵜が、車谷に報告する。

「ええい、ちきしょう！　どこかの船に比企武がいるはずだ。おまえも他の連中とともに、シラミ潰しにしろ」

伊波肇が、にんまりした。

「俺は囮《おとり》になっただけさ。さっきのあんな野郎どもに、武たちの居場所は教えねえよ……」

「馬鹿野郎、おまえ、比企武を殺してえのか!? 野郎だって、すぐに病院へ連れて行かなけりゃ、命が危ねえぞ」

「いいから、行かせてやってくれ、チョウさん。それが、野郎の望みなんだ」

「沖縄へなど、帰れるわけがねえだろ!?」

伊波肇は悲しそうな目をしたが、唇の両端を無理に吊り上げるようにして微笑《ほほえ》んだ。血の気の失せた青白い顔から、段々と表情が抜け落ちようとしている。最後の命の灯《ひ》が、尽きようとしているのだ。

「チョウさん……、満が……、弟が、俺を頼るのは、初めてだったんだ……」

「――――」

「ガキの頃はよく一緒に遊んだのによ……。それなのに、大人になってからは、あの野郎はいつでも俺を恥じて、憎んでいた……。きっと、俺がいなくなりゃあいいと思ってたのさ……。だけど、連絡を寄越して、俺を頼って来た……。比企武を助けて、逃がしてやってくれと言って来た……。それを、断れるかよ……。俺は、兄貴なんだぜ……」

「――――」

「あいつには、医者としての将来がある……。頼むから、あいつのそばには近寄らないでくれ。デカなんかに、あいつの将来を汚されてたまるか……」

「馬鹿野郎。余計な心配をするんじゃねえ」

車谷の言葉が、聞こえたかどうかはわからない。

伊波肇は、もう息をしていなかった。

車谷はそっと伊波の手をその胸に置き、立ち上がった。

「チョウさん――、いました。来てください！　こっちです！」

修平の声がして、車谷は船べりに上った。

川の下流側、十隻ほど先に係留されている艀船の甲板から、沖修平が手を振って合図を寄越している。

車谷は川岸をかけた。艀との間を跳ね越え、修平の横をすり抜けて船室への短い階段を駆け下りた。

船室では、比企安奈が武の体にすがりついていた。武は船室の壁に背中をつけて坐り、そんな妹の背中に右手を乗せていたが、車谷が階段下に降り立った瞬間、その右手が妹の背中を滑って落ちた。

「――――」

比企武は、死んだのだ。

妹がやってやったものだろう、脇腹に大量のガーゼを当て、包帯をぐるぐる巻きにしてあった。そのガーゼも、包帯も、血で真っ赤に染まっていた。

比企安奈が、頭を擡《もた》げて回し、車谷を見た。潮が引くように、比企安奈の泣き声が一度静かになった。彼女は、虚《うつ》ろな目を車谷に向けて黙っていたが、やがて再び兄の体に取りついた。

「兄ちゃん……、兄ちゃん……。ごめんよ、兄ちゃん……」

呼ぶ声が、しゃくり上げる声に掻き消される。十七の娘が、まるで幼児のように息を切らして泣いているのだ。

車谷は、静かに階段を上り直した。

「チョウさん……」

甲板には、一足遅れで山嵜と渋井も来ていた。事問いたげに声をかけて来る山嵜に、車谷は首を振って見せた。

「しばらく、ふたりきりにしといてやんな――」

車谷は、甲板の端に寄ってたばこを出した。唇にくわえて火をつけたが、もうどれだけ喫《す》ったかわからないたばこは少しも旨《うま》くなく、すぐに唇からもぎ取って水面に捨てた。

（くそ……）

馬鹿がふたり、死んじまった。

西の空の低いところに月があった。だが、夜明けまではまだ闇があり、真夏の闇がねっとりと河口の上空にはびこっていた。

比企武は、あの闇の向こうに何を見たのか。妹とふたり、あの闇の向こうへ帰れるつもりだったのか。――そんなことを考えようとして、やめた。

「兄ちゃん、兄ちゃん」

と呼ぶ声が、甲板にまで聞こえて来た。

最終章

1

「発端は、あんただったんだな。あんたが、比企武の土地を購入したことからすべて始まったんだ。そうだろ?」

取調べデスクの向かいに坐る伊波満は、神妙な顔でうなずいた。

「はい……、そうです……」

先日、警察署を訪ねて来たときの、屈託のない感じは鳴りを潜《ひそ》め、疲労が色濃く滲《にじ》み出ていた。車谷は足を組み直し、上半身を少し取調べデスクのほうへと傾けた。

「詳しく話してくれ。義兄の赤嶺伸介から持ちかけられたのか?」

「はい……、義兄から薦《すす》められました。姉の南子も乗り気でしたし、今後のことを考えたら、お金を賢く運用したほうがいい、それに、本土に復帰する沖縄の経済を盛り立てることになると力説されて、その気になりました……。勤務医の給料はそれほど高くありませんが、寮暮らしで、食事は病院や寮の食堂で安く食べられたので、ある程度お金は貯まりました。将来のことを考えると、それを少しでも増やしたいと思ったんです……」

伊波満はそう言ってひとつ呼吸をすると、重たそうに目を上げて車谷を見つめて来た。

その目には、すがるような表情があった。だが、隠し立てをし、保身を図る雰囲気は感じられない。それとは逆に、胸の内のすべてをさらけ出し、罪の告白をすることで、自分を浄化したいと願っているのだろう。だが、警察官は神父や神様じゃないのだ。

「でも、最終的にその土地を購入しようと決めたのは、そこが比企武の土地だからでした。姉か兄からお聞きになったかもしれませんが、僕らと武は子供の頃、一緒に暮らし、本当の兄弟のようでした。特に年齢が近かった僕は、いつでも武とつるんで遊んでたんです」

「ああ、きみらが親しく育ったことは聞いてるよ。しかし、どういうことだね？　武の土地なので購入を迷ったのではなく、むしろ、それ故に買おうとしたのか？」

「そうです。僕が買えば、武が刑務所から出て来たとき、もしも武が望めば本人に返すこともできます」

伊波は明確に言い切ったが、本人が言うところの「勤務医のそれほど多くない給料」から貯めた資金で購入した土地を、相応の金額で武に売るつもりだったのか何なのか……、そういった点について具体的に言及することはなかった。

そして、現実にそうした流れにはならなかったことを、車谷は既に知っていた。

伊波満が購入した土地は、その後、やはり曽川徹の仲介によって、別の人間へと所有権が移

っていた。そして、伊波満は、この土地転がしで生じたかなりの利ザヤを受け取っていること
が、既にもうわかっていたのである。

だが、今ここで、その点を追及するつもりはなかった。善意のつもりで行動しても、最終的
には自分の利益になることを行なう。——人とは、そういうものだ。

「伊波照子は……、きみの母親は、きみに何か訊かなかったのか?」

ただ、そうとだけ訊いてみた。

「いえ……、はい……」

「どっちなんだね?」

「一度、訊かれました。町内会の旅行で盛岡に行った帰りだと言って、僕の勤務先に顔を出したことがあるんです。責任者や先輩の医師たちに、恥ずかしくなるほどの量の浅草土産を渡して回ったりしたあと、ふたりきりになったときに訊かれました。赤嶺伸介の紹介で、比企武の土地を買ったのかと……」

「で、きみは何と答えたんだ?」

「母さんのためだと……。母さんに恩返しがしたいんだと、そう答えました……。母さんには、学費も出して貰ってしまったし、段々年齢が上がって来るのに、いつまでも店に立たせておくわけにはいかないから、と……」

「だから、赤嶺伸介の話に乗ったと言ったんだな?」

「はい……」

「そしたら、照子は何と答えたんだ？」

「店は、好きでやっているのだから、心配しなくていいと言いました……。おまえは、おまえのことだけ考えて、頑張って患者さんを診《み》てやってくれと……」

「──────」

「刑事さん……、僕は、武の土地を買うべきではなかったんでしょうか……？　でも、僕が買わなくても、他の誰かが買っていた。僕が買えば、その後、武の意見も聞けると思ったんです……。義兄さんからもそう言われたし……。そのときは、本当にそう思ったんです……。でも、僕は、間違ってたんでしょうか……？」

「それは、きみが自分で考えることじゃないのか」

「──────」

「多くの人間が誤解してるが、刑事ってのは、何が正しくて何が間違ってるかを決めるのが仕事じゃないんだ。法律に違反したやつを逮捕するのが仕事さ。俺にゃ、他人の生き方が正しいかどうかなど、決められないよ」

なるべく突き放した言い方をしたくなかったが、どこかそう聞こえたかもしれない。伊波満は、唇を噛《か》んでうつむいた。

この男は、伊波照子の前でもこうした顔つきをしたのだろう。母親ならば、こんな顔をした息子を責められるわけがない。そして、伊波照子はみずから体を張り、比企武のために動くことにしたのだ。

「刑務所から出所した比企武から、きみに連絡が来たんじゃないのか?」

車谷は、質問の方向を変えた。

「はい。手紙が来ました……。刑務所を出て、親戚たちが自分の土地を売ってしまったことを知ったんです……。その親戚たちの誰かが、武の土地を薦めたのは、昔、武と交流があった伊波南子の亭主だったというふうに告げたそうです。姉は、自分の名前を出して土地取引を薦めれば、武も売る気になると思い、亭主にそう進言してたようです。武は土地の登記を調べましたが、そこにあるのは、名義貸しをした沖縄人の名前だけです。でも、その本人を探し当て、僕や曽川の名前が記された覚書きを見つけました。それで、僕に手紙を寄越したんです……。僕は事情を話し、土地から得た利益の半分を武に渡すと返事を書きました。でも、武は激高し、僕を激しくなじる返事を寄越しました……。俺は乞食じゃない。他人の利益など欲しくないので、元の土地を返せと言って聞きません。それで、僕には、どうにもしようがなくなってしまって……」

「手紙のやりとりは、そこまでになったわけか?」

「そうです……」

車谷は、黙ってうなずくことで間を取った。

実をいえば、ここまで伊波満がした話の大筋については、既に赤嶺伸介を取調室に呼んで聴取したことからもわかっていた。

さらにいえば、大黒が沖縄の捜査員たちの協力を得て行なったその後の調べで、伊波照子が滞在を二日から三日に延ばした理由についても、この赤嶺絡みであったと判明していた。

赤嶺伸介は、比企武の土地売買に関わっていたことを照子から咎《とが》められ、今後は「工場経営の本業に精を出す」と約束したのだった。だが、実のところ本業はもう風前の灯火《ともしび》であり、南子には郷友会の副会長の仕事で沖縄に行くと嘘をつき、その後も曽川について土地の斡旋《あっせん》をつづけていた。

伊波照子は、沖縄でその事実を知り、わざわざ滞在を一日延ばした上で、赤嶺が泊まるホテルまで会いに行ったのだ。

ロビーで赤嶺の帰りを待ち受け、その後、激しい口調でしばらく何か言い合っていたことも、大黒の聞き込みによって判明していた。

この男に確かめなければならないのは、あとはこのことだけだ。

「しかし、撃たれて怪我をした比企武が、急に助けを求めて来たんだな。そのときのことを、詳しく話してくれ。武は、どうやってきみに連絡を取ったんだ？」

「仙台の寮に電話をかけて来ました。僕は、川崎から戻ったばかりでした。電話に出ると、武がぜいぜいと苦しそうな声で、誰か、知っている医者を教えて欲しいと言ったんです……。でも、川崎に、僕が知っている医者などいませんでした……。そう答えると、そしたら、兄さんの連絡先を教えてくれと……。武は、僕の兄さんがヤクザになっていることを、誰かから聞いて知ってたんです。『肇兄さんならば、こういう場合に、きっと何か助けてくれるにちがいない』あいつは、期待を込めて、そんなふうに言いました」

「それで、きみが兄の肇に電話をしたわけか？」

「はい……。武がいきなり電話をしたら、いくら兄だって、困るだけだと思いましたので……。なんとか、武のことを助けて欲しくて……」

伊波満は、ふいに声を詰まらせ、苦しそうに息をした。

「だけど、僕はただ兄に押しつけただけかもしれない……。いいえ、そうです……、僕は、兄に武を押しつけたんです……。兄が助ければ、兄まで警察に捕まるかもしれないと思ったのに……。それなのに、僕は自分が仙台にいるのをいいことに、兄に助けを求めたんです……。だけれど、まさか兄が殺されてしまうなんて……。兄さんも、そんなに危ない目に遭うとわかっていたのなら、僕の頼みを拒んでくれたらよかったのに……」

「――――」

「刑事さん、悪いのは兄じゃありません。兄に頼みごとをした、この俺です……。逃亡幇助《ほうじょ》というんでしょ。その罪で、どうか俺を逮捕してください……」

車谷は、伊波満の顔を見据《みす》えた。

「甘ったれるな！」

そして、そう怒鳴りつけた。

「警察は、忙しいんだよ。その程度のことで、素人《しろうと》を逮捕してる間なんかねえんだ」

「――――」

邪険に扱われ、伊波満は一瞬戸惑ったらしいが、車谷の視線に出くわしてかしこまった。

「兄貴はな、おまえに頼みごとをされたと言って喜んでたよ」

　満は顔を伏せ、すすり泣きを始めた。

「刑事さん……、俺は……。俺はいったい、どうしたらいいんでしょう……。武も、兄さんも、死んでしまうなんて……。どうか、俺を逮捕してください……。みんな、俺のせいなんだ……。母さん、ごめんよ、母さん……。一生懸命に育ててくれたのに、最後まで母さんに迷惑をかけてしまって……」

　頭《こうべ》を垂れ、肩を震わせる伊波満のことを、車谷はしばらく黙って見ていた。そうしながら、柄にもなく言葉を選んでいたのだ……。

「伊波先生、もう一度言うぞ。刑事の仕事は、法律にそむいたやつをパクることだ。あんたを逮捕する法律はねえよ」

「先生なんて呼ぶのは、やめてください……」

「先生だろ。あんた、これから、医者として、大勢の患者を治療していくだろ。それが、母親の願いだろ。再生医療といったか……、あんたが言ってたその分野で、多くの患者を救ってやってくれ」

　車谷は、涙ですっかり両目を腫《は》らした伊波満の顔を見つめつつ、この男の兄である伊波肇の死に際を思い出した。そして、ただの一度として会ったことも、話したこともない、伊波照子という女に思いを馳《は》せた。

　そうしながら、心の奥底に仕舞って鍵をかけていた記憶へと、恐る恐る手を伸ばしていたのだ。家族の話は、これまで誰にもしたことがなかった。特に、母親の話は……。

「これは、今まで、誰にもしてねえ話だ……」

とわざわざそう前置きをして話の口火を切ってからも、強面《こわもて》のデカ長らしからぬためらいを見せる車谷を、伊波満は困惑した様子で見つめ返して来た。

「俺の母ちゃんは、火だるまになって死んだ……。昭和二十年四月十五日の空襲で、焼け死んだんだ。俺をかばってな……」

「────」

「当時は、鋼管病院の向こうに沼地があった。家の周り一帯が焼け、俺とお袋は、その沼地を目指して逃げる途中だった。大通りに走り出ようとした瞬間、角の二階屋が焼け落ちて、熱風が俺たちを襲った。俺のほうが、その二階屋の近くにいたのに、なんで母親に、あんなに素早い動きができたのかわからねえ……。気がついたら、母親が炎から俺を守ってくれていた……。炎とともに倒れて来る柱や壁から、母ちゃんは俺を抱えて逃げようとしたんだ。だが、間に合わなかった……。俺だけが道に投げ出され、母ちゃんは家の下敷きになっていた……。近くを通りかかった見知らぬ親爺が、危ないと言って、俺を母ちゃんから引き離した……。

──お逃げ。

母ちゃんが言った。それが、俺が最後に聞いた母ちゃんの声だ……。

あのときの母親の顔が忘れられねえ……。あのときの言葉が忘れられねえ。どこの誰だかわからねえ親爺が俺を救ってくれたのは間違いねえが、今でも時々、顔も思い出せないあの男が、憎らしくてならなくなるときがある。あいつさえ来なかったのならば、俺がこの手で母親を救い出せていたという気がするんだ……。あるいは、救おうとした挙句、母親と一緒に死ぬことができたとな……。俺の父親は兵隊として南洋で亡くなっていたし、俺を引き取ってくれるような親しい親戚は誰もいなかった。戦災孤児ってのは、みじめなもんだぜ」

内心を吐露し過ぎたことにうんざりして、口を閉じた。

だが、何十年ぶりかに口にする言葉は、いいものだった。「母ちゃん」という言葉は……。

車谷は、伊波満に微笑みかけた。

「さ、仙台へ帰んな。そこが、あんたの今の居場所だろ。そして、前を見て生きていけ。それでも、どうしても自分を許せなくなったり、自分の生き方を見失いそうなときは、そのときは俺のところへ来い。そしたら、俺がその横面をひっぱたいて前を向かせてやるさ」

2

路地に建つ伊波照子の店は、数人の男たちが店周りで鋸《のこぎり》と金槌《かなづち》を使ったり、バケツを持って中と外を出入りしたり、それぞれに忙しく立ち働いていた。どうやら、新しい店が入ることになったらしい……。

足をとめ、その様子をなんとなく眺めていた丸山昇と沖修平のほうへと、たった今、店から出て来た男が注意を向けた。

「ああ、刑事さん……。御苦労様です……。今日は、何か――？」

大家の辻村だった。

「ええ、まあ、赤嶺南子さんに御連絡したところ、今日はここにいると伺ったものですから――」

「ああ、来てますよ。二階を片づけてます。呼びましょうか？」

「いえ、返却するものがありますので、お邪魔でなければ自分たちで上がります」

路地から二階の窓に呼びかけそうな様子の辻村を、丸山はとめた。

必要な聴取はすべて終え、裏取り捜査も済み、事件は検察の手に渡ったところだった。起訴に不必要と判断されたものについては、持ち主に返却する段取りとなり、伊波照子の店の二階にあった写真等の品を返しに来たのである。

返却品をリストと照らし合わせて確認の上、南子に判こかサインを貰う必要がある。

「新しい店が入るんですか？」

丸山が尋ねると、

「ああ、これですか……。ま、そういうことになるか。南子さんが、店をやるんですよ。母親のあとを継ぐって、言い張りましてね」

辻村は答え、愉快そうに笑った。

「それは、また……」

「だけど、ここだけの話ですが」

と、今度は声をひそめた。

「私は不安でね……。この店は、テルさんの人柄で持ってたんです。無論、料理も美味《うま》かったですが、あの人の気遣いとか、優しさとか、そういうのに惹《ひ》かれて常連が増えてたんですね。ナミちゃんで、はたしてやっていけるかどうか……。彼女、どこかおっちょこちょいなところがあるから……、前に時々、店を手伝ってた頃は、いつでもお袋さんをハラハラさせどおしでしたよ」

「そうなんですか……」

「なんですよ。しかしね、離婚を決めたそうでして、もう、あとには退《ひ》けないって宣言されちゃいまして。そうなったら、こっちで支えるしかないでしょ。今日も、常連客たちで店の大掃除です。常連の中に大工がいまして、看板や入口なんかは、老朽化してたから新しくしてやるなんて言って、大家の私の許しもなく勝手に大工仕事を始めやがった」

「だけど、おっちょこちょいの女将《おかみ》ってのも、客からまた愛されるかもしれませんよ」

修平が、遠慮がちに言う。

「ま、そうですね。見守ってますよ。どっちにしろ、家の近くに自由が利く店があるってのはいいことだと、馴染《なじ》み同士で話してたところです。じゃ、私はいい加減に家に帰らないと、カミさんに叱《しか》られるもんですから」

丸山たちは、辻村に頭を下げて店へ入った。

忙しく働く常連客たちの間を抜けて奥の階段を上ると、手拭《てぬぐ》いを道中かぶりした南子が、簞《たん》笥《す》の中のものを段ボール箱に移しているところだった。

戸口に現われた丸山たちに、親しげに微笑みかけてきた。

「あら、刑事さん、すみませんね。私の都合で回って貰《もら》っちゃいまして。でも、夏休み中に引っ越そうと思いまして。母子三人にはちょっと狭いですけれど、子供たちの近くで働けるのが一番と思って、決心しちゃったんですよ」

大きな決断をしたことへの興奮からか、訊かれもしないうちにそんなことをまくし立てたのち、

「だけど、常連さんたちが温かく迎えてくれて助かってます。大家の辻村さんなんか、うちの母がいなくなって、毎晩、どうしようかと思ってた。ナミちゃんが継いでくれるのならば、大助かりだなんて言うんですよ」

と、ちょっと前に下で辻村から聞いたのとは、いささか違う話をした。

「いやあ、アパートをお訪ねするのも、ここまで来るのも一緒ですから。それにしても、思い切った決断をなさいましたな」

「まあ……、ええ……、でも……、もう、ほんとにいい加減、あの亭主には愛想がつきたんですよ。外での女遊びは、一度や二度じゃなかったんです。それはまだ我慢するとしても、あの人、郷友会には内緒で何度も沖縄に行き、郷友会の名前を使って土地買収や就職の斡旋をしてたことがバレて、副会長を馘《くび》になりました。せっかくお父さんが大きくした工場も、もう疲れたとかぼやいてばかりで、内心じゃ、とっくに投げ出しちゃってるんです。母の助言に従って

我慢して来たんだけれど、もう限界。母が亡くなったのだから、思い切って決めちゃえと思って、息子たちを連れて出て来ちゃったんです」

「ほお、お母さんは、赤嶺さんとの結婚生活を望んでたんですか？」

「違いますよ、刑事さん。そもそも、結婚前は大反対でした。あれは中身のない男だって言い切るもんですから、私、反発しちゃって……。ほら、まだ若かったし、それで軽はずみに結婚したんです。でも、一緒に暮らし出したらすぐにわかりました。母の言ってた通りの男だったって。だけど、ひとりめが生まれて、次にふたりめが生まれて……。そうしたら、子供たちのために絶対に離婚なんかしたらダメだって、今度は母からそう言われたんです。それで、私、我慢したんですよ。あの人、ただの見栄坊でした。今だから言っちゃいますけどね、アパートが田園調布本町にあったでしょ。あれだって、町名に『田園調布』がつくからって理由であそこに決めたんですよ。嫌んなっちゃう。とにかく、私、今度という今度は目が覚めました。やっぱり、男は見栄《みば》えで選んじゃダメですね。これからまた、いい男を見つけます」

　放っておけば、いくらでも喋《しゃべ》っていそうな明るさは、案外と飲み屋の女将に向いているのかもしれない。苦笑しながら部屋を見渡した丸山は、箪笥の上に目をとめた。

　そこには遺骨がふたつ並んで祀られ、仮位牌《かりいはい》、香炉、おりんなどとともに、伊波照子と肇の遺影が肩を寄せ合っていた。

3

晴海の旅客ターミナルは、夏休みの終わりが近づいた今も、金をかけたハデな衣装で着飾った農協の団体客で溢《あふ》れていた。彼らの主な旅行先は、大概がハワイ、サイパン、グァム、フィリピンといった、安くていい思いができる外国だったが、それらの国々へ出向くのと似た感覚で、本土復帰前の沖縄に興味を示す者たちもいるのだ。

彼らに冷たい視線を送る他の旅行者たちも、大概はどこかの旅行会社のツアーに属し、傍から見れば五十歩百歩の格好で、それぞれに群れて乗船時間を待っている。

そんな中に、ただひとり、柱を背にしてぽつんと立つ少女は、白木の箱に入った骨壺を両手で抱えていた。

「チョウさん、あれ……」

渋井実が小声で言って指差す先に目をやり、車谷は黙ってうなずいた。

比企安奈は、近づいて来る刑事たちに気づき、驚いた様子で頭を下げた。

「どうしたんですか？」

「決まってるだろ、見送りだよ」

車谷は、わざと不愛想に言った。

「そうですか……。ありがとうございます……」

安奈は折り目正しく頭を下げたが、どこかよそ行きの顔をしていた。

「向こうでの落ち着き先は、決まったのかい？」

気まずい沈黙が流れそうになるのを気にしたらしい渋井が、そう声をかけるのに、

「はい、大丈夫です。私、二年前に沖縄を出たときから、元々もう親戚との縁は切れてましたから」

だから、向こうへ戻っても独りでやっていけるということなのか……。彼女は、投げ出すように言葉を閉じた。

車谷はたばこを出して口にくわえたが、火をつけるのをやめて指先で弄《もてあそ》ぶようにしつつ、

「ま、一応はあんたの耳に入れておこうと思ってな」

と前置きをした。

「沖縄に飛んだうちの署の人間が、向こうの警察と協力して探り出した。比企武が刑務所に入ったのは、アルバイト先の店長が、常連の米兵に、嫌がる店の女の子を無理やり取り持っているのを知って救おうとしたためだった。だが、逆に逮捕され、MPに引き渡され、あっという間に裁判にかけられて有罪が決まった。そして、給料の払いが遅れていることに腹を立てて店主を襲い、居合わせた米兵にまで暴力を振るったって話をでっち上げられて服役したそうだ……。つまりだ……、上手く言えんが、向こうへ帰ってから、もしもあんたの兄貴を悪く言うやつがいても、気にするなってことだ……」

比企安奈は、どこかきまり悪そうに話す強面《こわもて》のデカ長のことを、黙って見ていた。ガサツに

見える男だが、本当は不器用で優しいのかもしれない、という気がしたのだ。

だが、それもまた、今の彼女には、どうでもいいことだった……。

「なんとなく、そんなことだろう思いました。だって、兄ちゃんは悪人じゃなかったもの。そうでしょ、刑事さん」

彼女はそう言い、ふてぶてしく微笑むつもりだった。

それなのに、なぜだか熱いものが込み上げそうになり、そんな自分が腹立たしかった。

「私、沖縄から来たとき、ここに降りたんです」

比企安奈は、背筋を伸ばし、何か宣言するような気持ちでそう言い放った。

「そのときは、《ひめゆり丸》って船だった……。他にも何人か一緒だったけれど、私は〝人買い〟の田中から、すぐに別コースに連れて行かれると耳打ちされてたから、孤独でした……。自分ひとりで、本土に乗り込んで来たって気がしたわ……。私、ひとりで来て、ひとりで帰るの」

「そうか……。そうだな……」

「だから、また必ずひとりで戻って来ます」

「――」

「私、負けて沖縄に帰るわけじゃありません。社長が今度、向こうで、芸能スクールを立ち上げるんです。その一期生として、デビューさせるからって……。そんな約束を真に受けたところで、守られるわけがないってみんな言ってた。体よく都落ちをさせて、何歳か年を取ってデビューを諦《あきら》めたら、ダンスとかのインストラクターぐらいで雇ってやって、新人の面倒を見させるんですって。ほんとにそんなつもりなのかもしれないけれど、でも、私が負けなければ、負けじゃない。そうでしょ、刑事さん」

「そうだな。俺も、そう思って生きている」

「あら、じゃあ、私と同じね。結局は、自分の力次第よ。あとは、運次第。私、必ずもう一度こっちに戻って来て、みんなを見返してやるわ」

比企安奈は、涙ぐんだりせずに最後まで言えた自分に満足して、微笑んだ。

乗船ゲートに係員が立つのを見て、ツアーの客たちが荷物を手に移動を始める。

「それじゃあ、ありがとう。刑事さん」

刑事たちに別れを告げた比企安奈は、兄の遺骨を抱えて歩き出した。


渋井実が運転席に坐ってハンドルを握ったときには、助手席の車谷はもうシートをリクライニングさせていた。こうして目をつぶると、冗談かと思うような素早さで眠ってしまうのが、このデカ長の特技だった。

デカ長という仕事は現場の司令塔であり、いざ事件が起こったときには、息をつく暇もない忙しさになる。こうして隙間《すきま》の時間で眠ってしまうことで、疲労を回復させるのだ。

渋井はデカ長を気遣って無言で車を出したが、少ししてこう尋ねるのをとめられなかった。

「チョウさん……、あの子は、比企武と再会したとき、本気で一緒に沖縄に帰るつもりだったんでしょうか……？」

「そんなこと、俺が知るかよ」

車谷は目を閉じたまま、どこか億劫《おっくう》そうに答えたが、

「帰るつもりだったんだと思うぜ」

少しして、そう言い直した。

「家族が望めば、たとえそれが不可能な願いだと思っても、一緒に叶《かな》えてみたくなる。それが、家族ってもんだろ。違うか？」

「そうですね……。でも、それであの子は、すべてを失ってしまった……。この二年間の努力が水の泡です……。あの子は、どうなるんでしょう……？」

「どうなるんだろうな……。だが、きっと大丈夫さ……。俺たちゃ、そう信じる以外にゃできねえだろ」

車谷は目を閉じたまま、いよいよ億劫そうに答えた。デカ長が、話を切り上げたがっているときのサインだった。

「そうですね」と、渋井は繰り返した。

デカ長の顔をチラ見していた渋井に、

「おい、ちゃんと道を見て運転しろよ。おまえと心中なんて、真っ平だぜ」

なぜそれがわかったのか、車谷が目を閉じたままで注意をくれ、

「はい、すみません」

渋井はあわてて前方に意識を集中した。

快晴の強い日差しがフロントガラスで跳ね、道の先には巨大な入道雲が居坐っていた。

晴海から川崎へは、東京湾に沿って帰ることになる。道の込み具合によっては、途中から高速道路を使ってもいいだろう。

「なあ、渋チン。大黒さんも言ってたが、沖縄が日本に帰り、右側通行を左側通行にするときってのは、いったいどうやるんだろうな……」

しばらく安全運転に集中していた渋井は、そう訊かれて首をひねった。

「さあ……」

答えを探しながら、そっと盗み見るようにして助手席に目をやると……、いつの間にやら、デカ長は、すうすうと寝息を立てていた。

本書は書下ろし作品です。
また、本作品はフィクションであり、実在の個人、団体とは一切関係がありません。

川崎警察　真夏闇《まなつやみ》

二〇二四年四月三〇日　初刷

著者……香納諒一
発行人……小宮英行
発行所……株式会社　徳間書店
〒一四一―八二〇二　東京都品川区上大崎三―一―一
目黒セントラルスクエア
電話［編集］〇三―五四〇三―四三四九
［販売］〇四九―二九三―五五二一
振替……〇〇一四〇―〇―四四三九二
本文印刷……本郷印刷株式会社
付物印刷……真生印刷株式会社
製本所……ナショナル製本協同組合

ISBN 978-4-19-865817-5